THE QUEEN OF CRIME
繁體中文版
20週年
紀念珍藏

復仇女神

阿嘉莎・克莉絲蒂——著
李辛覺、顧志良——譯

Nemesis

Agatha Christie®

策畫者的話

通俗是一種功力

吳念真（導演、作家）

通俗是一種功力。絕對自覺的通俗更是一種絕對的功力。

這樣的話從我這種俗氣的人的嘴巴說出來，大概很多人要笑破褲底了。不過，笑完之後請容我稍稍申訴。這申訴說得或許會比較長一點，以及，通俗一點。

小時候身材很爛，各種遊戲競爭完全任人宰割，唯一隱遁逃避的方法是躲起來看書或聽大人瞎掰。那年頭窮鄉僻壤的小孩能看的書不多，小學二年級時最喜歡的是超大本的《文壇》，老師借的。看著看著，某天老師發現我的造句竟出現：「捧著：朝陽捧著一臉笑顏為群山剪綵」這樣亂七八糟的文字，就拒絕再讓我看那些超齡的東西了。

老師的書不給看，我開始抓大人的書看。一種是厚得跟磚塊一樣的日文書，對我來說那完全是天書，但插圖好看，經常有限制級的素描。另一種書是比較薄的，通常藏得很嚴密，只是裡面有太多專有名詞、重複的單字和毫無限制的標點，比如「啊啊啊」、「……！！！」

老讓我百思不解。有一天，充滿求知欲地詢問大人竟然換來一巴掌後，那種閱讀的機會和樂趣也隨著消失了。

所幸這些閱讀的失落感，很快從大人的龍門陣中重新得到養分。講到這裡，我似乎先得跟一個村中長輩游條春先生致敬，並願他在天之靈安息。

我所成長的礦區，幾乎全是為著黃金而從四面八方擁至的冒險型人物，每人幾乎都有一段異於常人的傳奇故事。這些故事當事人說來未必精采，但一透過游條春先生的嘴巴重現，有時連當事人都聽得忘我，甚至涕泗縱橫，彷彿聽的是別人的故事。

條春伯沒當過日本兵，可是他可以綜合一堆台籍日本兵的遭遇，一如連續劇般從入伍、受訓、逃亡荒島，面對同鄉同袍的死亡，並取下他們的骨骸寄望帶回故鄉，乃至骨骸過多搞不清哪是誰的等等，讓聽的人完全隨他的敘述或悲或笑，彷彿跟他一起打了一場太平洋戰爭。此外他也可以把新聞事件說得讓一個三、四年級的小孩，到現在仍記得當時腦中被觸動的畫面。例如當年瑠公圳分屍案的凶手做案之後帶著小孩到安東街吃麵（這讓我一直以為台北的安東街是條專門賣麵的街道），還有甘迺迪總統被暗殺、賈桂琳抱住她先生、安全人員跳上飛快的車子保護賈桂琳……當然，這記憶全來自條春伯的嘴巴而不是報紙。我的記憶全是畫面，有畫面，是因為條春伯說得精采，說得有如親臨他至死都還搞不清地理位置的達拉斯命案現場。

於是這小孩長大後無條件地相信：通俗是一種功力，絕對自覺的通俗更是一種絕對的功力。透過那樣自覺的通俗傳播，即使連大字都不識一個的人，都能得到和高階閱讀者一樣的感動、快樂、共鳴，和所謂的知識、文化自然順暢的接軌。也許就是因為這些活生生的例子，俗氣的自己始終相信：講理念容易講故事難，講人人皆懂、皆能入迷的故事更難，而能隨時把這樣的故事講個不停的人，絕對值得立碑立傳。

條春伯嚴格地說是有自覺的轉述者，至於創作者，我的心目中有兩個。一個是日本導演山田洋次，一個是推理小說家阿嘉莎．克莉絲蒂。

山田洋次創造了寅次郎這個集合所有男人優點跟缺點的角色，在以《男人真命苦》為名的系列下，總共完成百部左右的電影。它們的敘述風格、開頭、結尾的方法不變，唯一改變的是故事，是時代，是遍歷日本小鄉小鎮的場景。數十年來，看《男人真命苦》幾已成為日本人每年的一種儀式，一如新春的神社參拜。

數十年前訪問過山田導演，他說，當他發現電影已然有它被期待的性格時，電影已經不是導演自己的。他說：當所有人都感動於美人魚的歌聲時，你願意為了讓她擁有跟你一樣的腳，而讓她失去人間少有的嗓音嗎？

人間少有的嗓音與動人的歌聲，都來自山田導演絕對自覺的通俗創造。

再如阿嘉莎．克莉絲蒂，如果我們光拿出她說過的故事和聽過她故事的人口數字，就足以嚇死你。五十多年的寫作生涯，她總共寫出六十六本長篇推理小說，外加一百多篇短篇小說和劇本。其中有二十六本推理小說被改編，拍了四十多部電影和電視劇集。作品被翻譯成一百零三種文字的版本，銷量超過二十億本。

夠了。你還想知道什麼？知道二十億本的意義是什麼嗎？二十億本的意義是全世界平均三個人就有一個人讀過她的書，聽過她說的故事。

說來巧合，她和山田洋次一樣，創造出個性鮮明的固定主角（當然，前前後後她弄出來好幾個），然後由他（或是她）帶引我們走進一個犯罪現場，追尋真正的罪犯。

故事就這樣？沒錯，應該說這是通常的架構。那你要我看什麼？不急，真的不急，克莉絲蒂會慢慢冒出一堆足夠讓你疑惑、驚嚇、意外，甚至滿足你的想像力、考驗你的耐心和智商的事件來。

推理小說不都是這樣嗎？你說得沒錯，大部分是這樣，不一樣的是……對了，她像條春伯，像山田洋次，她真會說，而且她用文字說。

文字的敘述可以讓全世界幾代的人「聽」得過癮、「聽」個不停，除了聖經，也許就是克莉絲蒂。她不是神，但她真的夠神。

數十年前，台灣剛剛出現她的推理系列中譯本，那時是我結婚前，常有同齡的文藝青年來我租住的地方借宿，瞄到我在看克莉絲蒂，表情詭異地說：「啊？你在看三毛促銷的這個喔？」

我只記得他抓了一本進廁所，清晨四點多，他敲開我的房門說：「幹，我實在很討厭那個白羅……再拿一本來看看，我跟你說真的，要不是你的書，我真的很想把那個矮儸壓到馬桶吃屎！」

我知道他毀了，愛吃又假客氣，撐著尊嚴騙自己。克莉絲蒂再度優雅地撕破一個高貴的知識份子的假面具，她的手法簡單，那手法叫通俗，絕對自覺的通俗，無與倫比、無法招架的功力。

昔日的文藝青年如今跟我一樣，已然老去，但不時還會看到他寫一些充滿理念和使命感極重的文章，在報紙和雜誌上出現。我知道他要說什麼，只是常常疑惑他想跟誰說；同樣，我記得他說過什麼，但轉眼間忘記他說了什麼。但請原諒我，幾十年前那個晚上，他在我家看完的那兩本克莉絲蒂的小說內容，我可還記得清清楚楚。

也許有一天再遇到他的時候，我會問他之後是否還看過克莉絲蒂其他的書，如果沒有，我會跟他說，想讀要趁早，因為你會老、會來不及。至於白羅那個矮儸，大概永遠不會消失。哦，對了，還有一個叫瑪波，你說不定會來不及認識……

瑪波小姐——洞明世事，仍不失對人情的寬諒

吳曉樂（作家）

瑪波小姐是阿嘉莎．克莉絲蒂筆下的兩名神探之一，名氣不若白羅響亮，支持者倒是挺死忠專情。她也是推理小說界「女偵探」的第一把交椅，至今仍無人能動搖其地位。瑪波小姐系列合計有十二本長篇、兩本短篇小說集。以及一篇收錄於《哪個聖誕布丁？》的小說〈葛林蕭的笑話〉。常有讀者受「小姐」二字所誘，誤信瑪波小姐是妙齡少女，但英文中，未婚女性一律以Miss稱之，實際上，瑪波小姐已六十好幾。按照蓋達克警官的形容，「她的模樣非常蒼老，頭髮雪白，粉紅的臉上布滿皺紋，一對藍色眸子柔和且真摯無邪」。

瑪波小姐亦是知名的「安樂椅神探」，她的歲數與支氣管炎等痼疾限縮了她奔走的範疇。大部分時間，瑪波小姐僅在英國村鎮裡穿梭，一邊喝茶，一邊傾聽案件相關的陳述。克莉絲蒂刻意將筆下兩位神探做出區隔，白羅是比利時難民，案件時常顯現壯闊的異國情調，瑪波小姐系列則洋溢著恬謐、悠哉的英國小鎮氛圍。瑪波小姐經手的案件，多半以某座莊

園、公館為中心，在傭人、園丁、廚師、仕紳與貴婦人等交織而成的人際網絡裡，一樁樁謀殺案就此鋪展。

瑪波小姐的經歷有些神祕，讀者只能從她談及自己的稀少橋段，拼湊出模糊的過往：她接受良好教育，曾待過佛羅倫斯的寄宿學校，一度從事過護理工作。再從瑪波小姐坐擁房產、生活講究等細節，我們不難勾勒她中產階級的出身。上述資訊，幾乎是我們能得知的全部了。

至於瑪波小姐的個性，我想徵用瑪波小姐首次登場《牧師公館謀殺案》的語句：「她是村子裡最壞的女人，總是知道每一件事，並且做出最悲觀的推斷。」「在英格蘭，任何偵探也比不上一個上了年紀又有很多閒暇的老處女。」「拿望遠鏡賞鳥的習慣也總是讓她別有收穫。」從這些褒貶相依的評價，我們首先歸納出一些結論：瑪波小姐有些好管閒事，城府也深，偏偏她的判斷比誰都趨近真相。

更細緻地分析，瑪波小姐「溫和無害，乍看糊塗」的表象，是最天然的保護色。與她搭話的人物，屢屢在輕敵的狀態下鬆懈心防，下意識就吐露原先拚命掩藏的犯案痕跡。其次，瑪波小姐認為人性並不複雜，若我們悉心諦視，必能察覺其中的「共性」。她的外甥雷蒙・衛司曾將聖瑪莉米德村喻為「一潭死水」，瑪波小姐則認定死水若放在顯微鏡底下，「其實生機盎然」，而她所謂的顯微鏡，或許指涉了鄉村背景。鄉村生活人情緊密，有助瑪波小姐近距離蒐集人性的不同臉譜。我個人認為，瑪波小姐最專長的辦案手法是「數據分析」，她常將案發現場的樣本扔入聖瑪莉米德村——她的「人性資料庫」，進行搜尋和比對，一旦辨識出相似的行為態樣，接下來她將安坐椅上，預估其發展。是以瑪波小姐一再「後發先至」，她抵達現場的時間總是不無「遲到」的味道，不過待她釐清人物之間的譜系和利害關係，旋即能夠盤整出一些關鍵，為案件帶來重大突破。

瑪波小姐以閒談獲取的情報，都顯得那麼普通、不起眼，她卻能如同手上的編織活，這一針那一線巧妙地穿引，後續再輕輕一扯，將線索行雲流水地組織起來。瑪波小姐深諳自往昔的歲月萃取珍貴的經驗，舉例來說，有一回，她以「聖靈降臨節過後的週一，園丁必不上班」為由，輕易識破一則謊言；也有一回，她從「發音方式」捕捉到講述者的故弄玄虛。

初識瑪波的讀者，我建議以短篇小說《十三個難題》為前菜，篇幅短小，清爽不占空間，品嘗的餘韻足夠引發興致。至於長篇，我心儀《殺人一瞬間》，此作推理成分相對清淡，架構上更接近「豪門恩怨肥皂劇」，序幕即嵌入一場駭人的畫面，將讀者牢牢地鉤入劇情。辦案過程中，瑪波小姐另聘慧黠迷人的露希小姐，潛入疑雲重重的鹿瑟福。兩位小姐的視角頻仍轉換，前場後場的調度十分緊湊，讓讀者捨不得輕易暫停。克莉絲蒂向來很節制「愛情」的著墨，但在此作，她給露希小姐點綴了幾許風花雪月，時至今日，露希小姐情歸何處，是海內外讀者樂此不疲的謎題。而在《死亡不長眠》中，步履蹣跚的瑪波小姐擔憂一對年輕夫婦，不惜啟程遠行，讓我們見到她慈幼的一面。《加勒比海疑雲》也帶給我相當的樂趣，見瑪波小姐與毒舌老富翁拉斐爾搭檔，完成第一次在國外大展長才的紀錄，很是過癮。續作《復仇女神》，拉斐爾已逝，留下一封報酬頗豐的委託，瑪波小姐積極走入謎團，讀者可以看清她心中晃蕩不止的漣漪。瑪波小姐追憶拉斐爾的絮語，我認為是全系列裡罕有的「情愫」展現。

瑪波小姐還有項令人歆羨的本事：她的才華普遍獲得男性同儕的認同。亨利爵士稱她「本人絕無僅有，四星級睿智的紅粉知己，老太婆中的超級老太婆」。尼勒警官如此形容她：「為人正直，具有無可指摘的正義感。」時間跨幅長久的蓋達克警官更是五顆星好評：「瑪波小姐能夠用最大限度的鎮靜來思考謀殺、猝死，以及各種真實罪案。」

按照出版年代，《瑪波小姐的完結篇》是瑪波小姐最後一次現身。若以氛圍而言，我認為《破鏡謀殺案》裡瑪波小姐的自述，更適切地傳達出這位天才神探正緩緩邁向遲暮，「人必須面對現實：聖瑪莉米德昔日風貌不再。當然，從某種意義上說，沒有一樣東西能一如往昔。你可以怪罪戰爭（兩次世界大戰），怪罪年輕這一代，或者出去工作的女人，或者原子彈，或者政府，但其實你真正不滿的只是一個簡單的事實：你正在變老」。瑪波小姐信任的傭人凋零，外甥為她聘請的女傭竟把她視為昏聵無知、需要悉心呵護的老人家。萬幸的是，摯友荷大克醫師捎來了慰藉，他認為瑪波小姐最合適的藥方就是：一場謀殺案。這舉止點醒了讀者，縱使低調不鋪張，瑪波小姐依然、無庸置疑地對辦案懷有莫大熱情。

文章的尾聲，我要再次回到瑪波小姐的人性觀，她雖堅稱「最無情的猜測往往都會被證實為真」，倒也不吝坦承「我總是對人性抱著希望」。這位英國小姐的魅力自然流淌，她洞明世事，仍不失對人情的寬諒。

獻詞

阿嘉莎．克莉絲蒂是世界讀者最眾，也最廣受喜愛的女作家。
身為克莉絲蒂的孫兒，我相信奶奶會非常樂見這次出版，
因為她極以自己作品中的趣味與娛樂為豪。
歡迎所有喜歡本系列的台灣新讀者參與這場饗宴！

——馬修．培察（Mathew Prichard）

01 序幕

翻看第二份報紙，是珍．瑪波小姐每天下午的習慣。每天早上會有兩份報紙送到她家，那麼她就會邊啜飲早茶邊看第一份……如果它及時送到。可惜送報的孩子毫無時間觀念，而且常常不是來了個新手，就是臨時找個人代送。這些送報生對送報路線各有定見，或許是為了從單調中求點變化，只是苦了那些習慣早早看報、想在搭公車火車或其他交通工具上班前就能搶先知道轟動新聞的人，遲到的報紙令他們懊惱，雖然對聖瑪莉米德村那些寧靜度日的中年居民和老太太來說，她們毋寧更喜歡在早餐桌上看報紙。

這一天，瑪波小姐正全神貫注地讀著日報的頭版和其他幾條新聞。這份報紙被她謔稱為「大雜燴日報」，這個帶點諷刺意味的稱號歸因於一個事實：她訂的這份《新聞日報》換過一次老闆，結果增添了不少關於男人衣著、女人服飾、婦女心悸、兒童競賽等方面的文章，外加女性讀者大吐苦水的來函。為了把這些東西排進去，他們不惜擠掉除頭版外的任何真實新聞，要不就是把這些新聞排在誰也不會發現的角落裡。此舉令她和她那幫朋友大為惱火。瑪波小姐是個守舊的人，她認為報紙就是報紙，它報導的就該是新聞。

下午，她用過午膳，在一張為了她背部風溼而特別購置的直背扶手椅上享受了二十分鐘的午休後，她打開了《泰晤士報》。這份報紙是供她在更安閒的時候細讀的。其實《泰晤士報》已是今非昔比。令人氣惱的是，你幾乎再也找不到任何值得一看的東西。過去你只消從頭版看下去，輕易就能跳過不想看的版面，找到你有興趣的文章主題。然而這種經過了時間考驗的編排方式，現在受到了異乎尋常的干擾。有兩版突然讓位給卡布里的旅行見聞，還附上插圖；體育消息出現在比從前顯眼得多的地方；宮廷新聞和訃告的報導比例行專欄還要詳細。有一段時期，在《泰晤士報》上占了顯眼地位的出生、結婚等瑣碎消息特別吸引瑪波小姐的注意，可是近來瑪波小姐發現，這類消息改為固定出現在報紙左頁。

瑪波小姐首先把注意力放到頭版的重要新聞上。但她也不多看，因為和她早上看過的差不多，只不過筆調略微文雅些。她的眼光落在目次上：記事、評論、科學、體育；接著她按照慣例把報紙翻個面，迅速瀏覽了出生、婚姻和死亡等欄，之後再翻到通訊欄。在這一欄她幾乎總能找到一些有趣的新聞。接下來就是宮廷公報了，在這一頁還能找到當天舉辦的拍賣會消息。同一版面上總會刊登一則科學短論，不過她沒打算去看。對她來說，那種文章毫無道理可言。

一如往常翻閱過出生、婚姻和死亡等公告後，瑪波小姐又積習難改地自忖道：「現在大家只對死訊感興趣，真可悲！」

人也會生小孩，但是瑪波小姐無從得知那些新生父母的姓名。如果報上有一欄提及新生兒，同時附帶說明是什麼人的子孫輩，那麼她多少有點機會快樂地認出那人是誰。她或許會這麼想：「真是的，瑪麗．潘德葛絲竟然有三個孫女了！」當然，這可能想遠了點。

至於婚姻欄，她也只是蜻蜓點水瞄過一番，因為她那些老友的兒女輩多半在幾年前就成家了。她的目光移到訃聞欄，這回她看得比較認真。事實上，她看得非常仔細，生怕漏掉了什麼名字。阿洛韋、安古帕斯羅、阿登、巴頓、貝德蕭、伯哥威瑟（老天，這德國姓氏可真怪，不過這人似乎在里茲住過）。卡品特、卡普堂、克萊格。克萊格？是她認識的克萊格家族的一員嗎？不對，看來不是。珍妮特．克萊格是約克郡人。麥克唐納、麥肯齊、尼科森。尼科森？不對，絕不是她認識的那個尼科森。奧格、奧默羅……她想，那一定是那家人的什麼姨婆輩。對，很可能。琳達．奧默羅。不，她不認識。關翠兒？老天，那一定是伊麗莎白．關翠兒。享年八十五歲。天哪，真是的！她以為伊麗莎白．關翠兒好幾年前就死了。她的身體一直那麼弱，誰料得到她能活這麼久！誰也想不到她那幾根老骨頭居然撐了這麼久。雷斯、雷德利、拉菲爾。拉菲爾？她憶起了什麼，這名字好熟。拉菲爾。梅德斯東的貝爾福邸。梅德斯東的貝爾福邸。不，她不記得這個地址。敬辭花圈：賈森．拉菲爾。這是個少見的姓。她想她大概是在什麼地方聽過吧。羅斯—帕金森。可不可能是……不，不是。賴蘭？艾密莉．賴蘭，不，她從來就不認識叫作艾密莉．賴蘭的人。「深愛著她的丈夫和孩子敬悼」。唉，這是幸運還是悲哀？隨你怎麼看吧。

瑪波小姐放下報紙，懶懶地望著縱橫字謎，心頭卻直納悶，為什麼她會覺得拉菲爾這個名字很眼熟？

「我一定會想起來的，」瑪波小姐說。長年的經驗告訴她，老年人的記性是怎麼回事。「我一定會想起來的，毫無疑問。」

她朝窗外的花園瞥了一眼，趕緊收回目光，努力把花園趕出心頭。花園是她快樂的泉源，也是她多年來辛勤耕耘的地方。可是現在，拜醫生小題大做之賜，她在花園的工作遭到了禁止。她也曾試圖反抗禁令，到頭來終究得到了醒悟：最好照醫生的話做。她把椅子安排在一個不容易看到窗外的位置，除非她特意想看什麼才挪動。她嘆息一聲，拿起編織袋，從中取出一件快完成的兒童毛衣外套。外套的前後都已織好，現在輪到袖子了。織袖子一向是無聊事。袖子得有兩隻，必須一模一樣。確實無聊，但粉紅色的毛線倒是很漂亮。粉紅色毛線。且慢，它和什麼東西有關？啊，對了，和她剛讀到報紙上的名字有關。粉紅色毛線。湛藍的海洋。加勒比海。沙灘。陽光。她的編織和……沒錯，拉菲爾先生。就是那趟到加勒比海島嶼的旅行[1]。聖哈諾島。是外甥雷蒙招待她去的。她還記得她的甥媳婦，也就是雷蒙的妻子瓊恩說：「別再讓自己捲入謀殺命案了，珍姨媽。那對你沒好處。」

唉，她也不希望自己捲入任何命案，可是命案就是發生了。事實如此。只因為一個裝了一隻玻璃眼珠的陸軍老少校堅持要說幾個又長又乏味的故事給她聽。可憐的少校，他叫什麼名字來著?她已經忘了。拉菲爾先生和他的祕書，叫作什麼太太的……華特絲太太，對了，依瑟．華特絲，還有他那個負責按摩的看護傑克遜。她全都想起來了。噢，可憐的拉菲爾先生，他死了。他也知道自己來日無多，事實上，他已親口告訴過她。不過，看來他活得比醫生料想的久。他是個強勢又固執的人……也是個很有錢的人。

瑪波小姐沉浸在思緒中。織針雖然規律地動著，但她其實並沒有專心在編織上。她的心思放在已故拉菲爾先生身上，回憶著關於他的一切。他確實是個不易讓人忘懷的人。她能把他的容貌在心裡清楚勾勒出來。是的，他是個性格非常鮮明的人物，不可理喻，脾氣暴躁，有時候還無禮得很。不過沒人對他的無禮抱怨過，這點她也記得。大家不嫌他無禮，是因為他太有錢了。是的，他非常有錢。他有個隨身祕書，還有個身兼貼身男僕的看護，一個合格的按摩師。有那麼一段時間，沒人照料他，他就起不了床。

瑪波小姐想到，那個隨身看護的品德有些可疑之處。拉菲爾先生有時候對他非常無禮，而他似乎從不放在心上。當然，原因依舊是：拉菲爾先生太有錢了。

「別人付他的薪水絕對不到我付他的一半，」拉菲爾先生說，「這他自己也知道。不過，他倒是很勝任這份工作。」

1　參克莉絲蒂的《加勒比海疑雲》一書。

瑪波小姐不知道那個看護（他叫傑克遜還是詹森？）後來是不是還繼續伺候拉菲爾先生。他陪在拉菲爾先生身邊起碼一年了吧？一年零三、四個月。恐怕也沒有。拉菲爾先生是那種喜新厭舊的人。他很容易對身邊的人感到厭倦，厭倦他們的行為舉止、他們的相貌、他們的聲音……

瑪波小姐對這點很是理解。有時候她也會這樣。看看她自己過去的那個女伴護，那個和氣、殷勤、說話輕柔可是令人抓狂的女人。

瑪波小姐說：「啊，日子好過多了，自從……」

噢，老天，她已經忘了那女人的名字。是畢曉普小姐？不，不是畢曉普小姐。噢，老天，那段日子可真難熬。

她的思路又回到拉菲爾先生身上，還有……不，那人名字不叫詹森。是傑克遜，亞瑟・傑克遜。

「噢，天哪，」瑪波小姐又說，「我老是把名字弄錯。我剛才想到的是奈特小姐，不是畢曉普小姐。我怎麼會把她的名字錯想成畢曉普小姐呢？」她想到答案了。當然，是因為西洋棋。兩者都是棋子名。一個叫奈特[2]，一個叫畢曉普[3]。

「我想，下回我再想起她，說不定會以為她叫卡莎[4]或是魯珂[5]吧，雖然她不是那種會敲詐別人的人。她確實不是。那麼，拉菲爾先生那位親切的祕書叫什麼名字呢？噢，想到了，她叫依瑟・華特絲。沒錯。不知道依瑟・華特絲怎麼樣了？她該繼承了一筆錢吧？現在她可能已經拿到她那份遺產了。」

她記得拉菲爾先生告訴過她一些遺產處理之事，要不然就是她曾經……噢，老天，你愈是想把事情回想清楚，它可就愈糊塗。依瑟．華特絲……加勒比海那個事件讓她深受打擊，不過她會忘掉的。她是個寡婦，對吧？瑪波小姐希望依瑟．華特絲已經找到第二春，嫁給了一個溫柔、善良、可靠的男人。這似乎不太可能。她想，依瑟．華特絲就是有本事愛上嫁不得的男人。

瑪波小姐又回頭想到拉菲爾先生。「敬辭花圈」，訃聞上這麼寫。這倒不是說她想要送花圈給拉菲爾先生。如果他願意，他有能力把英國所有的花房都買下來。再說，他們沒有那樣的交情。他們並不是朋友，也不曾親密過。他們是……她該用什麼形容詞好呢？盟友。沒錯，他們曾經做過短暫的盟友。那段時光真令人興奮，而他也不愧是個好盟友。這點她早就知道了；在那個加勒比海島嶼上，當她在那個一片漆黑的熱帶夜晚跑去找他的時候，她就知道了。是的，她記起來了。那時候她頭上套著粉紅色毛線圍巾……她年輕時這種東西叫什

2　奈特（Knight），「騎士」之意。
3　畢曉普（Bishop），「主教」之意。
4　卡莎（Castle），「堡壘」之意。
5　魯珂（Rook），「城將」、「敲詐」之意。

麼？叫作迷幻披巾。她把那條漂亮的粉紅色毛圍巾圍在頭上，他直盯著她笑，後來她開口說出四個字（她一面回憶一面微笑），那四個字惹得他大笑，但後來他就不再笑了。他沒笑，還照她的要求做了，然後……

「噢！」瑪波小姐嘆了口氣。她必須承認，那時候可真令人興奮。她從來沒把這件事告訴外甥或親愛的瓊恩，因為他們殷殷囑咐過她不要這麼做，不是嗎？瑪波小姐點點頭，接著喃喃自語道：「可憐的拉菲爾先生，我希望他沒受什麼罪。」

大概不會。他可能被重金請來的醫生用鎮靜藥鎮住了，直到最後一刻都很安詳。在加勒比海島嶼的那幾個星期當中，他可是受了不少罪，病痛幾乎不斷。他真是個勇者。

他是個勇者。他死了，她覺得很遺憾，因為她認為他雖然年老多病，但這個世界少了他就失去了某些東西。她不知道他在做生意時是什麼模樣。她想，可能很寡情、無禮、霸道、頤指氣使；他很善於挑釁。不過……不過他是個很好的朋友，她想。他有一股深沉的仁善氣質，而他一直很小心，從來不讓這股仁善顯露於外。他是個令她尊敬佩服的人。唉，她很遺憾他已不在人世。她希望他別太放不下，也希望他死得安詳。現在他無疑已經燒成了灰，骨灰放在一個又大又漂亮的大理石墓窖裡。她甚至不知道他是否結過婚。他從未提過有妻子，也沒提過有小孩。他是個寂寞的人嗎？還是他的生活太豐富，所以根本不會感到寂寞？她不知道。

那天下午她呆坐了許久，想著有關拉菲爾先生的一切。自從回到英國，她從沒想過要和他再見面，事實上也不曾再見過。而奇怪的是，她覺得自己無時無刻不和他有所聯繫。要是他能感受到他們因那段日子或某種原因而產生的情感牽連，而跑來找她或向她提議再見面就好了。那種牽連……

「真是的，」瑪波小姐被自己的想法嚇到了，口中說道，「我們之間不可能只是一種無情的關聯吧？」難道她珍．瑪波是個寡情的人嗎？「你知道，」瑪波小姐自言自語道，「真奇怪，我以前從未想過這個問題。你知道，我相信我也可以是很無情的……」

房門打開，一個黝黑、鬈髮的腦袋伸了進來。是雀莉，她是畢曉普小姐……噢，是奈特小姐之後一位很受歡迎的繼位者。

「你是不是說了什麼？」雀莉問。

「我在跟自己說話，」瑪波小姐說，「我只是在想，我這人可不可能很無情。」

「什麼，你？」雀莉說，「絕無可能！你太善良了。」

「善良也無妨，」瑪波小姐說，「我相信若有正當理由，我也可以很無情。」

「你所謂的正當理由是什麼呢？」

「為了伸張正義。」瑪波小姐說。

「我必須說，你對小賈利．霍普金斯確實表現出你的無情，」雀莉說，「那天他虐待小貓被你逮到，我從沒見過你對任何人那麼火冒三丈！你把他嚇得呆若木雞。他這輩子一定忘不了。」

「希望他後來沒再虐待小貓。」

「噢，就算他有，他也一定會確定你當時不在附近，」雀莉說，「事實上，我也不敢確定，因為我沒見過其他小孩怕過你。看到你拿著毛線團編織什麼的，任何人都會以為你一定溫柔得像綿羊。但我敢說，哪天要是你被激怒，你會表現得像頭獅子。」

瑪波小姐似乎有點懷疑。她不太清楚自己在雀莉心目中是個什麼樣的角色。她是否曾經……她默默反思，想著過去曾有的不同心情。她曾經對畢曉普小姐……奈特小姐（真是的，她不能再這樣了，這麼容易忘記別人姓名）頗為不耐。不過她的不耐多半會說些諷刺的話來表達。而獅子，照理說不會說諷刺的話。獅子根本用不著諷刺人。牠會跳躍、咆哮、善用牠的利爪，還會對牠的獵物大口撕咬吞下肚去。

「真是的，」瑪波小姐說，「我不認為我曾表現得像隻獅子。」

那天傍晚，瑪波小姐沿著花園散步，心裡又升起一股常有的煩惱。或許是那盆金魚草勾起了她的回憶。真是的，她一再告訴老喬治，她只要硫磺色的金魚草，不要園丁都喜愛的那種難看而略帶紫色的金魚草。

「硫磺色的！」瑪波小姐大聲說。

在她房門口的小徑豎著一道圍欄。這時圍欄外正好有人經過，那女人回過頭來問：「對不起，你剛才說了什麼嗎？」

「對不起，我在跟自己說話。」瑪波小姐一面回答，一面轉身向圍欄外望去。

聖瑪莉米德村的人她多半都認識，就算不認識也很面熟。但她不認識這女人。她是個矮胖的女人，穿著老舊但結實的蘇格蘭粗呢裙，腳踏一雙質地堅實的鄉村便鞋，身穿一件翡翠色罩頭衫和手工編織的毛圍巾。

「恐怕人到了我這把年紀都會這樣。」瑪波小姐補上一句。

「你的花園很漂亮。」女人說。

「現在還不算漂亮，」瑪波小姐說，「想當初我自己照顧的時候……」

「噢，我知道。我了解你的感受。我想你也雇用了一個所謂的——我知道那些人的許多稱號，多半都很粗俗——老傢伙，自稱非常懂得園藝。有些確實很懂，有些則是一竅不通。他們過來，茶喝了一杯又一杯，卻只除了一點草。他們很和氣，有些確實和藹可親，可是仍然令人忍不住要發火，」她又說，「我自己就熱愛園藝。」

「你住在本地嗎？」瑪波小姐帶著好奇問道。

「噢，我和一個叫哈斯汀的太太住在一起。我聽她提過你，你是瑪波小姐，對吧？」

「沒錯。」

「我是以伴護兼園丁的身分來到此地的。對了，我姓巴利特，巴利特小姐。我要做的事其實不多，」巴利特小姐說，「她種的淨是一些年生作物類的東西，我根本插不上手，」說到這裡，她張開嘴露齒一笑。「當然，我也得做些雜事，比方說去買東西。無論如何，任何時間你這裡需要我，我都可以挪出一兩個小時為你效勞。我敢說，我比你現在雇用的任何花匠都好。」

「那太好了，」瑪波小姐說，「我最喜歡花，不怎麼喜歡種蔬菜。」

「我替哈斯汀太太種蔬菜。很無聊，可是非做不可。噢，我該走了。」

她的目光在瑪波小姐身上從頭掃到腳，彷彿要把她牢牢記住似的，接著她又開心地一點頭，蹚著步子走遠了。

哈斯汀太太？瑪波小姐不記得任何叫作哈斯汀太太的人。這位哈斯汀太太一定不是她的老朋友，也一定不是個園藝高手。噢，對了，她很可能是直布羅陀路末端那幾棟新屋的住戶，去年有好幾家人搬進去。瑪波小姐一面嘆息，一面苦惱地望著那些金魚草。見到幾根雜草時，她多想連根拔掉，看到一兩根吸枝，她更想用剪枝刀把它們剪除。最後，她嘆息著，毅然抗拒了誘惑，沿著小徑回到她的住屋。她又想起了拉菲爾先生。他們曾經，他和她……年輕的時候大家常引用一本書，那本書的名字是什麼？《暗夜行船》。現在想來，這個書名還真貼切。暗夜行船。在那個暗夜裡，她去請求他……不，是要求他幫忙，她堅稱沒有時間可耽誤了，而他竟然同意了，還立刻著手安排一切！或許那一回她表現得就像獅子？不，不對，完全不對。她當時並沒有感到一絲火氣，而是堅持要立刻去做一件迫在眉睫的事。而他非常了解。

可憐的拉菲爾先生。那艘在黑夜行過的船是一艘非常有意思的船。一旦你習慣了他的無禮，他該是個討人喜歡的人吧？不！她搖搖頭。拉菲爾先生絕不是個討人喜歡的人。唉，她必須把拉菲爾先生趕出腦海。

船隻在夜晚行過，相遇時互道問候；
黑暗中只能打個信號，傳送遙遠的聲音。

她大概再也不會想到他了。她可能會注意一下，看他的訃聞有沒有刊登在《泰晤士報》上。不過她認為這不大可能。他並非赫赫名流，沒有知名度，只是很有錢。當然，許多在報上登出訃聞的人也是因為非常有錢，但她認為拉菲爾先生不是那種有錢人。他不是傑出的實業家，不是著名的金融家，也不是顯赫的銀行家。他只是個畢生賺了天文數字財產的人。

02 暗號

大約在拉菲爾先生死後一星期，瑪波小姐從她早餐托盤中拿起一封信。她在拆開前對著它端詳了好一陣。今天早上收到的另外兩封信是帳單，要不就是帳單收據，不管是哪樣，都引不起她的興趣。或許這封信可以。

郵戳蓋的是倫敦，地址是用打字機打印的，修長的信封很考究。瑪波小姐用裁紙刀（她總把它放在盤裡隨時備用）俐落地把信裁開。寄信人是律師兼公證人布羅崔和舒斯特先生；發信地是布魯姆斯貝利。這封信以彬彬有禮的措辭和法律用語，請她在下週的某一天到他們的辦公室，商討一個和她切身利益有關的問題。日子暫定為二十四日，星期四。如果那天不方便，那請她告訴他們，最近她哪一天會來倫敦。他們附帶提到，他們是已故拉菲爾先生的律師，知道她和拉菲爾先生認識。

瑪波小姐帶著不解蹙起眉頭。她一邊思索著這封來信，一邊緩緩地站起身。雀莉扶著她下了樓。這樓梯是老式的，半途有個急轉的彎處，所以雀莉總會戒慎恐懼地在大廳走來走去，以免瑪波小姐必須獨自下樓而造成不幸。

「你對我照顧得真周到，雀莉。」瑪波小姐說。

「應該的，」雀莉說，這是她的口頭禪。「像你這樣的好人太少了。」

「噢，謝謝誇獎，」瑪波小姐一面說，一面踏下樓梯的最後一級。

「沒什麼事吧？」雀莉問，「你看來有點煩惱，你知道。」

「沒事，完全沒事，」瑪波小姐回答，「我收到一封頗不尋常的信，是一家法律事務所寄來的。」

「該不是有人因為什麼事告了你吧？」雀莉問。

她總會把律師來函和災禍聯想在一起。

「噢，不是，」瑪波小姐說，「完全不是你所說的那種事情。他們不過是邀請我下星期到倫敦去見他們。」

「說不定有人留下一筆遺產給你。」雀莉帶著期望的口氣說。

「我想那是癡人說夢。」瑪波小姐回答。

「噢，這可難說。」雀莉說。

瑪波小姐坐進椅子，從繡花提袋裡取出針線，開始思索拉菲爾先生留遺產給她的可能性。比起雀莉剛剛提到這件事的時候，她現在覺得更不可能，認為拉菲爾先生不是這種人。

她不能依照指定的日子去倫敦。那天她得去參加婦女協會的一場會議，討論加蓋幾間房間的籌款事宜。不過她寫了封信給他們，約好下個星期的某一天見。她及時收到了回音，確認了約定時間。她很好奇，布羅崔先生和舒斯特先生不知長得什麼模樣。來信是由J．R．布羅崔署名，顯然他比較資深。瑪波小姐想，拉菲爾先生可能在遺囑裡留給她一些小小的研究報告或紀念品，也可能是幾本他書房裡那些奇花異卉的書，因為他認為這個熱心園藝的老太太會感到興趣。要不然就是他曾祖母的一枚浮雕胸針。她喜歡做這樣天馬行空的想像。但這些都不過是想像而已，因為不管是哪種情況，這些遺囑執行人——如果這些律師就是遺囑執行人的話——只要寄來東西就行，用不著和她見面。

「反正，」瑪波小姐說，「下週二我就知道了。」

§

「不知道她是什麼模樣？」

布羅崔先生對舒斯特先生說，瞄了掛鐘一眼。

「她應該再過一刻鐘就到了，」舒斯特先生說，「不知道她會不會準時。」

「噢，我想她會。她年紀大，我想她應該比現在那些浮躁的年輕人注意小節得多。」

「不知道她是胖是瘦。」舒斯特說。

布羅崔搖搖頭。

「拉菲爾先生沒有描述過她的模樣？」舒斯特先生問。

「每當他談到她時，他就格外守口如瓶。」

「在我看來，這整件事頗為怪異，」舒斯特先生說，「要是我們知道這一切意義何在就好了。」

布羅崔先生若有所思地說：「可能和邁克有關係。」

「什麼？過了這麼多年還有關係？不可能吧？你怎麼會這麼想呢？難道他提過……」

「沒有，他什麼也沒提。他的心事一點也沒透露給我，他光是告訴我該做些什麼。」

「你認為他到後來變得有點反常了，是嗎？」

「一點也不，他的心智依然健全如昔。不管怎麼說，他的病從不曾影響到他的腦袋。在他生前最後那兩個月裡，他還多賺了二十萬英鎊，這就可以證明。」

「他很有眼光，」舒斯特先生的口氣帶著適切的敬意。「確實，他一向眼光遠大。」

「非常有生意頭腦，」布羅崔先生也用一種恰如其分的崇敬語調說，「像他那樣的人不多。世人大都是可憐蟲。」

桌上響起一陣鈴聲，舒斯特先生拿起話筒，一個女人的聲音傳來。

「珍·瑪波小姐依約來見布羅崔先生。」

舒斯特先生望著他的夥伴，揚起一邊眉毛，等著對方做出肯定或否定的表示。布羅崔先生點點頭。

「請她進來。」舒斯特先生說，又加上一句：「答案就要揭曉了。」

瑪波小姐走進房間，一位身體瘦削、神色憂鬱的長臉中年紳士站起身迎接她。顯然他就是布羅崔[6]先生，外表與名字有點不相稱。和他在一起的是一位頗為年輕而個頭大得多的中年男子，黑頭髮，眼睛小而銳利，看來有點雙下巴。

「這位是我的同事，舒斯特先生。」布羅崔先生介紹道。

「希望您不會覺得樓梯太高。」

舒斯特先生口中一面說，心中一面暗忖：她少說有七十歲，恐怕快八十了。

「我爬樓梯總有點上氣不接下氣。」

「這是老舊建築，沒有電梯，」布羅崔抱歉似地說道，「這家事務所成立很久了，我們並不汲汲於裝設一些顧客或許會期望的現代化設施。」

「這辦公室格局方正，很順眼。」瑪波小姐說得很客氣。

她在布羅崔先生為她拿來的椅子上坐下。舒斯特先生悄悄離開了房間。

「希望這張椅子坐著舒服，」布羅崔先生說，「我把窗簾稍稍拉攏些好嗎？你可能會覺得太陽有點刺眼。」

「謝謝你。」瑪波小姐帶著感激說道。

她端坐在那兒，腰桿挺直，這是她的習慣。她一身蘇格蘭格子套裝，配上珍珠項鍊和一頂天鵝絨小帽。布羅崔暗忖：典型的鄉下老太太，沒見過世面的老女人，腦袋少根筋……但也不一定，她眼神挺精明的。不知道拉菲爾是在什麼地方遇見她？大概是什麼人從鄉下來的姨婆吧？他腦中一面飄著這些念頭，口裡一面閒談天氣——今年早春霜凍造成的災害令人遺憾——和一些他認為得體的話題，作為開場白。

瑪波小姐中規中矩地回應，靜心坐著等候這次會面的正題開場。

「您大概覺得奇怪，我們為什麼要請您到這裡，」布羅崔先生一面將面前幾張紙攤開，一面對她笑了笑。「您當然已經聽說，或是從報上看到了拉菲爾先生的死訊。」

「我在報上看到的。」瑪波小姐說。

「我知道他是您的朋友。」

瑪波小姐說：「我第一次見到他不過是一年多前，」她又加上一句：「是在西印度群島。」

「啊，我記得他去過那裡。我相信是為了他的健康，揣想去那裡可能對他有點好處。不過您也知道，他早就病得很厲害，不良於行了。」

「沒錯。」瑪波小姐說。

6　布羅崔的英文是 Broadribb，有體格魁梧之意。

「您和他很熟？」

「不，」瑪波小姐說，「我不敢這麼說。我們是同一家飯店的旅客，偶爾會聊聊天。自從回到英國，我就沒再見過他。你知道，我安安靜靜地住在鄉下，而他，我想，是個專心事業的人。」

「他還是不斷做買賣，直到……呃，我可以說，直到他死的那天為止，」布羅崔先生說，「他非常有生意頭腦。」

「確實如此，」瑪波小姐說，「我一下就看出來，他是個……呃，很不平凡的人物。」

「不曉得您知不知道……或許拉菲爾先生曾經暗示過您，我受託要告知您的提議是關於什麼事？」

「我一點也想不出，」瑪波小姐說，「拉菲爾先生會有什麼事情託付給我。這簡直不可思議。」

「他對您非常推崇。」

「這是他的好意，不過他是謬讚了，」瑪波小姐說，「我是個微不足道的人。」

「您一定知道，他去世的時候已是腰纏萬貫。大體說來，他的遺囑條文很簡單。早在他去世前，他對財產的處理便已安排妥當，像是託付信託基金和受益人之類的。」

「我相信這種程序在當今頗為平常，」瑪波小姐說，「雖然我完全不懂錢財方面的事。」

「這次會面的目的，」布羅崔先生說，「是因為我受他的託付，要告知您他為您準備了一筆款項，一年後會完全屬於你。唯一的條件是，你得接受一個提議。我這就拿給您看。」

他從面前的桌上拿起一個封緘的長信封，遞給坐在對面的她。

「我想您最好親自看看裡面的內容。不急，您慢慢看。」

瑪波小姐於是不慌不忙，用布羅崔先生遞給她的小裁信刀將信裁開，取出信紙——是打字機打的——讀了起來。她將它摺起，又打開讀了一遍，這才望向布羅崔先生。

「裡面說得很不清楚。他有沒有留下更詳細的說明？」

「就我所知是沒有。他要我把這封信交給您，再告訴您遺留給您的數字。總數是兩萬英鎊，而且免繳遺產稅。」

瑪波小姐就這麼呆坐望著他，驚訝得說不出話來。布羅崔先生一時也沒開口，只是仔細觀察著她。她的驚詫如假包換。顯而易見，瑪波小姐完全沒想到會聽見這種消息。布羅崔先生不知道她頭一句會冒出什麼話來。她直視著他，目光甚為嚴厲，只有自己的姑婆輩才會這樣看他。她終於開口，幾乎是譴責般。

「這筆錢數字很大。」瑪波小姐說。

「沒有以前那麼大。」布羅崔先生說。（他好不容易控制住自己沒說出口：「在今天只算是戔戔少數。」）

「我必須承認，」瑪波小姐說，「我很驚訝。坦白說，我非常驚訝。」

她拿起文件，再度從頭到尾仔細看了一遍。

「我想你該知道這封信的內容吧？」她問。

「是的。是拉菲爾先生親自口授要我寫下的。」

「他沒有對你做任何解釋？」

「沒有。」

「我想，你應該向他提議過，如果他多解釋些豈不更好？」瑪波小姐說，聲音帶有幾絲嘲諷。

布羅崔先生淡然笑笑。

「您說得對，我是提議過。我說，您大概不容易確切懂得他的用意。」

「說得好。」瑪波小姐說。

布羅崔先生說：「當然，您不必現在就給我答覆。」

「確實，」瑪波小姐說，「我得仔細考慮考慮。」

「一如您所指出的，那筆錢的數字十分可觀。」

「我老了，」瑪波小姐說，「有人稱為『年事已高』，不過『老』這個字眼更為恰當。我很老了，可能活不過一年去賺這筆錢，更別提我有沒有這個能力去賺這筆錢。」

「任何年齡的人都不會鄙視金錢。」布羅崔先生說。

「我可以拿這筆錢惠及我關心的一些慈善機構，」瑪波小姐說，「世上總有一些人……我是指一些你常常希望為他們盡點力卻因為自己阮囊羞澀而幫不了的人。再者，我不會假裝自己沒有嗜好或欲望，一個人總是有些不能隨心所欲或買不起的東西。我想拉菲爾先生知道得很清楚，一個上了年紀的人如果在大出意料之下有了這種能力，那會為她帶來莫大的快樂。」

「確實如此，」布羅崔先生說，「想想，比如說，到國外旅遊一趟？現在這種豪華旅遊很多；看戲劇表演、聽音樂會，種種豐富精神生活的方式。」

「我的興趣沒那麼高雅，」瑪波小姐說，「松雞，」她若有所思地說，「這年頭不容易買到松雞，而且價錢很貴。我倒是很想吃隻松雞……一人獨享一整隻。蜜餞栗子是昂貴的嗜好，我也沒能力常買。或許我可以去看一齣歌劇。這表示你得租輛車把你送到大戲院再把你接回來，外加在旅館裡住一晚。不過，我還是廢話少說得好，」她說，「等我回去仔細想想再說。真是的，拉菲爾先生到底為什麼……你真的不知道他為什麼做出這個提議，也不知道他怎會認為我有能力為他效勞？他一定知道我們見面已是一年多將近兩年前的事，我的身體很可能比以前更差，更無法運用我或許擁有的小小才能。他這是冒險。像這種調查的事，比我更勝任愉快的人比比皆是，對吧？」

「坦白說，一個人難免會這麼想，」布羅崔先生說，「但他就是選上了您，瑪波小姐。或許我的好奇心有點無聊，不過請原諒我這麼問，您可曾……噢，我該怎麼說呢？和犯罪事件或是犯罪調查有過關聯？」

「嚴格來說並沒有，」瑪波小姐說，「換句話說，我不是專業。我從來沒當過緩刑監官或是正職法官，也不曾和偵探社有過任何關係。容我為你解釋，布羅崔先生，我能想到的，只有那件我該做而拉菲爾先生也義不容辭的事情。無論如何，我只能這麼說：我們住在西印度島嶼上的那段時間，拉菲爾先生和我曾經捲入那裡發生的一樁罪案。那是一樁匪夷所思、錯綜複雜的謀殺案。」

「而您和拉菲爾先生破了那起案子？」

「我不敢說得那麼肯定，」瑪波小姐說，「拉菲爾先生以他的強勢性格，而我則是因為注意到了幾個明顯的線索，聯手阻止了一起謀殺案。憑我一人之力是做不到的；我的體力太弱。而光靠拉菲爾先生一人也做不到，因為他不良於行。總而言之，我們是聯手行動。」

「我還有個問題想請教，瑪波小姐。『復仇女神』這字眼對您可有什麼特殊含義？」

「『復仇女神』。」瑪波小姐說。這不算個問題。她的臉上緩緩漾出微笑。「確實，」她說，「這個字眼對我有所意義，對拉菲爾先生來說也有特殊含義。當初我形容自己為復仇女神，他還感到非常好笑。」

布羅崔先生沒想到會聽到這樣的回答。他望著瑪波小姐，驚訝的程度不亞於拉菲爾先生當年在加勒比海島嶼那間草屋中初聽到的那一刻。這位老太太確實和藹可親，也夠聰明。可是，這太扯了吧……復仇女神？

「我相信你的感覺也和他一樣，」瑪波小姐說，她站起身來。「布羅崔先生，如果你在這件事上發現或收到更多指示，請讓我知道。如果沒有更多指示，我會覺得很奇怪，因為拉菲爾先生請求我做的這件事，我完全是一頭霧水。」

「您不認識他的家人、朋友和他的……」

「不認識。我告訴過你，他只是我在國外旅行的一個同伴。我們在一樁神祕事件中當過盟友，關係僅此而已。」她正待往門口走去，又突然轉過身來問道：「他那時候有一個祕書——依瑟．華特絲太太。不知道這麼問是否太冒昧……拉菲爾先生是不是留下了五萬英鎊給她？」

「他的遺產會公布在報紙上，」布羅崔先生說，「不過我對您這個問題可以做個肯定的答覆。順便告訴您，華特絲太太已經改名為安德森太太，她又結婚了。」

「聽到這消息我真高興。她是個寡婦，還有個女兒。她似乎是個稱職的祕書，很懂得拉菲爾先生的心理。她是個好女人。我很高興她得到了遺贈。」

那天晚上，瑪波小姐坐在她的直背扶手椅上，雙足伸向因為一陣寒流突然降臨而燒著一團小火的壁爐。這種寒流一如往常，隨時隨地可能在英國駕臨。她再度從早上收到的長信封裡取出文件，依然半信半疑地讀著，還不時低聲讀出聲音來，彷彿要加深這些語句在腦中的印象：

聖瑪莉米德村　珍．瑪波小姐收

這封信會在我死後由我的律師詹姆斯．布羅崔先生送交給你。我聘請他處理的是涉及我私人的法律事務，無關業務問題。他是個穩健、可靠的律師，不過一如大多數的人，他也有好奇心重的毛病。我沒讓他的好奇心得到滿足。這件事在某些方面只有你和我知道。親愛的瑪波小姐，我們的暗號是「復仇女神」。我想你不會忘記你初次對我提到這個字眼時的地點和情境。憑我在商場裡打滾了這麼久的經驗，我知道我希望在自己雇用的人身上找到什麼。那人必須有種天賦，能夠勝任我交給他的任務。那既非知識也非經驗，唯一能形容的字眼就是天賦，也就是一種與生俱來的能力。

而你，親愛的，如果你容我這樣稱呼你，你具有正義的天賦，因而擁有一種打擊罪惡的稟賦。我要你去調查一樁罪案。我已準備好一筆錢，如果你接受我的請求，並且讓這樁罪行真相大白，那麼這筆錢就會全數屬於你。我給你一年的時間去完成任務。你年歲不輕了，不過容我這麼說，你很強韌，我相信你起碼再活一年沒有問題。

我相信你不會討厭這個任務。我敢說，你具有追根究柢的天分。在這段時間內，進行這項任務的必要花費隨時都會匯給你。我給你這份工作，也是為了讓你當前的生活得到一些調劑。

我可以想像，你正坐在一張為風溼病痛而特別購置的舒適椅子上。我相信像你這把年紀的人，無論是誰，或多或少都有風溼。如果它影響到你的膝蓋或背脊，會造成你活動不便，所以只好以編織來消磨大部分的時間。我可以想見你渾身裹在一團粉紅色毛線當中，一如過去的某個夜晚，我的睡眠被你的緊急事件打斷的那天。

我可以想像你編織了更多的外套、頭巾，還有一大堆我叫不出名字的東西。如果你選擇繼續編織，決定權在你，而如果你選擇了伸張正義，我希望你至少會發現它很有趣。

讓正義如流水，源源不絕，
讓公理如小溪，永不停息。

阿摩司[7]

7 阿摩司（Amos），西元前八世紀的希伯來先知。

03 瑪波小姐採取行動

瑪波小姐把信連看了三遍，接著置於一旁，微蹙著眉頭思索著這封信的含義。她第一個念頭，是自己異常缺乏確切的線索。她能從布羅崔先生處得到更多的線索嗎？她幾乎可以確定不會。這和拉菲爾先生的盤算不符。可是，如果她對這件事一無所知，拉菲爾先生怎麼可能期望她去想辦法、採取行動呢？這點頗耐人尋味。經過幾分鐘的思考，她斷定這是拉菲爾先生刻意的安排。她又想起那短短幾天相處中她所認識的他，他的不良於行，他的壞脾氣，他偶爾流露出的睿智和幽默。她想，他喜歡捉弄人，這封信勢必會讓布羅崔先生的好奇天性大受挫折，而這正中他的下懷。

可是關於他要她做的事，這封信沒有提供半點線索。這封信簡直對她毫無幫助。她想，拉菲爾先生顯然沒打算讓它對她有所幫助。他有……她該怎麼形容呢？其他的盤算。話說回來，她在一片茫然的情況下不可能著手做任何事。這就像個沒有提示的縱橫字謎。照理說該有提示的。她必須知道要做什麼、到何處去，還得知道自己是不是只要放下織針、好好集中注意力、坐在扶手椅上就能解決某個難題。或者，拉菲爾先生是希望她搭飛機或輪船去西印度群島、南美或其他什麼地方？如果她不能自己找出答案，那就得拿到明確的指示。他是不是認為她有足夠的智慧做出假設、提出問題而且獲得解答？不，她不相信。

「如果他真的這麼想，」瑪波小姐大聲說道，「他就是個老糊塗。我的意思是，他生前是個老糊塗。」

但她不認為拉菲爾先生是個老糊塗。

「我會得到指示的，」瑪波小姐說，「不過是什麼樣的指示？什麼時候才能獲得呢？」

這時她才突然想到，她無疑已經接受了這個諭令。她再度對著空氣大聲說道：「我相信永恆的生命。拉菲爾先生，我不確定你如今身在何處，但我毫不懷疑，你現在一定在我的左右。我一定盡我所能來完成你的遺願。」

§

三天後，瑪波小姐寫了一封信給布羅崔先生。信很短，不過簡單扼要。

親愛的布羅崔先生：

考慮過你的提議後，我謹以此告知：我決定接受已故拉菲爾先生對我所做的提議。我會竭盡所能去完成他的遺願，雖然我完全沒有把握能否成功。真的，我實在看不出成功的可能性。我從他那封信中沒有得到任何指示，以往也不曾以任何方式（我覺得這個語彙夠簡明了）被告知。如果你手上還握有其他含有明確指示的資料，我想你會很樂意寄給我，不過既然你沒有這麼做，那就表示事實並非如此。

我想拉菲爾先生在嚥氣的那一刻神志都還清醒吧？我認為有幾個問題值得一問。在他最後那段日子裡，可有一些事情（無論在生意上或私人感情上）令他感到熱中？他曾否因為某些事情明顯不合公義令他深感不平，因而向你提到他的憤怨或不滿？果真如此，我必須請你告訴我。在他的親戚朋友當中，最近是不是有人吃了悶虧而成為某樁不公平交易的犧牲者，或是諸如此類的情況？

我相信你一定明白為什麼我要問這些。事實上，就是拉菲爾先生也料得到我會這麼問。

§

布羅崔先生把那封信拿給舒斯特先生看，靠坐在椅子上的舒斯特吹出一聲口哨。

「她準備接下這個差事了，是吧？好一個精神充沛的老太太。」他接著又問：「我想她應該知道這是怎麼回事，對吧？」

「顯然不知道。」布羅崔先生說。

「真希望我們知道，」舒斯特先生說，「他是個古怪的傢伙。」

「一個很難了解的人。」布羅崔先生說。

「我一點頭緒也沒有，」舒斯特先生說，「你呢？」

「我也是，」布羅崔先生說完，又加上一句：「我想他是存心不讓我有頭緒。」

「可是這麼一來，事情可就更難辦了。我一點也不認為一個鄉下老太太能夠看穿死人的心思，知道他起的是什麼樣的怪念頭。你該不會以為他是故意把她引到歧路上去，好讓她上當吧？開個玩笑，說不定他認為她自以為是解決鄉村疑難雜症的高手，所以打算好好教訓她一番……」

「不會，」布羅崔先生說，「我不這麼認為，拉菲爾不是這種人。」

「有時候他可是夠調皮搗蛋的。」舒斯特先生說。

「沒錯，可是他不是個……我認為他對這件事是很認真的。有些事讓他心煩……我相信一定有事讓他憂心。」

「他沒告訴過你是怎麼回事？連起碼的暗示也沒有？」

「沒有。」

「那麼他怎麼可能期望……」舒斯特先生突然住了口。

「他不可能真的期望得到什麼成果，」布羅崔先生說，「我的意思是，她怎麼可能理出頭緒呢？」

「如果你問我，我會說這是他的惡作劇。」

「兩萬英鎊可是一筆大數目。」

「確實。但如果他知道她做不來呢？」

「不會的，」布羅崔先生說，「他不可能那麼離譜。他一定認為她有可能找到線索或發現什麼。」

「那我們該做什麼？」

「等待，」布羅崔先生說，「等著看接下來會怎樣。無論如何，事情總會有進展。」

「你是不是拿到了一些還沒有開封的指示？」

「親愛的舒斯特，」布羅崔先生說，「我是個律師，拉菲爾先生無疑很信任我的人格和職業道德。那些密封的指示只有在某些條件下才能公開，而至今那些條件一個也沒符合。」

「而且永遠也不會符合。」舒斯特先生說。

這次談話就此結束。

§

布羅崔先生和舒斯特先生很幸運，能夠全心經營他們的事業。瑪波小姐就沒那麼好運了。她除了一面編織一面沉思，她也外出散步，有時候還因此遭到雀莉的勸戒。

「你知道醫生是怎麼說的。你不能太耗體力。」

「我走得很慢，」瑪波小姐說，「而且我什麼事也沒做。我的意思是，我又沒挖土也沒鋤草。我只是……呃，一步接著一步走，一面想事情。」

「什麼事情呢？」雀莉帶著興味問道。

「我要是知道就好了。」

瑪波小姐說完，要雀莉多拿條圍巾來，因為外面刮著冷風。

「我真想知道是什麼事讓她坐立不安。」雀莉在丈夫面前放上一盤中國米飯和燴腰花說道。「中式晚餐。」她說。

她的丈夫點頭表示讚許。

「你的手藝愈來愈好了。」

「我為她擔心，」雀莉說，「我擔心是因為她有事煩惱。她收到一封信，就是那封信讓她心神不寧。」

「她需要靜坐，」雀莉的丈夫說，「安心靜坐，放鬆心情；去圖書館借幾本新書，找幾個朋友來看她。」

「她正思索著什麼，」雀莉說，「像是在做計畫，想著如何著手去做。我看是這樣。」

她不再說話，把咖啡盤端進去放在瑪波小姐身旁。

「你認不認識一個住在附近新房子的女人？她姓哈斯汀，」瑪波小姐問，「和她住在一起的是個叫作巴利特小姐（我想是吧）的女人……」

「什麼？你是說村頭那一棟整個翻修和粉刷過的房子？那家人住進去沒多久。我不曉得他們姓什麼。你怎麼會問到這個？那些人不怎麼有趣，至少我這麼認為。」

「這兩個女人是親戚嗎？」瑪波小姐問。

「不，我想她們只是朋友。」

「我想知道為什麼……」瑪波小姐說了一半突然停住。

「你想知道什麼？」

「沒什麼，」瑪波小姐說，「請把我的書桌擦一下，好嗎？再幫我拿枝鋼筆和紙來，我要寫信。」

「寫給誰？」雀莉出於天生的好奇心問道。

「寫給一個牧師的妹妹，」瑪波小姐回答，「那個牧師姓玻斯卡。」

「就是你在西印度島嶼上遇到的那個，對吧？你從相簿裡指給我看過。」

「沒錯。」

「你不會是心情不好吧？怎麼想到要寫信給一個牧師？」

「我心情好極了，」瑪波小姐說，「很想找點事情忙一忙。而這個忙只有玻斯卡小姐可以幫。」

親愛的玻斯卡小姐（瑪波小姐寫道），希望你沒有忘記我。如果你還記得，我是在西印度群島的聖哈諾島遇到你和令兄的。希望親愛的牧師身體安康，也希望去年的寒冬氣候沒有讓他受到哮喘過度的折磨。

我寫這封信，是想問問你能不能告訴我華特絲太太——依瑟．華特絲——的地址。她是拉菲爾先生的祕書，你或許還記得，我們曾在加勒比海群島上見過她。她曾經把地址告訴過我，遺憾的是，我不知把它放到什麼地方去了。我急著寫信給她，因為她問過我一些園藝方面的問題，而我當時無法回答她。幾天前我聽說她已再婚，不過既是道聽塗說，我認為不見得可靠。說不定你對她的近況知道得比我多。

希望這個請求不至於太麻煩你。請代問候令兄，並祝你一切順心。

珍．瑪波敬上

發了這封信後，瑪波小姐心情舒暢了些。

「至少，」她說，「我開始有所行動了。這倒不是說我抱著多大期望，不過這封信也許會有幫助。」

玻斯卡小姐幾乎立刻就回了信。她是個非常有效率的女人，不但寫了封令人開心的信，連華特絲太太的地址也附上了。

我從未直接從依瑟・華特絲那裡聽到任何消息，不過和你一樣，我也從一個朋友那裡聽說，她們看到了她的結婚啟事。我相信，她現在的夫家姓氏不是奧德森就是安德森。她的地址是漢普郡溫斯洛別墅，在奧爾頓附近。我哥哥向你問好。可惜我們住得太遠，在英格蘭北部，而你住在倫敦之南。希望哪天我們還能聚首。

瓊安・玻斯卡敬上

「溫斯洛別墅，奧爾頓附近，」瑪波小姐一邊唸，一邊寫下地址。「離這兒不遠。不遠，真的不遠。我可以……我不知道怎麼去最好？大概從英奇車行叫輛車吧。有點奢侈，不過如果能有收穫，日後也可以名正言順當成費用申請。但我該事先寫信通知她呢，還是碰碰運氣？我想最好是碰運氣。可憐的依瑟，她不可能還舊情依依地記得我。」

瑪波小姐沉浸在一連串的往事中。依瑟・華特絲之所以免於被謀殺的命運，很可能就是拜她在那個加勒比海島嶼上所採取的行動之賜。至少瑪波小姐深信如此，不過依瑟・華特絲自己可能並不相信。

「她是個善良的女人，」瑪波小姐自言自語著，接著又用一種輕柔的語調說道：「非常善良，所以太容易所嫁非人。事實上，她是那種一不看緊就會嫁給一個殺人凶手的人。我還是認為，」若有所思的瑪波小姐壓低了聲音繼續說道：「我很可能救了她一命。事實上我很確定，但我想她並不這麼想。她恐怕對我討厭得很，所以想從她那裡套出情報就更難了。話說回來，試試也無妨。總比坐在這裡枯等要好。」

拉菲爾先生寫那封信給她，該不會是捉弄她吧？他不是個特別厚道的人，是有可能捉弄別人的感情。

「無論如何，」瑪波小姐說，她望了望時鐘，決定早早上床。「人要是在臨睡前想到一個問題，點子往往會源源而來。這回可能就是這樣。」

§

「睡得好嗎？」雀莉一面將早茶放在瑪波小姐肘旁的桌几上，口裡一面問道。

「我做了一個奇怪的夢。」瑪波小姐回答。

「是噩夢嗎？」

「不，不，絕不是噩夢。我在和某人說話，那人我不大熟，只是隨意聊聊。接著我定睛一看，發現那人根本不是剛才和我談話的人，變成了另一個人。真奇怪。」

「張冠李戴了吧。」雀莉好心解釋。

「而它正好讓我想到一些事情，」瑪波小姐說，「或者說讓我想到一個認識的人。請幫我從英奇叫部車來，好嗎？要他們大概十一點到這裡來。」

英奇是瑪波小姐過去的一段記憶。它原來是一輛出租馬車老闆的名字，老英奇死後，他的兒子小英奇在四十四歲那年繼承了父業，後來買了兩輛舊車，將父業擴張為計程車行。小英奇過世後，車行就換了新主人，之後又不斷易主改名，皮普車行、詹姆斯車行、阿瑟車行等等。不過老居民還是稱它為「英奇」。

「你該不會是要去倫敦吧？」

「不，不是去倫敦。我可能會去哈瑟米爾吃午餐。」

「你打算做什麼？」雀莉帶著狐疑望著她。

「想碰運氣去見一個人，可是看起來要完全像是不期而遇，」瑪波小姐說，「這其實並不容易，不過我希望我做得到。」

十一點半，計程車已經等在外頭。瑪波小姐對雀莉下了個指示。

「雀莉，麻煩你撥這個電話號碼好嗎？問安德森太太是否在家。如果是安德森太太接的電話，或是她正準備來接電話，就說有一位布羅崔先生想跟她講話；而你，」瑪波小姐說，「就是布羅崔先生的祕書。如果她不在，就問她什麼時候會在家。」

「如果她在家，而且我和她通上話了呢？」

「就問她能不能安排下週哪一天在倫敦布羅崔先生的辦公室和她見個面。等她決定好告訴了你，你把日期記下，就可以掛電話了。」

「虧你想得出來！這到底是怎麼回事？你為什麼要我這麼做？」

「記憶這東西很奇怪，」瑪波小姐說，「有時候人即使一年多沒聽到某個人的聲音，一聽到馬上就會想起他來。」

「那位名字叫什麼來著的太太從來沒聽過我的聲音，對吧？」

「沒錯，」瑪波小姐說，「這就是我要請你打那個電話的原因。」

雀莉照她的指示做了。她得到的回答是，安德森太太外出購物了，但她會回來吃中飯，而且整個下午都會待在家裡。

「噢，那樣就好辦多了，」瑪波小姐說，「英奇到了嗎？啊，已經來了。早安，愛德華！」她對阿瑟車行的司機（那人其實叫作喬治）說道：「現在，我要請你去這個地方。我想，路程不會超過一個半小時。」

遠征就此開拔。

04 依瑟·華特絲

依瑟·華特絲從超級市場出來，朝自己的停車位走去。她心頭正想著現在停車愈來愈難了，迎面就撞上一個微跛的老婦。她趕忙道歉，而那女人驚叫起來。

「哎呀，竟然是你，你是……你是華特絲太太，對吧？依瑟·華特絲？我想你不記得我了吧？我是珍·瑪波。我們在聖哈諾島上的一家飯店裡見過，噢，很久以前了。有一年半了吧。」

「你是瑪波小姐？真的是你！我沒想到會見到你。」

「碰到你我真是高興。我和幾個朋友在這附近吃午飯，不過等一會我還得從奧爾頓回去。今天下午你在家嗎？我多想跟你聊聊天。看到老朋友真是令人歡喜。」

「那當然好。三點以後隨時歡迎。」

就這樣做好了安排。

「珍．瑪波小姐，」依瑟．安德森邊笑邊對自己說，「沒想到她還活著。我還以為她早死了。」

三點半整，瑪波小姐按下溫斯洛別墅的門鈴，依瑟開了門，將她引進屋內。

瑪波小姐在依瑟示意的椅子上坐定。她有點心神不寧而坐立難安。每當她感到心煩意亂或是自覺煩躁的時候就會如此。可是當前情況不該是這樣，因為事情的發展完全和她期望的一樣。

「見到你真令人高興，」她對依瑟說，「再次見到你實在太令人歡喜了。你知道，我真的覺得世事非常奇妙。你很希望再見到某人，而且很確定一定會見到，隨著時間過去，果然就出現了這樣的驚喜。」

「所以，」依瑟說，「大家常說這個世界真小，你說是不是？」

「確實如此。而且我認為不僅如此。我的意思是，這個世界似乎非常之大，西印度群島離英格蘭這麼遠。呃，我是說，我當然可能在任何地方遇見你，在倫敦或哈羅茲，在某個火車站或某輛公車上。可能性如此之多啊。」

「是的，可能性確實很多，」依瑟說，「我真的沒想到會在這裡遇見你，因為你不常出現在這附近，對吧？」

「對，你說得沒錯。這倒不是說你這兒離我住的聖瑪莉米德村很遠，事實上，我想大概只有二十五哩遠。可是在英國，如果你沒車——當然我是買不起車，話說回來，反正我也不會開車——要走個二十五哩是不大可能。所以，你只能在搭公車的途中看到鄰居，要不然就得從村子裡叫輛計程車過來。」

「你看來氣色真好。」依瑟說。

「親愛的，我正打算說你看來氣色才好呢。我沒想到你住在這一帶。」

「我才搬來不久。事實上，我是婚後才搬來的。」

「噢，我不知道你結婚了。真好，我想我一定是看漏了。我一向會看報上的婚姻欄。」

「我已經結婚四、五個月了，」依瑟說，「我現在是安德森太太。」

「安德森太太，」瑪波小姐說，「嗯，我一定要想辦法記住。你丈夫呢？」

她想，如果她不問問這個丈夫，那未免太不自然。老太婆的好問是出了名的。

「他是個工程師，」依瑟說，「掌管《泰晤士報》的機械部門。他……」她躊躇著說，「年紀比我小一點。」

「那更好，」瑪波小姐立刻接口。「噢，親愛的，那更好，這年頭男人比女人老得快。我知道一般人不這麼想，可是事實如此。我的意思是，他們過於操勞了，我想，這大概是因為他們的煩惱和工作太多了。所以他們不是有高血壓就有低血壓，有時候還有心臟病，也很容易得胃潰瘍。我想我們的煩心事就沒這麼多。你知道，我認為我們女人更有韌性。」

「大概吧。」依瑟說。

她對瑪波小姐露出微笑，瑪波小姐頓時放了心。她最後一次看到依瑟的時候，依瑟不但面露厭恨，恐怕心裡也是真的恨她。而現在，她開始感激她了。她可能已經體認到，要不是瑪波小姐，她現在可能正身處於某個堂皇教堂墓地的石板下，而不是和安德森先生在一起過著想來是快樂幸福的生活。

「你看來氣色很好，」她說，「也很快活。」

「你也是，瑪波小姐。」

「噢，當然，我已經很老了，又有這麼多毛病。我不是指絕症、重症什麼的，絕不是；我是說老年人總會患風溼，要不然就是這裡痛那裡痛。腳不像腳，有時背疼，有時肩膀痛，要不就是手麻。噢，老天，我不該談這些的。你家好漂亮！」

「是啊，我們搬進來沒多久。大概是四個月前搬來的。」

瑪波小姐四下望了望。她本來就設想到了。她還想到過，他們搬進來的時候手筆應該很大。昂貴的家具，很舒服，舒服得近乎奢侈。上好的窗簾，高級的桌布。沒有什麼特別的藝術品味，不過她也沒指望在這裡發現品味。她想她知道這個富麗堂皇門面的來源。她相信那是靠了拉菲爾先生遺贈給依瑟的一筆錢。她很高興拉菲爾先生後來並沒有改變心意。

「我想你應該看到拉菲爾先生的訃聞了。」依瑟開口說道，彷彿猜到了瑪波小姐的心思。

「噢，沒錯，我看到了。大概是一個月前吧，是不是？我很遺憾，事實上是很難過。話說回來，我想他自己是知道的……他自己也承認，對吧？他曾經多次暗示，自己即將不久於人世。我認為他在這方面是個很勇敢的人，你認為呢？」

「是的，他很勇敢，其實心腸也很好，」依瑟說，「你知道，我一開始替他工作，他就告訴我，他會給我優渥的待遇，可是我得把多餘的錢積攢下來，因為我休想從他那邊多得到什麼。他是個說到做到的人，對吧？但是他顯然改變了主意。」

「沒錯，」瑪波小姐說，「沒錯。我很高興他那樣做。我就在想，他很有可能會這麼處理，當然他並沒有告訴我什麼，不過我就是這麼想的。」

「他留給我一大筆遺產，」依瑟說，「數目大得嚇人，我收到它時真是大為驚訝。一開始我簡直不敢相信。」

「我想他是存心讓你驚喜一下。我覺得他就是那種人。」瑪波小姐說完又加上一句：「他可曾留下什麼東西給……噢，他的名字叫什麼來著？我是說那個看護？」

「噢，你是指傑克遜？沒有，他什麼也沒留給傑克遜。不過我相信他去年送了一些昂貴的禮物給他。」

「你有再見過傑克遜嗎？」

「沒有，從西印度群島回來後，我就沒再見過他。他回英國後，就不再伺候拉菲爾先生了。我想他到澤西島或格恩西島伺候新主人去了。」

「真希望我和拉菲爾先生能再見上一面，」瑪波小姐說，「想來也怪，你、我、他，還有其他那些人竟然會碰到一塊。事情過後我回到家，過了六個月我突然想到，在那段患難的日子裡，我們互動得如此密切，但我對拉菲爾先生的了解是那麼少。我是因為那天看到他的訃聞有感而發的。真希望我對他有更多的了解，例如他是哪裡人？父母是誰？什麼模樣？他有沒有小孩、甥侄、表親或其他親人？我好想知道。」

依瑟·安德森淡淡一笑。她看著瑪波小姐，神情好像在說，是啊，我相信不管你碰到什麼人，你都會想知道他們的一切。不過她口裡只說道：「我也不知道，不過他有件事倒是眾人皆知。」

「那就是他很有錢，」瑪波小姐立刻接口。「你是這個意思，對吧？只要知道某個人很有錢，不知何故，你就不會再多問什麼。我的意思是，你不會提出問題，或想知道更多。你只會說『他很有錢』或『他錢多得數不完』，說話聲還會自動放低，因為只要你認識了一個富豪，這件事本身就夠令人震撼了，你說是吧？」

依瑟輕聲笑了。

「他沒結過婚，是吧？」瑪波小姐問，「他從沒提過他的妻子。」

「他喪偶多年。我相信就在他婚後沒多久。她比他年輕得多，我相信是死於癌症。真是可憐。」

「他有孩子嗎？」

「噢，有的，一個兒子，兩個女兒。一個女兒婚後住在美國，另一個女兒年紀很小就死了。我見過他住在美國的女兒一次，她一點也不喜歡她爸爸。她是個沉默寡言、鬱鬱寡歡的女孩。」她接著又說：「拉菲爾先生從來不提兒子，我想他一定有問題，或許鬧過醜聞之類的。我相信他好幾年前就死了，總而言之，他爸爸從來沒提過他。」

「噢，多麼令人遺憾。」

「我想那已經是很久以前的事了，我相信他是出遠門或出國去了什麼地方，結果就沒再回家來。很可能是死在外地了。」

「拉菲爾先生應該很傷心吧？」

「和他在一起不會感覺到，」依瑟說，「他是個拿得起放得下的人。如果他兒子辜負了他而成為他的負擔，他會把整個擔子卸得一乾二淨。他可能還是必須寄點錢去讓兒子維生，但不會再去想他。」

「這很令人納悶，」瑪波小姐說，「為什麼他從來不提自己的兒子，也從來不說什麼。」

「如果你還記得，你應該知道他這人從來不多談他個人的感情或私生活。」

「沒錯，我記得。不過我想，既然你……呃，當了他這麼多年的祕書，他可能對你說過他的心事吧？」

「他不是個愛吐露心事的人，」依瑟說，「而且我不認為他有什麼難言之隱。你可以說，他是全心全意放在他的事業上。依我看，他就是他事業的父親，他的事業就是他唯一關心的兒女。投資、賺錢、商場策略，他最樂此不疲。」

「這尚待蓋棺論定啊……」

瑪波小姐喃喃說完，唸口號般又說了一遍。這年頭這句話聽來確實有如口號，至少從她口中說出是如此。

「所以在他臨死之前，並沒有什麼事令他特別煩心？」

「沒有。你怎麼會這麼想呢？」依瑟的口氣透著驚訝。

「噢，我其實並沒有這麼想，」瑪波小姐說，「我只是認為，憂慮對於那些……我不會說對老人，因為他其實不算老；我的意思是，如果你臥病在床，無法像以前做那麼多的事，有些事只好睜隻眼閉隻眼，這時憂慮自然會來到你心頭，而且明顯得讓你感覺到。」

「是，我懂你的意思，」依瑟說，「不過我認為拉菲爾先生並非如此。」她補充道：「我不做他祕書已經好一段時間了。我在遇到艾德蒙兩三個月後就辭了工作。」

「噢，對，就是你丈夫。拉菲爾先生失去了你一定很難過。」

「噢，我想不會，」依瑟輕描淡寫地說道，「他不是會為那種事情難過的人。他會馬上找個新祕書，事實上他正是這麼做。如果她不合他的意，他就會用他招牌式的揮手動作把她辭退再找，直到找著他覺得適合的人為止。他一向是個非常理性的人。」

「沒錯，我看得出來，雖然他很容易發脾氣。」

「噢，發脾氣對他來說是一種樂趣，」依瑟說，「我認為他發脾氣帶有一點裝腔作勢。」

「裝腔作勢，」瑪波小姐凝思道，「你覺不覺得……我常常在想，你認為拉菲爾先生對犯罪學有特殊的興趣嗎？我的意思是，對這領域有所研究嗎？他，呃，我不知道……」

「你的意思是，因為在加勒比海發生了那些事？」依瑟的聲音突然變得僵硬。

瑪波小姐不知道該不該再談下去，可是她非設法探得一點有用的情報不可。

「噢，不是，不是因為那樁案子。我是說後來，也許他想對心理學探究一番，或是對沒有得到公正裁決的案件產生興趣，也或許，噢，呃……」

她好像愈來愈語無倫次。

「他怎麼會對那種事情感興趣？還有，我們別再提聖哈諾島上那件可怕的事吧。」

「好，我們別談了。你說得對，真對不起。我剛才只是想起拉菲爾先生說過的一些事。你知道，有時候他的用詞很怪，我在想他是不是套用了什麼理論，例如犯罪的緣起？」

「他的興趣完全專注在金融財政，」依瑟立刻說道，「狡猾的欺詐罪行可能會引起他注意，其他的絕對不會。」

她冷冷地望著瑪波小姐。

「對不起，」瑪波小姐帶著歉意說道。「我……我不該談到那些幸好已經成為過去的傷心事。我也該走了，」她又說：「我得趕火車去，時間很緊迫了。老天，我的手提袋哪裡去了？噢，在這裡。」

她忙著收拾提袋、雨傘和幾樣東西，手忙腳亂了一陣，情緒這才稍緩下來。她走出房門，又轉過身來。依瑟勸她多留一會喝杯茶。

「不了，謝謝你，親愛的，我趕時間。再次見到你非常高興，我要恭喜你，也衷心祝你幸福。我想你以後不會再出去工作了，對吧？」

「噢，有些人會，有些人覺得還是工作有趣，沒事做就無聊透頂，不過我想我還挺喜歡清閒度日的滋味，而且我要享受拉菲爾先生留給我的遺產。他真好，我覺得他是要我……呃，好好地享用它，即使是像他不屑的蠢女人那樣把它揮霍掉也無妨！昂貴的衣飾、時髦的髮式，諸如此類的。過去他總認為這些東西很無聊。」她出其不意又說道：「你知道，我喜歡他。沒錯，我很喜歡他。我想那是因為他對我來說有如一種挑戰。他很難相處，而我樂於克服困境。」

「也樂於治住他？」

「嗯，我不見得完全治得住他，不過可能多少比他以為的要多些。」

瑪波小姐匆匆踏出房門，走到屋外。她再次回過頭來揮手告別。依瑟·安德森依然站在台階上，熱切地向她揮手。

「我想這件事可能和她有關，要不然就是和她知道的某件事有關，」瑪波小姐自言自語道，「我覺得我想錯了。不對，不管怎麼說，這件事應該和她無關。唉，老天，我想拉菲爾先生把我想得太聰明了，我沒那麼聰明啊。我想他是希望我自己把事情拼湊出來，但到底是什麼事呢？下一步我該怎麼做呢？簡直一頭霧水。」她搖搖頭。

她不得不把事情從頭到尾又想了一遍。這個差事是存心留給她的，留給她自行決定要拒絕、接受、還是去了解全部的真相。她或許什麼都不用管，只要繼續等待，說不定就有一些指示從天而降。她閉上眼睛，試圖回想拉菲爾先生的面容。她想到在西印度群島，他穿著熱帶服裝坐在旅館花園裡；他那壞脾氣、滿是皺紋的臉，以及偶爾流露的幽默。她真正想知道的是，當他構思這個計謀且著手進行的時候，他心頭想的是什麼。他是誘引她接受、勸服她接受，還是，呃，還是該這麼說……威脅她接受？既然深知拉菲爾先生的為人，第三種情況似乎最為接近。話說回來，就算他有遺願要完成，而且選擇她去完成，這又是為什麼呢？是因為他突然想到了她？可是他怎麼會突然想到她呢？

她又回想起拉菲爾先生和聖哈諾島上發生的事。難道他是因為臨終那陣子想到某個問題，結果令他憶起他住在西印度島嶼上的那段日子？這件事是否牽涉到某個當時也在島上的人？這人或許涉身事內，也或許是個旁觀的外人，因此他才想起瑪波小姐來？這其中是否有所關聯？如果沒有，他怎麼會突然想到她？而她何德何能，怎麼可能對他有所幫助呢？她垂垂老矣，還十分健忘，純粹是個平凡人，身體又不結實，思維也不如從前靈敏。她到底有什麼特殊才能？她想不出半個。有沒有可能拉菲爾先生是存心開玩笑？就算快死了，拉菲爾先生搞不好還想開點玩笑，這挺符合他古怪的幽默感。

她不否認，拉菲爾先生很可能是想開個玩笑，即使在臨死之際。他那古怪的幽默感仍需要得到發洩。

「我必然……」瑪波小姐以堅定的語氣告訴自己。「我一定具備了某些條件。」再怎麼說，既然拉菲爾先生已經不在人世，他不可能欣賞到自己的玩笑。可是她具備什麼條件呢？

「我有些什麼樣的特質，可以為誰做什麼事呢？」瑪波小姐自問。

她不卑不亢地對自己衡量了一番。她愛問東問西，而好問正符合她的年齡和個性，別人不會感到意外。很可能這就是重點。你是可以派個私家偵探或心理專家去問人家問題，不過說實在的，如果找個好管閒事、喋喋不休、東問西問、老想追根究柢的老太婆去問，不但容易得多，而且看起來非常自然。

「一個老姑婆，」瑪波小姐自言自語道，「沒錯，我知道別人常會把我看作一個老姑婆。三姑六婆的女人真多，而且全都是一個樣。當然，我也很平凡，一個平凡不過還帶點糊塗的老太婆，這當然也是有利的掩護。老天，不知道我想的對不對？我的意思是，我懂得某些人的個性，因為他們讓我想起我認識的一些人，所以我知道他們的優點，知道他們的缺點，也了解他們是哪種人。這就是了。」

她又回想起聖哈諾島和金棕櫚飯店。她去找過依瑟．華特絲試圖找出蛛絲馬跡，可是顯然毫無所獲。從她那裡看不出任何可以深入探究的線索，完全不能將她和拉菲爾先生那份讓她忙於投入的請求產生任何關聯。他請她辦的事是什麼性質，她依舊茫然無知。

「老天，拉菲爾先生，」瑪波小姐說，「你這人可真討厭！」她帶著明顯的斥責口吻大聲說道。

片刻後她就上床了。當她把暖水瓶放在最痛的風溼背部時，再度開口說話了……口氣像是帶著歉意。

「我已經盡了力了。」她說。

她的聲音很大，彷彿在跟一個隨時都可能走進她房裡來的人交談似的。他確實可能無所不在，而如果有所謂的靈犀相通或心電感應，她勢必要找他言簡意賅地談一談。

「我已經盡了一切努力。這是我能力的極限，其他的我就交給你了。」

話說完了，她換了個較舒服的姿勢，接著伸手關了燈，進入了夢鄉。

05 來自遠方的指示

三、四天後，第二班郵車送來一封信。瑪波小姐拿起信，依照慣例地將它翻個面，看看郵票再看看筆跡，確定了不是帳單，這才拆開了信。信是打字機打的。

親愛的瑪波小姐：

當你讀到這封信，我已經離開人世，長埋地下。我沒有被火葬，想到這點我就覺得高興。在我看來，人死後，要從裝滿自己骨灰的漂亮青銅甕裡復活去糾纏他想糾纏的人，似乎是天方夜譚，但死後從墳墓裡爬出來作祟倒是十分可能。我會不會想出來作怪呢？誰知道？說不定我還想和你說說話呢。

現在，我的律師應該已經寫信給你，並且對你說明了我的提議，我希望你已接受了它。而如果你沒接受，請千萬不要感到懊悔，這完全是你的抉擇。

如果我的律師照我的要求做了，郵車也依照規定盡了它的職責，這封信應該在本月十一日送到你手上。兩天後，你會從倫敦某個旅遊機構收到一封信，希望其中的提議不會讓你覺得不屑。我無須多說，只希望你有個開闊的心胸，注意保重自己。我想你會做到的。你是個非常敏銳的人，你的守護神會在你身邊照顧你。你或許會需要祂的庇佑。祝你好運！

你誠摯的朋友　J．B．拉菲爾敬上

「兩天後！」瑪波小姐說。

她發現那兩天很難熬。郵政總局果真盡到了職責，「大不列顛華宅暨花園協會」也是。

親愛的珍．瑪波小姐：

大不列顛華宅暨花園協會謹遵已故拉菲爾先生的指示，茲寄上一份本會第三十七梯次旅遊路線的詳細說明。這次旅遊將於下週四（十七日）由倫敦出發。

如果您方便到本會的倫敦辦公處來，將隨同此次旅行團出遊的桑伯恩太太會很樂意向您講解細節，回答一切問題。

我們的旅遊一般為期是二至三週。拉菲爾先生認為這次旅遊對您相當適合，因為旅遊路線會將您帶至在他想來您至今尚不曾遊覽過的英國鄉鎮，讓您看到一些至為引人入勝的景致和花園。他已為您安排好最上等的膳宿，外加本會提供的一切豪華配備。

敬請告知您將大駕光臨本會位於伯克利街辦公處的日期為荷。

瑪波小姐把信摺好放進手提袋，將電話號碼記下，想了想她認識的幾位朋友，接著就撥電話給其中兩位。其中一位曾經隨該協會一同出遊過，對此機構推崇備至；另一位雖然本人不曾參加，但她有朋友曾經參加這家機構舉辦的旅行團，而據那些人說，雖然花費昂貴，但一切安排非常周到，而且還不致讓老年人感到吃力。於是她打電話到伯克利街，說她將於下週二去拜訪他們。

第二天，她和雀莉談到這個話題。

「我可能要出外一段時間，雀莉，」她說，「參加旅遊。」

「旅遊？」雀莉問，「是那種旅行團嗎？你的意思是到國外的套裝旅遊？」

「這次不去國外，只在國內，」瑪波小姐說，「主要是參觀歷史古蹟和花園。」

「你認為你這種年紀可以嗎？你知道，參觀遊覽是很累人的。有時候你必須步行好幾哩路。」

「我的身體其實很健康，」瑪波小姐說，「而且我聽說這些旅行團十分周到，會為一些身體較弱的人安排好幾段的休息時間。」

「那麼，你得注意保重自己，」雀莉說，「我們可不希望你因為心臟病而倒地不起，就算你正在欣賞絢麗無比的噴泉。你知道，你做這種事有點嫌老了。原諒我這麼說，這話聽來很是無禮，不過我很不願想像你因太吃力或太疲累而昏死過去的景象。」

「我可以照顧自己。」瑪波小姐帶著尊嚴回答。

「好吧，不過小心點就是。」雀莉說。

瑪波小姐整理好一個衣箱袋，到了倫敦，在一家簡樸的旅館訂了個房間（「啊，忘了柏翠門旅館，過去那家旅館真是棒！老天，我非把這些拋在腦後不可。聖喬治這地方也不錯。」她心裡想著）。她在約定的時間來到伯克利街，接著就被帶入一間辦公室。一個年約三十五歲的可親女人起身歡迎她，她自稱桑伯恩太太，受託親自陪同瑪波小姐進行這次旅遊。

「難道說，」瑪波小姐問，「這次旅遊是特地為我……」她躊躇著沒說下去。

桑伯恩太太察覺到她的猶豫，立刻答道：「噢，是的，我應該在寄去的信上再解釋清楚一些。拉菲爾先生已經支付了一切費用。」

「你該知道他已經過世了吧？」瑪波小姐問。

「噢，當然，不過這是他在逝世前就安排好的。他說他的健康欠佳，但他希望招待一位一直沒有機會滿足旅遊願望的老朋友。」

§

兩天後，瑪波小姐將新買的時髦衣箱交給司機，自己挽著隨身提袋，登上一輛至為舒適的豪華遊覽車，朝西北方向駛出了倫敦。她一路仔細研究了登載於一本漂亮小冊裡的乘客名單，小冊中還詳細記載著車行的路線和時間表，旅館、餐廳、遊覽地點各方面的介紹，以及哪幾天有不同的路線抉擇。它雖沒有特別強調，但它其實是告訴你：精力十足的年輕人該選什麼樣的行程，年紀大的人又該選哪一種，尤其是那些腿有毛病、患有關節炎或風溼、喜歡長坐、不能走遠路或是翻山越嶺的人。內容面面俱到，安排周全得當。

瑪波小姐一邊看著乘客表，一邊打量著她的旅伴。這樣做並不困難，因為其他旅客也是如此。他們也在打量她，不過就瑪波小姐所見，沒有人對她特別感興趣。

賴里波特太太
喬安娜·克勞馥小姐
沃克上校夫婦
H·T·巴特勒夫婦
伊麗莎白·坦普小姐
汪斯岱教授
理查·詹森先生
藍姆莉小姐
班瑟小姐

卡斯珀先生
庫克小姐
巴羅小姐
艾姆林．派斯先生
珍．瑪波小姐

這裡頭有四個老太太，瑪波小姐於是先注意她們，彷彿要先將障礙除去。其中兩位是結伴旅行，瑪波小姐認為她們年齡在七十歲左右，大略可歸於和她同一時代的人。其中一個必定是愛發牢騷的那型，這種人不是硬要坐在遊覽車的前座，就是乾脆坐到最後面；不是希望坐在陽光充足的一邊，就是一點陽光都不願沾；不是老覺得新鮮空氣不夠，就是覺得新鮮空氣太多。她們隨身帶著旅行毛毯、羊毛圍巾和各式各樣的旅行指南；她們步履蹣跚，常常不是腳痛就是背痛、膝蓋痛。可是即使年紀老大、病痛纏身，也無法阻止她們趁著還來得及的時光享受人生。是老姑婆沒錯，但絕對不是深居簡出的類型。瑪波小姐在她隨身攜帶的小筆記本裡做了記錄。

不包括她自己和桑伯恩太太在內，旅客共有十五位。既然她被安排在這個旅行團，這十五個旅客中至少有一人應該是舉足輕重。這人或許是情報來源，或許和法律事務或司法訴訟有所糾葛，甚至可能是個殺人凶手……他（她）可能已經殺了人，也可能正準備殺人。瑪波小姐認為，那一切說不定都和拉菲爾先生有關。無論如何，她必須把這些人物記錄下來。

在她筆記本每一頁的正面，她記下了以拉菲爾先生來看應該留意的人，而在每頁紙的反面，她則記下或畫掉一些可以為她提供有用情報的人……他們可能連自己都沒意識到手上握有那些情報，或者即使知道，也不了解那些情報對她、對拉菲爾先生、對司法或凜然的正義可能有用。今天晚上她或許會在筆記本後面記下一兩筆，看有沒有人會讓她聯想起她在聖瑪莉米德村和其他地方認識的人來。任何相似點都可能成為有用的線索，經驗這麼告訴她。

另外兩個老太太顯然都是各自出遊，年紀都在六十左右。其中一個保養得宜，穿著光鮮，帶著一種自以為是上流人物的神氣……但說不定別人也這麼想。她說話又大聲又專橫，好像帶著一個十八、九歲的女孩，女孩稱她為潔羅汀姑媽。瑪波小姐注意到，女孩對她那位潔羅汀姑媽的專橫顯然應付自如，是個漂亮又能幹的女孩。

和瑪波小姐隔著走道而坐的是個大塊頭男人，肩寬體闊，粗重的身軀像是哪個小孩用積木隨意搭成的。他的臉彷彿是老天本來打算做個圓形，可是那張臉偏要生成方形，所以硬是長出一個強而有力的下顎。他的滿頭灰髮和濃密雙眉隨著說話語氣的抑揚頓挫忽上忽下，而他說出的話和連番咆哮沒有兩樣，彷彿是隻健談的牧羊犬。他和一個又高又黑的外國人坐在一起，那人頗不安於座，老是在座位上轉換姿勢。他的英文口音非常奇特，偶或穿插一些法語和德語。那個大塊頭男人對這些外國語似乎應對自如，偶爾也答以幾句法語和德語。瑪波小姐只朝他們迅速瞄了一眼，就斷定那個濃眉大漢是汪斯岱教授，那個動來動去的外國人是卡斯珀先生。

她很想知道這兩人如此熱烈地在討論什麼，可是卡斯珀先生說話又急又快，她想聽也聽不清楚。

他們前面的座位坐著一個年約六十的女人（說不定已經六十多了），不過依然漂亮，深灰色頭髮從優雅的額頭往後梳攏，在頭上盤得高高的。她個頭很高，無論在哪裡大概都會顯得鶴立雞群；說話的聲音雖然低沉，卻是又清楚又犀利。好個出色的人兒，瑪波小姐想，一定是個重要人物。沒錯，一定是個重要人物。「她讓我想到一個人，」她自忖道，「艾蜜莉．華卓夫人。」艾蜜莉．華卓夫人是牛津學院的校長，也是知名的科學家。瑪波小姐曾經在外甥的陪同下見過她一面，從此就沒忘掉過。

瑪波小姐再度打量起她的同伴。這裡有兩對夫婦，一對是和藹可親的美國中年夫妻，妻子健談，丈夫安靜隨和，對於旅遊觀光顯然很是熱中。另一對英國夫婦也是中年，瑪波小姐毫不猶豫地記下：退伍軍人和妻子。她在乘客表「沃克上校夫婦」的名字上打了個勾。

她的座位後面是個高瘦男人，三十歲左右，一口專業術語，顯然是個建築師。再遠一點還有兩個結伴同遊的中年女人，正在討論那本小冊子，探究這場旅遊安排了什麼引人入勝的景點。其中一位又黑又瘦，另一位則是面容姣好、身體健壯，而且那張臉瑪波小姐有點眼熟，不知在哪裡看過或遇過。可是她就是想不起來，可能是在某個雞尾酒會或曾經在火車上面對面而坐吧。那女人沒什麼特別，不值得回想。

只剩下一位旅客等著她來評斷了。是個年輕人，可能只有十九、二十歲。他的穿著和他的年齡、性別正相稱：黑色緊身牛仔褲，紫色圓領厚毛衣，特大的頭上覆著蓬亂不羈的黑髮。他帶著興味的眼神望著那專橫女人的侄女，而那女孩似乎也帶著幾分好奇回望他。雖然旅客中老姑婆和中年婦女占了絕大多數，畢竟還有兩個年輕人。

他們在一處風景幽美的河邊旅館停下用午餐，下午遊覽伯萊尼。瑪波小姐來過伯萊尼兩次，所以省點腳力只在室內逛逛，不久就沉浸在花園和美麗的景致當中。

等到大夥兒到達準備過夜的旅館，旅客已漸漸熟悉了彼此。能幹的桑伯恩太太依然笑語盈盈、孜孜不倦地善盡嚮導之責，把自己的角色做得恰如其分；每當看到有人落單，她便拉那人加入某個小團體，一面低聲說道：「你一定要叫沃克上校談談他的花園。他收集了好多珍奇的晚櫻科植物。」就這麼簡單的幾句話，她便把大家拉湊到了一塊。

瑪波小姐現在叫得出所有旅客的名字了。一如她所料，粗濃眉毛的人是汪斯岱教授，那個外國人是卡斯珀先生。霸道女人是賴里波特太太，她的侄女叫作喬安娜·克勞馥。一頭蓬亂頭髮的青年是艾姆林·派斯，他和喬安娜·克勞馥似乎發現兩人對某些人生觀察有著共同的見解，例如輿論、經濟、藝術、喜惡、政治等等。

那兩個年紀最大的女人理所當然地把瑪波小姐視為同類的老姑婆，開心地大談關節炎、風溼、飲食、新的醫生、祕方、專業醫療、專利權，還緬懷起種種老一輩婦女用過奏效而其他藥石則罔然的藥方。她們談起兩人多次到歐洲各國出遊的景點、飯店、旅行社，最後又談到藍姆莉小姐和班瑟小姐住過的薩默塞特郡，說在那裡想找個合適的園丁簡直是癡人說夢。

另外兩個結伴出遊的中年婦女是庫克小姐和巴羅小姐。瑪波小姐仍然覺得這兩人之一（比較漂亮、叫作庫克小姐的那個）有點面熟，但還是想不起來曾經在什麼地方見過。搞不好這只是她的錯覺。雖然可能是錯覺，不過她總覺得巴羅小姐和庫克小姐似乎在躲著她；只要她一走近，她們就急急走開。當然，這或許純粹是她多疑。

這十五個人當中，至少有一個人身分重要。那天晚上的閒談中，她刻意提起拉菲爾先生的名字，看有沒有人產生反應。沒有半點反應。

那個漂亮女人就是伊麗莎白·坦普小姐，是一所著名女子學校的退休校長。在瑪波小姐眼裡，沒有人像殺人凶手，除了卡斯珀先生。這或許是出於對外國人的偏見。那個瘦高青年名叫理查·詹森，是個建築師。

「明天我可能會有所進展。」瑪波小姐自言自語道。

§

瑪波小姐上床睡覺時，顯然已經精疲力竭。遊覽觀光雖然賞心悅目，但也真夠累人，再加上還得仔細檢視那十五個旅客以判斷其中誰可能和謀殺事件有關，更令人疲憊不堪。瑪波小姐覺得這件事帶有一絲不真實，所以很難認真看待。這些人看起來都是好人，純粹是一群對遊覽、旅行之類的娛樂感到興趣的人。不過她還是拿起旅客名單很快看一遍後，在她的筆記本上寫了一些字。

賴里波特太太？和罪案無關。她太善於社交而且非常自我。

她的侄女喬安娜·克勞馥也一樣嗎？不過她很能幹。

話說回來，賴里波特太太或許握有一些瑪波小姐會認為很重要的情報。她必須和賴里波特太太把關係搞好。

伊麗莎白·坦普小姐呢？一個很出色的人物。有意思。她無法讓瑪波小姐聯想起她所知的任何凶手。「事實上，」瑪波小姐自語道，「她渾身散發出一種正直的氣質。如果她犯下殺人命案，那必是個眾人都會鼓掌叫好的命案。也許她會出於某種高尚的理由或她自認為崇高的理由而殺人？」可是這個答案也難以令人滿意。她想，坦普小姐是個頭腦清楚冷靜、知道自己在做什麼並且為何而做的人。照理說她不會存有那種蠢念，犯下其實毫無高尚可言、本質即是邪惡的罪行。「不管怎麼說，」瑪波小姐說，「她是個重要人物，也很可能就是拉菲爾先生希望我去見的人。」她隨即把這些念頭抄在筆記本上的反頁。

她換了個角度思考。她剛才思索的是什麼人可能是凶手，那麼，又是什麼人可能是被害者呢？沒有一個人像個被害者。或許賴里波特太太條件符合；她有錢，又難纏。那個伶俐的侄女可能會繼承她的遺產。為了反資本主義的志業，她和無政府主義者艾姆林·派斯可能會聯手犯案。這想法挺離譜，不過眼前似乎別無可疑的殺人凶手。

汪斯岱教授如何？她確定他是個有趣的人，也很善良。他是科學家還是醫生？她還不確定，不過她暫且認定他是個科學家。她本人不懂科學，但他不無可能。

巴特勒夫婦？她把他們的名字畫掉。有教養的美國人，無論和西印度群島上的人或是她認識的任何人都毫無關聯。不會，她認為巴特勒夫婦不可能。

理查・詹森呢？就是那個很瘦的建築師。瑪波小姐想不出建築怎麼會和謀殺有關，雖然還是有可能。大概和教士的祕密洞穴有關？他們打算參觀的建築當中，可能有一處是教士的祕密洞穴，裡頭說不定會有一具骷髏。詹森先生是建築師，應該知道教士洞穴的位置。他會幫她找到它（或是她會幫他找到它），然後兩個人一起發現了一具屍體。「噢，真是的，」瑪波小姐說，「我在胡思亂想、胡說八道些什麼！」

庫克小姐和巴羅小姐呢？非常普通的兩個人。不過她確定曾經見過其中一個，至少看過庫克小姐。她想，噢，那麼她就有嫌疑了。

沃克上校夫婦？很好的人。他是退伍軍人，軍旅生涯多半在國外度過，談吐也風雅，不過她認為他們沒有她要的東西。

班瑟小姐和藍姆莉小姐？兩個老姑婆，不像是罪犯。不過既然是老姑婆之屬，她們可能知道許多流言蜚語或某些情報，因此可能說出一些太顯白的話，即使這些話是和風溼、關節炎或特效藥有關。

卡斯珀先生呢？很可能是個危險人物，很引人注意。她暫且把他掛在黑名單上。

艾姆林・派斯？應該是個學生。學生是很激進的。拉菲爾先生該不會派她來找一個學生吧？那就要看這個學生做了什麼、想做什麼或正準備做什麼。他很可能是個激進的無政府主義者。

「唉，老天，」瑪波小姐突然感到疲睏。「我得去睡覺了。」

她的腳痛背也痛，頭腦反應又不佳，立刻就睡著了。可是她的睡眠受到了好幾個夢境的干擾。

其中一個夢，她夢見汪斯岱的濃眉掉了下來，因為那不是他自己的眉毛，是假眉毛。當她清醒過來，她的第一個反應正如她往往有的反應……相信這個夢解決了一切。

「沒錯，」她想，「沒錯！他的眉毛是假的，這就對了，他就是罪犯。」

不幸的是，她這時突然想起，這個夢什麼也沒解決。汪斯岱教授掉下來的眉毛對她毫無幫助。

更不幸的是，現在她再也睡不著了。她下定決心，在床上坐直，嘆了一口氣，披上睡袍，由床上移坐到一張直背椅上，從手提箱裡拿出一本尺寸大些的筆記本開始工作。

「我承擔下來的這個任務，」她寫道，「勢必和某種罪行有關。這一點拉菲爾先生顯然在他的信上說得很清楚。他說我有正義的天賦，而那必然包括了鑑別犯罪的本能。所以此事涉及犯罪，而且照理說不會是間諜、欺詐或搶劫之屬，因為我不曾碰過那些事，所以不會和那種罪行產生牽扯，既無那方面的認知，也無特殊能耐。拉菲爾先生對我的了解，只限於我們同處於聖哈諾島上的那段日子。在那裡，我們因為一樁謀殺案而產生關聯。報上報導的謀殺案我從不注意，也從未看過犯罪學方面的書籍或對這種事情有過濃厚興趣。沒有，我只是發現謀殺在我周遭發生的次數好像比平常人多。和我朋友或點頭之交有關的謀殺案才會吸引我注意。這些奇怪的巧合其實常發生在日常生活中。我記得我有個姑媽碰過五次船難，還有個朋友被人稱為意外大王。我知道她有些朋友拒絕和她搭乘同一輛計程車，因為她碰過四次計程車意外、三次自家車意外和兩次火車事故。這種事不知何故，好像總是發生在某些人身上。我不喜歡這麼說，但謀殺好像常常發生在我周遭……感謝上天，不是發生在我身上。」

瑪波小姐頓了頓，換了個姿勢，在背後放了個墊子，繼續埋頭寫道：

「對於我承擔下來的這個任務，我一定要做個合理的評估。我得到的指示（或者一如我那些海軍朋友所稱呼的「簡報」）非常不足。事實上，它等於什麼也沒有。所以我必須自問一個簡單明瞭的問題：這到底是怎麼回事？答案是：我不知道！真是又詭異又有意思。這樣不尋常的做法確實適合拉菲爾先生這樣的人，尤其他是個如此成功的企業家兼金融家。他要我利用直覺去猜測、去觀察，再按照我得到的指示或暗示去做。

「因此，第一點：有人給我指示，而指示是來自一個死人。第二點：我的難題涉及的主題是公義，如果不是替不公正的事伸張正義，就是對邪惡勢力施以報復，讓它得到正義的懲罰。這和拉菲爾先生告訴我的暗號『復仇女神』是一致的。

「在聽過原則性的解釋後，我接到了第一個指示，那就是拉菲爾先生在他死前就安排妥當，要我參加華宅暨花園協會的第三十七梯次旅遊。為什麼？我必須自問。是因為地理或地域方面的原因？是因為有所關聯還是有線索可循？是否和某個著名豪宅有關？還是和某個花園或景點有關？這似乎不大可能。比較可能的解釋，是和遊覽車上的這群人或其中一人有關。他們我一個也不認識，可是至少其中一人和我必須解開的謎團有關。我們之中一定有個人和謀殺有關或有所瓜葛，不是有人知道某件犯罪內情或是一些和被害人有關的情報，就是這人本身就是凶手……一個尚未被人懷疑的凶手。」

寫到這裡，瑪波小姐突然停了下來。她點點頭，對目前的事態分析表示滿意。

於是她上床了。

瑪波小姐最後在筆記本上加上一句：「第一天到此結束。」

06 愛

第二天早晨，他們參觀了一棟稱為安妮女王的領主宅邸。路程不遠，也不累人。是一棟非常漂亮的房子，有個設計別出心裁的花園，也有一段引人入勝的歷史。

建築師理查．詹森對房子的結構之美讚嘆不已。以年輕人而言，他算是夸夸其談那一類，每當大夥兒穿過一個房間，他就會放慢腳步，指著某個家具或壁爐，講解它的年代和歷史。有些人一開始還愛聽，後來就對他那近乎獨白的講解感到厭煩，於是都慢慢挪動腳步，自願落在後面。本該負責講解的宅邸管理人也不太高興，因為自己的職務被一個遊客僭越了。他幾番努力，試圖把職權抓回手上，可是詹森先生不屈不撓。管理人做出最後一搏。

「各位先生女士，在這個房間裡，也就是大家所稱的『白室』裡，曾經發現一具屍體。是一具青年男子的屍體，身上插著一把匕首，躺在爐邊地毯上。這要追溯到十六世紀了。據說當時的莫法特夫人有個情人，他從一個小側門進屋子來，爬上一道陡斜的樓梯，再穿過一塊活動嵌板來到了這個房間的壁爐左方。原來他以為夫人的丈夫理查・莫法特爵士渡海到荷蘭去了，不意爵士卻回到家來，就在這裡捉住了他們兩個。」

他得意地停住話頭，對聽眾的反應感到滿意。那些聽眾對於被迫聽取建築細節已經厭煩得很，換個口味當然很好。

「那真是好浪漫，你說是不是，亨利？」巴特勒太太用她大西洋彼岸的宏亮聲音說道，「你知道，這房間有一股氛圍，我能感覺到，我真的感覺得到。」

「瑪蜜對一個地方的氛圍非常敏感，」她丈夫得意地對周遭的人說，「有一回，我們在路易斯安那州的一棟老房子裡……」

他開始對瑪蜜的特殊感應能力講得口沫橫飛，瑪波小姐和其他一兩位遊客抓住機會，輕手輕腳溜出房門，順著造型精巧的樓梯來到一樓。

「我有個朋友，」瑪波小姐對她身旁的庫克小姐和巴羅小姐說，「幾年前有過一次魂飛魄散的經歷。一天早上，他們在家中書房的地板上發現了一具屍體。」

「是他們家的成員嗎？」巴羅小姐問，「癲癇發作？」

「噢，不是，是一樁謀殺案。是個穿著晚禮服的陌生女孩，一頭金髮，不過是染的。她的頭髮其實是淺棕色的，而且，噢……」

瑪波小姐突然停住，兩眼定在庫克小姐頭巾下露出的金黃頭髮上。

她突然想到了。她現在知道庫克小姐的臉為什麼那樣眼熟，也知道自己在哪裡看過她。

可是那時候庫克小姐的頭髮是黑色的……幾乎是烏黑，現在卻是一頭金黃。

賴里波特太太也下樓來了。她從她們中間擠過去，下完樓梯轉進大廳的時候，清清楚楚地開了口。

「我真的不能再爬上爬下的了，」她說，「而且一直在這些房間裡繞來繞去很累人。我知道這裡的花園雖然不大，不過在園藝界相當有名。我建議我們馬上去花園，別再浪費時間。看來不久就要烏雲密布了。我想，不到中午我們就會遇到大雨。」

賴里波特太太那權威的語氣一向能加深她說話的分量，也一如往常地起了效果。無論是在近旁或是聽得見她說話的人，全都乖乖地跟著她，穿過餐室那扇法式落地窗來到了花園。那些花園果然沒有辜負賴里波特太太的讚譽。她自己則緊緊挽著沃克上校，輕快地在前面開道，有些人跟在他們身後，有些則朝相反的小徑走去。

瑪波小姐決定抄近路找一處座椅，既能讓自己舒適地休息一會，又能盡情欣賞花園的藝術之美。她如釋重負地坐下，聽到一聲幾乎和她同時發出的嘆息。嘆息聲來自伊麗莎白·坦普小姐。她跟著瑪波小姐，也在她身旁坐下。

「參觀建築一向累人，」坦普小姐說，「簡直是世界上最累人的事，尤其在每個房間都得聽冗長的講解。」

「我們聽到的典故其實都很有趣。」瑪波小姐嘴上這麼說，語氣卻不確定。

「噢，你這麼認為？」坦普小姐問。

她微偏過頭，和瑪波小姐四目相接。有個東西在這兩個女人中間流過，那是一種精神交流，一種愉快的默契。

「你不認為嗎？」瑪波小姐問。

「我不認為。」坦普小姐回答。

現在她們之間已經建立起充分的了解。她們默默並肩而坐，不久伊麗莎白開始談起花園，特別是這座花園。

「這是霍爾曼設計的，」她說，「大約是在一七九八年或一八〇〇年。這麼年輕就死了，真可惜！他很有才華。」

「任何人英年早逝都很可悲。」瑪波小姐說。

「是這樣嗎？」伊麗莎白·坦普小姐說。她的語氣很奇怪，彷彿若有所思。

「他們錯過了許多東西，」瑪波小姐說，「許多許多。」

「也或許避開了許多東西。」坦普小姐說。

「到了這把年紀，」瑪波小姐說，「我總會情不自禁地想，早夭確是錯過了一些東西。」

「而我，」伊麗莎白·坦普說，「幾乎一輩子都和年輕人為伍，比較會把生命當成一段完整的時間來看。T·S·艾略特[8]說：『薔薇與水松的生命一樣長久。』」

8 T·S·艾略特（Thomas Stearns Eliot, 1888-1965），英裔美籍詩人、劇作家、評論家，一九四八年獲諾貝爾文學獎。

瑪波小姐說：「我懂你的意思。生命不論長短，都是一種完整的經驗。可是，」她躊躇著說，「你難道不曾感覺，生命有可能因為中途結束而變得不完整嗎？」

「沒錯，你說得對。」

瑪波小姐一面看著近旁的花，口中一面說：「這些芍藥多麼美啊。長長的枝幹這般高傲，卻又如此嬌弱。」

伊麗莎白．坦普小姐把頭轉向她。

「你這次旅行是為了參觀建築還是為了遊覽花園？」她問。

「我想看看一些華宅，」瑪波小姐回答，「雖然我最欣賞花園，不過宅邸對我而言是全新的經驗，無論是類型、歷史還是美麗的老家具和名畫。」她補充道：「有個慷慨的朋友把這次旅行當成禮物送給我，我非常感激。我這一生見過的知名華宅不多。」

「真是個貼心的點子。」坦普小姐說。

「你經常參加這種參觀旅遊嗎？」瑪波小姐問。

「不，對我來說這不完全是參觀旅遊。」

瑪波小姐饒有興味地望著她。她半張著嘴打算開口，不過還是忍住了沒發問。坦普小姐對她露出微笑。

「你是奇怪我因何而來，我的動機和理由是什麼嗎？你何不猜猜看？」

「噢，我不喜歡猜測。」瑪波小姐說。

「猜猜看嘛，」伊麗莎白．坦普小姐催促道，「我覺得很有趣。真的，我很好奇。猜猜看吧。」

瑪波小姐沉默半响。她的眼睛定定盯著伊麗莎白．坦普，仔細將她全身打量一番，這才說道：「這話不像我所知道的你，也不像別人對我談起的你。我聽說你是個知名人物，你的學校也是個名校。不對。我只能根據你的外表猜測。我會形容你是個朝聖者，你的神情就像個朝聖的人。」

一陣沉默後，伊麗莎白說：「你形容得非常恰當。沒錯，我是在進行一次朝聖之旅。」過了一兩分鐘，瑪波小姐說：「那個承擔一切花費送我來旅行的朋友已經死了。他名叫拉菲爾先生，是個大富豪。你或許認識他？」

「賈森．拉菲爾？我當然知道這個名字，只是並不認識，也從未見過他。有一回他捐了一大筆錢，幫助我推行一個我很關心的教育計畫，令我非常感激。一如你所說，他是個大富豪。幾星期前我在報上看到他的訃聞。這麼說，他跟你是老朋友？」

「不是，」瑪波小姐說，「我是一年前在國外認識他的，在西印度群島。我對他了解甚少，無論是他的生活、家庭或私人朋友。他是個大金融家，但除此之外，一如大家所說，他對自己的事絕口不提。你可知道他的家庭或是任何人……」瑪波小姐頓了頓。「我常常在想這個問題。不過我不喜歡亂問問題，看起來好像很愛打聽。」

伊麗莎白沉默片刻，接著說道：「我認識一個女孩，是我在法洛原開辦的一所學校的學生。她其實和拉菲爾先生毫無關係，不過她曾經和拉菲爾先生的兒子訂過婚。」

「而她後來沒嫁給他？」瑪波小姐問。

「沒有。」

「為什麼？」

坦普小姐說：「可以這麼說……或者就這麼說，因為她太理性了。他不是那種任何人都想嫁的對象。而她是個非常美麗的女孩，性情非常溫柔。我不知道為什麼她後來沒嫁給他。從來沒有人告訴過我。」她嘆了口氣，又說：「不管怎麼說，她已經死了。」

「她怎麼死的呢？」瑪波小姐問。

坦普對著芍藥凝視了幾分鐘。待她再度開口，只說了三個字。那三個字就像深沉鐘聲的回響，令人無比驚心。

「為了愛！」她說。

瑪波小姐尖聲問道：「愛？」

「這是世界上最令人害怕的字眼之一。」伊麗莎白．坦普說。

她又說了一遍，聲音苦澀而悲哀。

「愛！」

07／邀訪

瑪波小姐決定不參加下午的遊覽活動。她說自己有點疲倦，所以不去看那座古教堂和它十四世紀的彩繪玻璃了。她打算休息一會兒，稍後到大街上那家約定的茶館和大夥兒碰頭。桑伯恩太太認為她這樣安排合情合理。

瑪波小姐坐在茶館外的舒適長椅上，一面思索著下一步的計畫，一面想著這麼做是不是聰明。

下午茶時分，大夥兒都回來了，她不聲不響地走近庫克小姐和巴羅小姐，和她們同坐在一張四人桌邊。卡斯珀先生坐進了第四張椅子。瑪波小姐認為他英語差，在一旁不會礙事。

瑪波小姐一邊細嚼著瑞士捲，身子一邊前傾，她向桌子對面的庫克小姐說：「我相信我們以前見過面。我想了又想。我對相貌的記憶不比從前，不過我確定自己一定在什麼地方見過你。」

庫克小姐臉上一派和氣，但顯得很猶豫，眼神飄向她的朋友巴羅小姐。瑪波小姐也隨著她望過去。而巴羅小姐顯然無意幫忙解開這個謎團。

「我不知道你是不是去過我家那一帶，」瑪波小姐繼續說，「我住在聖瑪莉米德村，你知道，是個小村子。不過現在也不小了，到處都在蓋房子。它離馬奇班罕不遠，離魯茅斯海灘也只有十二哩。」

「噢，」庫克小姐說，「讓我想想。呃，我對魯茅斯很熟，也許……」

瑪波小姐突然高興地叫起來。

「啊，想到了！有一天我在聖瑪莉米德村的自家花園裡，你從小徑走過，還跟我說過話。我記得你說你是暫住在那裡，住在一位朋友家……」

「沒錯，」庫克小姐說，「我真笨。現在我記得了。那時候我們聊到要找個有用的人有多難……我的意思是指園藝方面。」

「沒錯。你不是長住在那兒吧？你只是和什麼人暫住一陣。」

「對，我是和……和……」

庫克小姐一時說不出來，彷彿不知道或記不起某個名字似的。

「和一位蘇瑟蘭太太，是嗎？」瑪波小姐提醒道。

「不，不，是……呃……」

「哈斯汀太太。」巴羅小姐拿起一塊巧克力蛋糕，口裡肯定地說。

「噢，對，是一幢新屋子的住戶。」瑪波小姐說。

「哈斯汀。」卡斯珀先生不意插進一句。他微笑著說：「我去過哈斯汀，也去過伊斯坦堡。」他又笑了笑。「很漂亮，在海邊。」

「真巧，」瑪波小姐說，「我們這麼快就又碰面了。世界真小，你說是不是？」

「噢……呃，我們都喜歡參觀花園。」庫克小姐語焉不詳地說。

「花兒是很漂亮，」卡斯珀先生說，「我很喜歡……」他又露出微笑。

「這麼多珍奇秀麗的灌木植物。」庫克小姐說。

瑪波小姐連珠炮般大談園藝，間或夾雜著專業用語，庫克小姐一一回應，巴羅小姐則是偶爾插上幾句。卡斯珀先生繼續帶著微笑默然坐著。

瑪波小姐依照慣例在晚餐前稍事休息的時候，記下了搜集到的情報。庫克小姐承認她在聖瑪莉米德村住過、曾經從瑪波小姐屋前走過，也同意這是個巧合。是巧合嗎？瑪波小姐沉思，把「巧合」這兩個字放在口中反覆咀嚼，就像小孩嘴裡含著棒棒糖想嘗出它的美味來一樣。這是巧合嗎？還是她去聖瑪莉米德村其實另有目的？她是不是被某個人「派」去的？為什麼被派去那裡呢？她這麼胡亂想像是不是很可笑？

「任何巧合都值得注意，」瑪波小姐自言自語道，「如果日後發現那真的只是巧合，再把它拋開也不遲。」

庫克小姐和巴羅小姐看起來全然是一對普通朋友。她們說兩人每年都要連袂旅遊一趟。

她們去年到希臘做海上遊，前年到荷蘭賞花，再前一年去北愛爾蘭，是兩個相當和善的平常人。可是她覺得庫克小姐有那麼一剎那想否認她去過聖瑪莉米德村。她的眼神望向她的朋友巴羅小姐，就像是希望得到指示才準備作答似的。想來她是唯巴羅小姐馬首是瞻。

「當然，這一切可能都是我的想像，」瑪波小姐想，「說不定她們一點都不重要。」「危險」這個字眼突然跳進她心頭。拉菲爾先生在他的第一封信上曾經用過這個字眼，第二封信也曾提過她需要一位守護神。她在這項任務中會遇到危險嗎？為什麼？誰會置她於險境？

顯然不會是庫克小姐和巴羅小姐。那兩人看起來如此平凡。

話說回來，庫克小姐不但染了頭髮，還變了髮型。事實上，她很努力地偽裝她的外貌，至少這一點就很奇怪！她又對她的旅伴細細思量了一番。

卡斯珀先生……現在想像他是個危險人物比較容易了。他是不是其實英語不錯，只是假裝懂得不多？她對卡斯珀先生開始起了疑竇。

瑪波小姐向來無法不以維多利亞時代的觀點來看待外國人。你永遠看不透外國人。當然，這種想法其實十分荒謬，她自己也有許多來自不同國家的朋友。庫克小姐。巴羅小姐。卡斯珀先生。那個有著蓬亂頭髮的小夥子……叫艾姆林什麼的，是個改革派，難道他是個劍及履及的無政府主義者？巴特勒夫婦，如此和藹可親的大好人，但是不是好得太不真實了？

「真是的，」瑪波小姐說，「我必須振作點。」

她把注意力轉到旅遊行程表上。她想，明天會是吃力的一天。一大早就坐車遊覽，下午還要沿著海岸小徑步行一段非常消耗體力的長路，觀賞一些有趣的海生植物……一定很累人。後面附有一個貼心的建議：想休息的人可以留在旅館裡，這家叫作「戈登堡」的旅館也有個漂亮花園。除此之外，也可以到鄰近風景區來一段短遊，來回一個鐘頭即可。她想，她不妨就這麼做。

但這時候她並不知道，她的計畫即將有所改變。

第二天，瑪波小姐在戈登堡旅館的房間梳洗後下樓來準備進午餐，一位穿著粗呢格子衣裙的女人怯生生地走到她面前。她說：「對不起，你是瑪波小姐，珍．瑪波小姐嗎？」

「是的，我就是。」瑪波小姐回答，心頭有點驚訝。

「我是格林太太，拉維妮亞．格林。我跟我的兩個姐妹就住在附近。呃，你知道，我們聽說你要來……」

「你們聽說我要來？」瑪波小姐更驚訝了。

「是的。有位老朋友寫信給我們……噢，滿久了，一定有三個星期了，他要我們把日期記下來，也就是華宅暨花園協會來到此地的日期。他說他有個好朋友——還是親戚？我不太確定——會參加這次旅遊。」

瑪波小姐依然一副吃驚的表情。

「我說的是拉菲爾先生。」格林太太說。

「噢，拉菲爾先生！」瑪波小姐說，「你……你可知道他……」

「他過世的消息？知道，很令人遺憾，就在他的信到達後不久。我想他一定是在寫信給我們之後未久就過世了。不過我們非常希望依照他的要求去做。你知道，他說你或許會願意來我們家住上幾晚。這趟旅遊中的這一段行程很吃力……我的意思是，對年輕人來說無所謂，不過對年紀大的人就過於疲累了。要走上好幾哩的路，還得攀爬懸崖小徑。如果你肯賞光住我們家，我們姐妹都會很開心。我家離旅館只要步行十分鐘，而且我們一定會讓你看到本地許多有趣的東西。」

瑪波小姐猶豫了片刻。她喜歡格林太太的外表：微胖、好脾氣、很友善，雖然有點害羞。這是她該走的下一步嗎？這一定又是拉菲爾先生的指示。是的，一定是。

她奇怪自己為什麼會覺得緊張。大概是因為她已經和旅伴們混熟了，自覺已是團體中的一份子，雖然大家認識只有三天。

她轉向格林太太，以熱切的眼神望著她。

「謝謝你們。你們太熱誠了，我非常樂意到府上小住。」

08 三姐妹

瑪波小姐站在一扇窗戶邊朝外望。她背後的床上，放著她的衣箱。她心不在焉地望著外頭的花園。她很少對花園視而不見，除非是因為非常讚嘆或是出於批評心理。以目前的情境而言，大概是出於批評心理吧。這是個被人忽略的花園，恐怕多年來沒人為它花過錢，也少有人整理。連這棟老宅也備受忽略。這房子格局方正，家具原本也是上好質料，可是近年來幾乎不曾上過漆或修整。她想，這棟房子至少近年來絕對稱不上美麗。它是一座名副其實的「老莊園」。這棟老宅初建之時也曾優雅美麗，被人住過，被人珍惜過，等到初建者的兒女們陸續結婚離家後，現在是格林太太住在這裡。她帶瑪波小姐上樓去看臥房時，無意間透露了一些背景。她和兩個姐妹是從一個叔父那裡繼承到這份產業的，她丈夫死後，她就和兩個姐妹一起住了進來。三姐妹都老了，收入縮水，幫手也愈來愈難找。

兩個姐妹大概都未婚，一個年紀比格林太太大，一個比她小，是兩個貝伯利史克小姐。

房子裡看不到任何屬於小孩的東西。沒有破皮球，沒有老舊的搖籃，也沒有小桌小椅，單純是一棟住著三姐妹的房子。

「感覺很有俄國味道。」瑪波小姐自言自語道。

她的意思是指《三姐妹》那本書，對吧？是契訶夫的作品？還是托爾斯泰的？真是的，她記不得了。三姐妹。但是她們不會是渴望到莫斯科去的三姐妹。這三個姐妹對現狀很滿足，這一點她可以肯定。她一進門就被介紹給另外兩個姐妹認識，兩人一個從廚房走出來，一個步下樓梯，雙雙對她表示歡迎。她們舉止莊重，教養良好，正是瑪波小姐年輕時代大家所稱的「淑女」。這個稱謂已經過時，她想起自己曾有一回稱她們為「沒落的淑女」，她父親對她說：「不，親愛的珍，她們不是沒落，而是落難的貴婦。」

這年頭的貴婦不大容易落難。她們不是領取政府或社會局的救濟金，就是有個有錢親戚幫忙……也可能受到拉菲爾先生那種人幫助。因為這就是重點，也是她來到此地的理由，不是嗎？這一切都是拉菲爾先生安排的。瑪波小姐想，他還真是煞費心機。他大概在死前四、五個星期就知道大限將至，結果和上天討價還價了一番，因為醫生通常是樂觀的，他們憑經驗知道，即將離世的病人往往出人意料地拖延下來，雖然苟延殘喘、奄奄一息，就是頑固地不嚥下最後一口氣。而另一方面，瑪波小姐憑著以往的經驗知道，醫院護士在照顧這些病人的時候，總以為病人隔天就會過世，看到他們還活著就不免感到訝異。等醫生來到，雖然跟他說病人已經沒希望了，但得到醫生答覆後也往往會同意醫生的看法；不過等醫生走出大門，她們就竊竊私語：「我可不認為病人還能拖幾個星期。」護士認為醫生樂觀固然很好，但是醫生一定錯了。而醫生往往沒錯。他知道那些痛苦、無助、癱瘓、甚至不快樂的人還是願意而且希望活下去。他們會吞下醫生開的藥丸以度過漫漫長夜，然而他們無意吞下超越所需的劑量而跨過門檻，到另一個他們毫無所悉的世界去。

拉菲爾先生。瑪波小姐心不在焉地望向花園，心頭卻想著這個人。是拉菲爾先生？現在她覺得自己對於眼前的任務和他提出的計畫開始有了點譜。拉菲爾先生是個善於策畫的人。他策畫這次任務，就和處理金融事務沒兩樣。套句她女僕雀莉的話來說，他碰到難題了。每當雀莉碰到難題，她常會去請教瑪波小姐。

「這是個拉菲爾先生自己解決不了的難題。這個難題一定令他極為煩惱，」瑪波小姐想，「因為他對任何問題通常都能解決，而且堅持親力親為。可是他臥病在床，而且即將大去。他可以安排業務事宜，和律師、雇員、朋友、親戚通信，但他還有一些事或一些人沒有安排好。有個難題未解，一個他依然想解決的難題，一個他希望能實現的計畫，而且這件事顯然不是借助經濟支援、生意交易或律師之力就能處理……所以他想到了我。」瑪波小姐說。

她還是非常驚訝，真的非常驚訝。不過，既然她想到了這一層，他的信函就顯得十分明白了。他認為她有天賦，足以擔當某件事情。她再度想到，這件事不是具有犯罪性質，就是和犯罪有關。他所知關於瑪波小姐的另一件事，就是她喜歡園藝。唉，他要她解決的總不會是園藝方面的問題吧。可是他會把她和犯罪聯想在一起。西印度群島的那樁罪行，和她家園附近發生的罪案。

一樁罪行。可是在哪裡呢？

拉菲爾先生已經做好安排。他是和律師一起安排的。律師盡了他們的本分，在指定的時間內把他的信轉交給她。她認為那封信是經過深思熟慮的。如果他明確告訴她，他希望她做些什麼、為什麼這麼做，事情當然簡單得多。她覺得奇怪，他生前為何不來找她。她不免臆測，他不來找她是因為他認為他的死可以當作一種確保甚至威嚇，讓她答應他的請求。可是她又想，這其實不是拉菲爾先生的作風。他是可以做出威嚇，但這件事情不是威嚇就能奏效的，她相信他也不願意跑去懇求她、請她幫忙澄清一樁冤屈。不是，這也不是拉菲爾先生的風格。她認為，他要求的正如他畢生所遵行的，無非是希望他能為他的要求付出報償。他想報償她，所以他要讓她心甘情願地去做一件她有興趣的事。他那筆款項是為了勾起她的興趣，並非真的想誘惑她。她猜他不會這麼想：「給她夠多的錢，她就會載欣載奔、欣然就往。」因為她非常了解自己，那筆錢雖然令人心動，不過她並不急需用錢。她有個親密又好心的外甥，如果她經濟窘迫，需要維修住屋、求診名醫或其他不時之需，可愛的雷蒙總會資助她。沒錯，他提出的那筆報酬是用來激起她的興趣，如同你拿到一張到愛爾蘭的車票所感到的興奮一樣。除了運氣好，你不可能經由其他途徑拿到這麼一大筆錢。

話說回來，瑪波小姐自忖，她是需要點運氣，需要努力，還需要深思熟慮，把她在進行過程中的風險考慮進去。可是她得自己找出答案。他不告訴她，或許是因為不想影響她？不說出自己的觀點，是很難令人明白所以。或許拉菲爾先生認為自己的觀點是錯誤的。他不像是會有這種想法的人，但也不無可能。他可能懷疑自己的判斷力已因病痛影響而大不如前，所以她，瑪波小姐，他的代理人也是雇員，必須自己做判斷，得出自己的結論。現在該是她得出幾項結論的時候了。換句話說，她又回到了那個老問題：這一切到底是怎麼回事？

她得到過指示。她姑且先思考這一點。給她指示的人現在已經死了。在他的指示下，她離開了聖瑪莉米德村，所以那項任務無論如何不會和她的村子有關。那個難題既非發生在附近，也不是看看報紙或提提問題就能解決，除非你知道要問什麼。她得到的指示，首先是去律師事務所，然後在家裡讀一封信……不，兩封才對；接著就是受邀參加這次賞心悅目、安排妥當的旅遊，遊覽英國一些著名的宅邸和花園。從這次旅遊中，她跨到了下一級台階，也就是此刻她所在的房子「老莊園」，一棟位於喬斯林聖瑪莉鎮、裡頭住著克羅蒂．貝伯利史克小姐、格林太太和安希雅．貝伯利史克小姐的房子。這是拉菲爾先生安排的，事前就安排，在他死前的幾個星期。他很可能是在指示過律師又替她預訂了旅遊後，就著手安排了這件事。因此，她來到這棟房子是有目的的。她可能只住兩晚，也可能住得更久；或許他已經做好安排，不是讓她決定住得更久些，就是被挽留下來多住一陣。她想到自己目前的處境。

格林太太和她的兩個姐妹。不管究竟是什麼事，她們一定和這事有關。她必須查出到底是什麼事。唯一的問題是時間苦短。瑪波小姐絕不懷疑自己有發掘祕辛的本領。別人看她，會認為她是那種吱吱喳喳、又蠢又笨的老太婆，只會說個不停、問東問西，而且問的淨是表面上看似八卦的問題。她會提及她的童年，這樣就可以引導那三個姐妹談到她們的童年；她會提及她吃過的東西、雇過的傭人，某某人的女兒、表親、堂兄妹，還有旅遊、結婚、生日……對，還有死亡。當她聽到關於死亡的訊息，她的眼神一定不能露出特別的興趣。半點也不行。她相信她會有如本能般做出正確的反應，例如：「噢，老天，真可悲！」她一定要套出一些關係、事件、生活瑣事，看能不能在其中不意發掘到有嫌疑的事件。那件事也許發生在附近，和這三姐妹並無直接關係；她們也可能知道這件事、曾經提起過，也可能遲早會提到。總之，此處一定暗藏著什麼，或許是線索，或許是暗示。隔天她就得重回旅行團，除非那時候她掌握到了某些情報，讓她不再回旅行團。她的思緒從這棟老宅飄到遊覽車和車上的同伴。她要找的東西或許一直就在車上，當她回去後會再度出現。其中有個人或幾個人或許無辜，或者不然，有些人則有一段久遠的往事……她微皺著眉，努力想憶起什麼。有個念頭曾經在她心中一閃而過。真的，我確信……她確信什麼呢？

她的思緒再度回到三姐妹身上。她不能在樓上逗留太久。她得打開衣箱取出一些這兩晚會用到的必需品，今晚要換穿的衣物、睡衣、海綿，接著就下樓會會三個女主人，愉快地聊天。她必須確定一個重點：這三姐妹是盟友或敵人？兩者都有可能，她得好好思慮一番。

門上有人敲了一聲，格林太太進了房間。

「希望你在這裡覺得舒服。要不要我幫你打開行李整理整理？我們雇了個很好的女人幫忙，不過她只有上午來。你需要什麼，她都會幫你打點。」

「噢，不用了，謝謝你，」瑪波小姐說，「我只帶了幾樣必要的盥洗用品。」

「我想我應該再帶你下樓走一趟。你知道，這房子蓋得有點亂。有兩道樓梯，所以有點難分辨，有時候會讓人迷路。」

「噢，你真體貼。」瑪波小姐說。

「那就請你到樓下來，午餐前我們先喝杯雪利酒。」

瑪波小姐帶著感激接受邀請，跟著她下了樓。據她判斷，格林太太比她年輕得多，大概五十歲，不可能更老。瑪波小姐下樓梯時小心翼翼，她的左膝總有點不穩。好在樓梯一邊有扶手。樓梯很漂亮，她因此讚嘆道：「這棟房子真漂亮，我猜它建於十八世紀。對嗎？」

「一七八〇年。」格林太太說。

格林太太很高興瑪波小姐有鑑賞眼光。她把瑪波小姐帶進客廳。那是一間優雅的大房間，裡頭有兩樣很別緻的家具：一張安妮女王時代樣式的書桌和一張威廉三世時代的蠔殼梳妝台。另外還有幾個略嫌笨重的維多利亞式長靠椅和櫥櫃。印花棉布做的窗簾不但褪色而且破舊；至於地毯，產地應該是愛爾蘭，瑪波小姐想，可能是仿奧伯桑[9]式樣。沙發頗為笨重，天鵝絨的表皮磨損得很厲害。兩姐妹早已在座，一待瑪波小姐進門，兩人便站起身朝她

9　奧伯桑（Aubusson），位於法國中部，以出產華麗地毯聞名。

走來，一個送上雪利酒，一個請她就座。

「不知道你喜不喜歡坐高一點？很多人喜歡坐高一點。」

「我也喜歡，」瑪波小姐說，「坐高點舒服多了。你知道，我的背部有毛病。」

三姐妹對背痛似乎深有體會。大姐是個高大美麗的女人，一頭黑色鬈髮，小妹似乎比她年輕多了，很瘦，曾經漂亮過的秀髮如今已成灰白，凌亂地披在肩上，看來彷彿是個幽靈。瑪波小姐暗忖，由她飾演老去的奧菲莉婭[10]一定十分適合。

而克羅蒂顯然不會是奧菲莉婭，瑪波小姐想。但若由她來演克萊娣妮絲翠[11]勢必絲絲入扣……她有可能在丈夫高高興興洗澡時刺死他。不過既然她從未結過婚，自然不可能有這種結局。瑪波小姐看不出她會謀殺任何人，除了自己的丈夫；而這棟房子裡並沒有阿加曼農。

克羅蒂．貝伯利史克、安希雅．貝伯利史克、拉維妮亞．格林這三姐妹中，克羅蒂漂亮，拉維妮亞長相平凡但很討人喜歡；安希雅則是一邊眼皮時不時就抽動一下。她有一對灰色的大眼眸，總是奇怪地左顧右盼，接著突然轉頭朝後望去，彷彿一直有人在監視她似的。奇怪，瑪波小姐想，她對安希雅起了幾絲疑心。

大家就座後開始談天。格林太太離開客廳，顯然去了廚房。看來她是這三人當中最熱心家務的一個。談話從一般的話題開場。克羅蒂．貝伯利史克說這棟房子是家傳的，本來屬於她叔祖，後來傳給她叔父，他死後留給了她，另外兩個姐妹後來就搬進來一起住。

「你知道，他只有一個兒子，」克羅蒂小姐說，「後來死於戰爭。除了幾家遠房親戚外，我們其實是家族僅存的幾個。」

「好一棟格局漂亮的房子，」瑪波小姐說，「你妹妹說這房子建於一七八〇年左右。」

「我想是的。不過，你知道，我們其實不希望房子這麼大，而且東一間西一間的。」

「這年頭，」瑪波小姐說，「整修房子很貴呢。」

「沒錯，的確是，」克羅蒂嘆了口氣。「很多地方我們只好任由它崩塌。很悲哀，可是我們力不從心。比如說，好幾間外屋和一間溫室都塌了。以前這裡的溫室可是非常漂亮的。」

「裡面有可愛的麝香葡萄藤，」安希雅說，「內牆還爬滿了櫻桃。確實，我真的覺得遺憾。當然，戰爭期間哪裡找得到園丁。我們曾經雇過一個很年輕的園丁，後來他被徵召當兵去了。當然我是不該抱怨，但話說回來，就是因為找不到人修理，所以整個溫室就塌了。」

「連附近的小暖房也倒了。」

兩姐妹都在嘆氣，嘆時光的流逝，嘆時代的變遷，也嘆好景不再。

瑪波小姐覺得這棟房子帶著一股陰鬱。不知何故，它好像滿載著悲哀，一股揮之不去、驅散不了的悲傷。這股悲傷因為滲透得太深，已經沉浸到……她突然打了個寒顫。

10 奧菲莉婭（Ophelia），莎士比亞名劇《哈姆雷特》中的女主角。

11 克萊娣妮絲翠（Clytemnestra），希臘神話中的邁錫尼王阿加曼農（Agamemnon）的妻子。阿加曼農出征特洛伊之前曾殺親生女祭旗，令克萊娣妮絲翠銜恨甚深，十年戰爭結束，阿加曼農凱旋歸來，克萊娣妮絲翠便將他殺了。

09

蓼蔓

午餐很平常，一小塊羊肉、烤馬鈴薯，接著是一塊梅子派、一小罐奶油和淡而無味的糕點。餐廳四周牆上掛著幾幅畫像，瑪波小姐猜是家族的繪像，它們皆是平淡無奇的維多利亞時代畫像，以漂亮梅子色的桃花心木做成的畫框又大又重。窗簾是暗紅色的錦緞，桃花心木的大桌供十人坐都綽綽有餘。

瑪波小姐閒聊著這次旅遊中的種種。但旅遊到目前為止只過了三天，沒有多少可談。

「我想拉菲爾先生是你的老朋友吧？」大姐克羅蒂問。

「其實不是，」瑪波小姐說，「我初次見到他是去西印度群島旅行的時候。我想他去那裡是因為要休養身體。」

「沒錯，他有幾年癱瘓得很厲害。」安希雅說。

「很悲哀，」瑪波小姐說，「真的，我很佩服他的毅力，他還是工作個不停，每天都口授祕書寫電報、發電報，一點也沒有因為自己病弱而有所退縮。」

「確實，他絕不會退縮。」安希雅說。

「近幾年來我們很少看到他，」格林太太說，「當然，他是個大忙人。不過聖誕節的時候，他總會貼心地記起我們。」

「你住在倫敦嗎，瑪波小姐？」安希雅問。

「噢，不，」瑪波小姐回答，「我住在鄉下，在魯茅斯和貝辛市場之間的一個小地方，離倫敦大約二十五哩。過去是一處非常幽靜的舊式村莊，不過和其他地方一樣，現在也成了所謂的進步繁榮地區了。」她又說：「拉菲爾先生住在倫敦吧？至少我注意到，他在聖哈諾的旅館登記的地址是伊頓廣場一帶，要不就是貝爾格雷廣場，是不是？」

「他在肯特郡有一棟鄉村別墅，」克羅蒂說，「有時候他會到那裡去招待朋友。你知道，多半是商場上的朋友或國外來的友人。我們誰也不曾去過那裡。我們很少遇見他，偶爾碰到了，他總是在倫敦招待我們。」

「他真是體貼，」瑪波小姐說，「建議各位邀請我趁旅遊之便到這裡來。想得很周到。真想不到他這麼忙碌的人竟然思慮如此周詳。」

「我們也邀請過他一些參加這種旅遊的朋友來家裡。大體說來，他們對這樣的安排都很滿意。當然，你不可能滿足所有人的口味。年輕人自然喜歡走路，長途跋涉、登高望遠之類的，可是老年人做不到，只好留在旅館裡，而這附近的旅館一點也不豪華。我相信你已經發現今天的行程非常累人，明天到幸運岩去也一樣。你知道，明天他們要搭船去參觀一個島嶼，有時候會遇到風浪。」

「即使是繞著那些房子逛，圈也夠累人的。」格林太太說。

「噢，我知道，」瑪波小姐說，「走太多路又站太久，雙腳很痠很累。我其實不該參加這種遠程旅遊的，可是那些美麗的豪宅、漂亮的房間和家具什麼的，又實在太誘人。當然，還有那些精緻的畫像。」

「還有花園，」安希雅說，「你喜歡花園，對吧？」

「噢，沒錯，」瑪波小姐說，「尤其是花園。按照旅遊大綱上的形容，我真的很期待在一些古宅裡看到那些保存完好的花園。」桌邊的她露出微笑。

一切看似很愉快、很自然，可是不知何故，她有種緊張的感覺。她覺得這裡有件事情並不自然。只是她所謂的不自然指的是什麼呢？這些對話很平常，無非是些陳腔濫調。她自己專挑尋常的話題說，那三姐妹也是。

三姐妹。想到三姐妹，瑪波小姐再度陷入沉思。為什麼事情逢「三」似乎就潛藏著不祥？三姐妹，《馬克白》中的三個女巫。唉，你怎麼能把這三姐妹和那三個女巫相提並論？話說回來，瑪波小姐總覺得那些戲劇製作人把三個女巫的形象塑造錯了。她曾看過一齣戲，更是十分荒謬。那幾個女巫戴著可笑的尖帽子，撲舞著翅膀，看來活像是滑稽啞劇中的人物。她們跳著舞，到處蹦來蹦去。瑪波小姐記得她對掏腰包請她觀看這齣莎翁名劇的外甥說：「親愛的雷蒙，你知道，如果要我編導這齣好戲，我會用完全不同的方法塑造這三個女巫。我會讓她們化成三個普通的老女人，蘇格蘭老太婆，她們不用跳舞，也不必跳躍，只要帶著狡獪的眼神互望就好。這樣觀眾就會感覺到，在她們平凡的外表下隱藏著一股威脅。」

瑪波小姐一面把最後一口梅子派塞入嘴裡，一面望著桌子對面的安希雅。她平凡、不修邊幅、五官不出色，帶點浮躁。為什麼她會覺得安希雅有點陰森森的？

「我又在幻想了，」瑪波小姐自言自語道，「我不能再胡思亂想了。」

午餐後，她被帶往花園去散步，這回輪到安希雅陪她。瑪波小姐覺得，這回的散步頗感淒涼。這個花園雖然曾經被照管得很好，但不管從什麼角度看，都談不上出色。它具有維多利亞時代一般花園的特色：一處灌木叢、一排斑駁的月桂樹，一度無疑整理得不錯的草坪和小徑，還有大約一英畝半的菜園。對現在住在這裡的三姐妹來說，這菜園顯然太大，有一部分什麼也沒種，雜草叢生，蔓生植物幾乎占據了大半的花床，瑪波小姐忍不住伸手拔掉目中無人、到處蔓延的旋花類野草。

安希雅的長髮在風中飄蕩，小髮針不時落到小路或草地上。她說話頗為突兀。

「你的花園應該很漂亮吧？」她說。

「噢，我的花園很小。」瑪波小姐說。

她們沿著一條草徑前行，小徑盡頭有一堵牆，兩人在牆前的小土丘旁停下腳步。

「這是我們的溫室。」安希雅小姐感傷地說。

「噢，你說過，就是覆有美麗葡萄藤的那個。」

「那時候有三株，」安希雅說，「一株是黑色漢堡，一株是小白葡萄，非常甜美；另一株是美麗的麝香葡萄。」

「你說過還有一棵天芥菜屬植物。」

「是櫻桃樹。」安希雅說。

「噢，對，是櫻桃樹，香氣好聞極了。你們這裡是不是曾經被轟炸過？是不是，呃爆炸震垮了溫室？」

「噢，不是的，我們從來沒碰過那種慘事。這一帶和轟炸無緣。不是的，我想它純粹是因為腐朽而坍塌。我們搬來沒多久，也沒錢整修或重建。事實上也不值得這麼做，因為就算整修好了，我們也無力維護。恐怕我們只好任由它這麼頹敗下去了，沒別的辦法。你看，現在它上頭全都長滿了雜草。」

「啊，整個被蓋住了……那種才開花的是什麼藤？」

「噢，那個。是很普通的一種藤蔓，」安希雅說，「第一個字是草字頭，唉，那名字叫什麼來著……」她沉吟片刻。「叫蓼什麼的。」

「噢，沒錯。我想我知道這個名字，叫蓼蔓。長得很快，對吧？如果有人希望把某個殘破的建築或是醜陋難以見人的東西遮住，它是很管用的。」

她面前的小山丘確實被一層夾雜著小白花的濃密綠茵所覆蓋。瑪波小姐知道，它對任何其他植物的生存都是威脅。蔘蔓覆蓋一切，而且只需極短的時間。

「這間溫室一定很大。」她說。

「噢，是的，裡頭還有桃樹和油桃。」安希雅露出感傷的神情。

「現在看起來也很漂亮，」瑪波小姐以安慰的口氣說道，「這些小白花好美，不是嗎？」

「沿著這條小路往前走，再向左彎，我們還有一棵美麗的木蓮。」安希雅說，「我相信以前這裡曾經有個很漂亮的花壇，裡頭全是草本植物。可惜我們還是無力維持。太難了，什麼都不容易。所有東西都面目全非，全都毀了。」

她帶頭急急走向右手邊沿著一堵側牆伸展而下的小徑。她加快了腳步，瑪波小姐根本趕不上她。瑪波小姐想，這個女主人好像是刻意要把她從蔘蔓小丘帶開，彷彿要將她從某個醜惡不堪的地方引開似的。她是因為過去的榮景不再而感到羞愧嗎？那些藤蔓確實漫生無度，甚至不曾剪枝或是修個起碼的形狀。它使得花園的這一部分變成了一片野花海。

瑪波小姐一面亦步亦趨，一面心想，這女主人彷彿是在逃離這地方。沒多久，她的注意力被一個倒塌的豬圈吸引住了。豬圈周圍纏繞著幾根玫瑰花蔓。

「我的叔祖曾養過幾頭豬，」安希雅解釋道，「當然，現在誰也不會想去養豬，對吧？恐怕環境會弄得很髒。我們在房子附近種了幾株混種玫瑰。我認為這種混種花卉是個解決麻煩的好辦法。」

「噢，我懂你的意思。」瑪波小姐說。

她隨口說出幾個新品種的玫瑰花名，而安希雅似乎對這些花名一無所知。

「你經常參加旅遊嗎？」安希雅問。

這問題問得很突然。

「你的意思是關於豪宅和花園的旅遊？」

「是的，有些人每年都來。」

「我倒不希望那樣。你知道，這種旅遊很花錢。這趟旅遊是我一個朋友為了慶賀我明年生日送我的禮物。他真好。」

「噢，原來如此。我一直在納悶你怎麼會跑來這裡。我的意思是……這種旅遊一定很費體力，對吧？不過如果你常去西印度群島或是那種地方……」

「噢，西印度群島那趟旅行也是出於別人的好意。那一回是我外甥出的錢。他是個好孩子，替他的老姨媽想得真周到。」

「噢，原來如此……嗯，原來如此。」

「我不知道老人家若沒有年輕人會怎樣，」瑪波小姐說，「年輕人很貼心，對吧？」

「我……我想是吧。其實我不知道。我……我們一個年輕的親戚也沒有。」

「你姐姐格林太太有小孩嗎？她從來沒提過，我也不好問。」

「沒有，她和丈夫沒生小孩。或許這樣也好。」

你這麼說是什麼意思？走回屋子的途中，瑪波小姐心頭好奇地想。

10
「噢！美好的舊日時光」

第二天早晨八點半，瑪波小姐聽到一記輕脆的敲門聲。隨著她應的一句「請進」，一個老婦開門走了進來。她手上托著茶盤，盤裡裝著一壺茶、一只茶杯、一盅牛奶，還有一小碟麵包和奶油。

「你的早茶，夫人，」她和顏悅色地說，「今天天氣很好，真的。我看到你已經把窗簾拉開了。晚上睡得好嗎？」

「非常好。」瑪波小姐嘴裡一面回答，一面把手上正讀著的小祈禱本放下。

「對，今天是個暖日，真的。這樣的天氣去幸運岩，真是再好不過了。不過你不去也好。你的腿會吃不消的，真的。」

「我在這裡很愉快，」瑪波小姐說，「多謝貝伯利史克小姐和格林太太邀請我來。」

「噢，這對她們也好。家裡能有客人來她們會開心點。這房子現在真是夠慘淡的。」

她把窗簾微微拉攏，將一張椅子挪後，接著把一罐熱水倒進瓷質的洗臉盆裡。

「樓下有間浴室，」她說，「不過我們認為老人家在這裡洗個熱水臉比較好，這樣就不必爬樓梯了。」

「你真體貼。我相信你對這棟房子一定很熟悉？」

「我從少女時代就來這裡當女僕了。那時候這裡有三個傭人：一個廚師、一個女僕，還有個兼廚房打雜的客廳女侍。那時候還是老上校當家，養馬之外還雇了個馬夫。啊，那才叫過日子。後來災禍接二連三降臨，真慘。老上校年紀輕輕就死了太太，兒子死在戰場上，唯一的女兒到另一個世界去了。她嫁了個紐西蘭人，生產的時候死去，小孩也夭折。傷心的上校孤孤單單住在這兒，所以就任由房子毀去。這房子當時就沒得到該有的維修。他死後，把這地方留給侄女克羅蒂小姐那三姐妹，克羅蒂小姐和安希雅小姐就搬進來住，後來拉維妮亞小姐的丈夫死了，也住了進來，」她又嘆氣又搖頭。「她們也沒為這房子多費神……她們負擔不起。對花園也一樣，就這麼隨它去。」

「聽起來好淒慘。」瑪波小姐說。

「她們都是很好的女人。安希雅小姐個性有些浮躁；克羅蒂上過大學，人很聰明，會說三國語言；而格林太太，心地非常仁慈。她搬來和她們一塊住的時候，我就想，這裡慢慢會好起來。可是未來誰料得準呢？有時候我有種感覺，這房子好像被下了詛咒。」

瑪波小姐帶著詢問的眼神望著她。

「禍事接二連三而來。那次可怕的飛機失事……在西班牙，機上的人全死了。飛機真是可怕的東西，我從來沒搭過飛機。克羅蒂小姐有兩個朋友就這麼遇難了，是一對夫妻，幸好他們的女兒在學校，逃過了一劫。克羅蒂把她帶來這裡住下，為她打點一切。她帶她到義大利和法國旅行，待她就像親生女兒一樣。她也真是個快樂的女孩，而且非常溫柔。你作夢也想不到會發生那麼可怕的事。」

「那麼可怕的事？是怎麼回事呢？發生在這裡嗎？」

「不，不在這裡，感謝上帝。雖然從某種角度看，你也可以說是發生在這裡。她是在這裡遇見他的。他就住在附近，這幾個女主人都認識他父親。他父親是個大富豪，他到這裡來是為了探望父親。這是一開始……」

「他們談戀愛了？」

「是的，她立刻就愛上了他。他是個漂亮的小夥子，談吐文雅，懂得過日子。你絕不會想到……」她突然住口不再說下去。

「他移情別戀了嗎？結果出了差錯？所以女孩子自殺了？」

「自殺？」老女傭以訝異的眼神瞪著瑪波小姐。「誰說她是自殺的？那是謀殺，一眼就看得出來的謀殺。她是被勒死的，頭顱還被砸得稀爛。克羅蒂小姐不得不去認她，回來後就完全變了個樣。他們是在離此地三十哩外的地方找到她的屍體，在一處廢棄採石場的樹叢中。而且，大家相信這不是他第一次殺人。還有別的女孩呢。那女孩六個月前就失蹤了，警察到處找。噢，他真是個可怕的惡魔！打從他出娘胎，就做盡了壞事。現在有種說法，說那些人對自己的行為控制不了，說他們頭腦不正常，所以不必負責任。我一個字也不信！殺人犯終究是殺人犯。而這年頭也不把殺人犯吊死了。我知道某些古老的家族血統中流著瘋子的血液；伯辛頓的德溫特家族就是，每隔一代就有一兩個人死在瘋人院裡。還有個波莉特老太太，總是戴著鑽石頭巾，在小路上走來走去，自稱是瑪麗・安東尼[12]再世，最後終於被關起來。可是她並不作怪，只是有點癡傻。可是這個年輕人，哼，沒錯，是個十足的惡魔。」

「那他們怎麼處置他呢？」

「那時候絞刑已經廢除……要不然就是因為他太年輕，我已經記不得了……他們發現是他犯的案，就把他送到一個叫伯什麼的地方去，不知道叫伯斯托還是伯德桑。」

「那個年輕人叫什麼名字？」

「邁克什麼的，我記不得他的姓了。事情已經過了十年，我差不多都忘了。是個義大利姓氏，就和一個畫畫的……和一個畫家同樣的姓；對了，他姓拉菲爾。」

「邁克・拉菲爾？」

「對了，當時傳言滿天飛，說他爸爸很有錢，所以把他從牢裡弄了出來，就像銀行強盜逃獄一樣。不過，我想這只是傳聞。」

原來那不是自殺，是謀殺。「愛！」伊麗莎白・坦普曾指出，這是一個女孩的死因。她說的有幾分道理。一個年輕女孩愛上一個殺人凶手，因為愛他，結果毫無戒心地慘遭殺害。

瑪波小姐微微打了個寒顫。昨天她沿著鄉間街道散步的時候經過一個報攤，頭條新聞是：「歐普桑山丘謀殺案，發現了第二具女孩屍體。警方要求青年協助」。

看來歷史再度重演。它沿襲著一種老舊模式，一種醜惡的模式。幾行被遺忘了的詩句突然出現在她的腦海：

玫瑰般純潔的青春，憔悴因多情，
寂靜的山谷，歡唱的溪聲，
平凡的故事，幻想中的王孫，
噢，比起玫瑰般純潔的青春，
人生還有什麼更脆弱。

誰能護衛青春免於痛苦和死亡呢？青春不能，它從來就沒有能力護衛自己。是因為知道得太少，還是因為知道得太多，所以他們才自認為什麼都知道？

12 瑪麗．安東尼（Marie Antoinette, 1755-1793），法國皇后，是路易十六的妻子。涉嫌勾結奧地利干涉法國革命，被捕後交付革命法庭審判，處死於斷頭台。

§

那天早上瑪波小姐下樓來，或許時間比她估計的早了些，一時之間看不到女主人的蹤影。於是她走出前門，在花園裡閒逛。這倒不是因為她欣賞這個花園，她只是隱約覺得，這裡有個東西應該注意，某個能夠給她一點啟示、或是已經給了她啟示但她還沒領會到的東西。唉，老實說，她還沒聰明到能夠領會那個啟示的意義。她只知道她應該注意某樣東西，某樣重要的東西。

此時此刻，她並不急著看到那三個姐妹。她希望把幾件事仔細地想一想。她和珍奈在早茶時間的閒談中，掌握到了幾條新線索。

一扇側門是開著的，於是她穿過它，來到村莊的街道上。她沿著一排小商店前行，來到一個有尖塔聳立的建築前，那是教堂和墓園的標記。她推開墓園的鐵門，在墳墓之中隨意行走。有些墓碑的時間頗為久遠，靠牆處的墓碑年代稍近，越過牆的一兩個則明顯是新墳。那些老墳沒什麼意思，淨是一些本地人世代沿襲的姓氏。村裡許多名門望族都埋在這裡。賈斯伯王侯，深為悼念。馬格理王侯、奧德加與華特王侯、梅蘭妮女侯，四歲，還附上家譜。海勒姆夫人、愛倫．珍夫人、伊萊莎夫人，享年九十一歲。

她轉過身，注意到一個老頭在墳墓間慢吞吞地邊走邊打掃。他向她行了個禮，還道了聲早安。

「早安，」瑪波小姐說，「天氣真好。」

「過一會就要下雨了。」老頭說，語氣極其肯定。

「這裡似乎埋葬著許多王公貴族。」瑪波小姐說。

「噢，沒錯，這裡出過好幾個王侯，占有許多領土。多年來也出了不少貴婦。」

「我看到裡頭還有個小孩。看到小孩的墳墓總會令人感到悲哀。」

「啊，那一定是小梅蘭妮，我們都稱呼她的小名梅莉。她死得很慘，被車子輾死的。她跑到街上，要到糖果店去買糖果。這年頭汽車開得飛快，這種憾事可不少。」

「想到就令人難過，」瑪波小姐說，「分分秒秒都有這麼多人死去。要不是看到教堂墓碑，你還真不會注意到。病死、老死、小孩被車輾死，有些甚至更可怕，例如年輕女孩遭到殺害……我的意思是犯罪。」

「啊，確實，那種事還不少。傻女孩，我都這麼叫她們。這年頭做母親的沒時間把女兒照顧好，她們很多人都出外工作去了。」

瑪波小姐同意他的說法，不過她可不想浪費時間和他討論社會風氣。

「你住在老莊園，是吧？」老頭問，「我看你是搭遊覽車來這兒旅遊的。不過，我想這種旅行對你來說挺辛苦吧？有些旅客不見得受得了。」

「我確實覺得有點辛苦，」瑪波小姐承認。「我一個非常好心的朋友拉菲爾先生寫信給他住在這兒的幾位朋友，她們就邀我來住兩天。」

拉菲爾這個名字對老園丁顯然毫無意義。

「格林太太和她的姐妹待人都很好，」瑪波小姐說，「她們在這兒住很久了吧？」

「沒那麼久，大概二十年了吧。這塊地產本來是屬於貝伯利史克老上校的……我是指老莊園。他死的時候都快七十了。」

「他有孩子嗎？」

「有個兒子，在戰爭中陣亡了，所以他才會把這地方留給三個侄女。沒有別人可以繼承。」

他又埋頭清理墳墓去了。

瑪波小姐走進教堂。這裡有股復古的味道，似乎想重塑維多利亞女王時代的風格。窗戶是維多利亞式樣的明亮彩繪玻璃，一兩件黃銅器皿和牆上幾幅橫匾都是歷史的遺跡。

瑪波小姐坐進一張並不舒服的教堂板凳，開始想事情。

她的方向正確嗎？有幾件事確實有關聯，可是關聯一點也不明顯。

一個女孩被殺害（事實上有好幾個女孩），涉嫌犯案的年輕人（或者用現代的稱謂「青年」也行）被警察傳訊，「協助他們提供線索」。這是尋常的模式，但這已是陳年舊事，時間要溯及十或十二年前。現在既沒有東西可發掘，甚至沒有問題需要解決。那是一齣已經宣布完結的悲劇。

她能做什麼呢？拉菲爾先生可能要她做什麼呢？

伊麗莎白．坦普。她一定得從伊麗莎白．坦普那裡套出更多情報。伊麗莎白提過，邁克．拉菲爾和一個女孩訂過婚。不過那是真的嗎？老莊園的人好像都不知道。

瑪波小姐想到一個她更熟悉的故事版本。她的家鄉就常發生這種事，一開頭總是「男孩遇到了女孩」，故事就這麼一路發展下去。

「女孩發現自己懷孕了，」瑪波小姐自言自語道，「她告訴男孩，要他娶她。但他可能並不想娶她……也許從來就沒想過要娶她。事情到了這一步，他覺得很為難。他父親知悉後可能會大發雷霆，而女孩的親友硬要他『對得起良心』。可是他已經厭倦了這女孩；說不定他有了新的女友。所以他想出一個快刀斬亂麻的殘忍手段：把她勒死，敲爛她的頭，免得別人認出她來。這和他的前科……一樁殘忍、血腥的罪案相符，但終究被人遺忘了而得以逍遙法外。」

她坐在教堂座椅上，四下環顧。這教堂看來如此寧靜，很難相信世界上竟然有那麼邪惡的事實存在。敏察罪惡的天賦……這就是拉菲爾先生要她做的事。她站起身走出教堂，又到教堂墓園環視了一遍。在這裡，就在這些石碑和斑駁的碑文當中，她感受不到任何罪惡。

而昨天，她在老莊園感受到了罪惡的存在嗎？那股深沉而壓抑的絕望，陰鬱而無奈的哀傷。安希雅．貝伯利史克，她的眼睛恐懼地回頭張望，彷彿是害怕站在她身後那如影隨形的某個東西。

那三姐妹應該知道一些內幕。她們知道什麼呢？

她又想到伊麗莎白・坦普。在她的想像中，伊麗莎白・坦普這時候正隨著其他旅伴攀過小山，爬上一條險峻的小路，隔著懸崖峭壁眺望遠方的海潮。明天等她回到旅行團，她一定要伊麗莎白・坦普告訴她更多內情。

§

瑪波小姐踏上返回老莊園的路。她走得很慢，因為她累了。她真的覺得這個早晨毫無所獲。到現在為止，老莊園沒有給她半點明確的訊息，有的只是珍奈對她說的一齣往日悲劇。話說回來，這些家僕腦裡總有些舊日的悲慘故事，她們珍藏著它，把它記得清清楚楚，一如珍藏喜慶之事，例如豪華婚禮、大型盛宴、成功活動或某人奇蹟似地從意外中脫險。

才走近大門，她就看到兩個女人佇立在那兒，其中一人立刻走來迎接她，是格林太太。

「噢，你可回來了，」她說，「你知道，我們一直在擔心你。我想你一定是到什麼地方散步去了，我真怕你累著了！要是我知道你下了樓又出了門，一定會陪著你，去一些該看的地方走走。不過這裡可看的東西並不多。」

「噢，我只是到處閒逛，」瑪波小姐說，「我去了教堂墓園，還進了教堂。我對教堂一向有興趣。有時候你會在那裡看到一些稀奇古怪的墓誌銘。我收集了不少墓誌銘。我猜這座教堂是在維多利亞時代重建的吧？」

「沒錯，他們在裡頭放了一些很醜的長椅。你知道，那是上好的木頭做的，又結實又耐用，可惜沒什麼美感。」

「希望他們當初沒把特別有價值的東西拿走。」

「我想不會。那教堂其實沒那麼老。」

「裡頭好像沒有太多碑、牌、銅器之類的東西。」瑪波小姐也同意。

「你對教堂建築很感興趣？」

「噢，我對這種東西毫無研究，不過在我的家鄉聖瑪莉米德村，幾乎所有的事情都是以教堂為中心。我的意思是，幾乎所有的村子都是。在我年輕時代是這樣，現在當然大不同了。你是在這附近長大的吧？」

「噢，其實不是。我們住得不太遠，離此地大約三十幾哩，是一個叫作小赫茲利的地方。我父親是個退伍軍人，是炮兵少校。我們偶爾會來這裡探望我的叔父，當然，更早以前是來看望叔祖，不過後來那些年我們就來得少了。我那兩個姐妹在叔父死後搬了進來，當時我和先生還在國外。他才死了不過四、五年。」

「噢，原來如此。」

「她們很希望我過來和她們一起住，其實這似乎也是最好的安排。我們曾經在印度住過幾年，我丈夫死的時候其實還駐紮在那裡。這年頭一個人要知道何去何從……我不妨這麼說，知道要在什麼地方扎根，並不容易。」

「的確，我很了解。你當然會覺得你的根在這兒，因為你家在此地住了這麼久。」

「對，對，我就是這麼覺得。當然，我一向和我的姐妹保持往來，常常去看她們。不過事實和想像總是有點出入。我在倫敦附近買了一棟小屋，就在漢普頓廣場附近，很多時間我都待在那裡，偶爾也替倫敦幾個慈善團體做點事。」

「所以你的時間安排得很滿。真是聰明。」

「最近我覺得，我應該多花點時間在這裡。我有點替我那兩個姐妹擔心。」

「擔心她們的健康嗎？」瑪波小姐問，「這年頭是令人挺擔心的，尤其是如果你有親人身體愈來愈弱或疾病纏身，卻很難雇到合適的傭人來照料。現在風溼和關節炎太過普遍，你不免擔心他們會在洗澡時跌倒、下樓時出了意外什麼的。」

「克羅蒂一向很堅強，」格林太太說，「我應該說，她韌性十足。不過有時候我很替安希雅擔心。她是那種茫茫然的人，你知道，真的很茫然。有時候她還會到處亂跑，而且好像不知道自己身在何處似的。」

「確實，需要擔心是挺無奈的事。不過讓人操心的事也太多了。」

「我不認為安希雅有什麼事需要操心。」

「她也許是為所得稅或金錢方面的事操心。」瑪波小姐說。

「不，其實不是，她是……噢，她太為花園操心了。她老記著花園過去的模樣，而且急著要……呃，花錢去恢復它的原本面貌。克羅蒂不得不明白告訴她，這筆錢我們負擔不起。

可是她還是說個不停，老是提到從前的溫室、桃樹、葡萄什麼的。」

「還有牆上的香水草？」瑪波小姐記起了安希雅說的話，隨即說道。

「想不到你還記得。沒錯，那種東西確實令人記憶深刻，是種味道很好聞的向日植物，名字又好聽，香水草，永遠都不會忘懷。還有那些葡萄藤，小小巧巧、早熟種的甜葡萄。啊，我們不該過度緬懷過去。」

「還有花壇。」瑪波小姐說。

「沒錯，沒錯，安希雅很希望再做個照顧周全、全是草本植物的大花壇。怎麼可能呢？我們能做的頂多就是找個本地公司每兩個星期來除除草。那些公司好像年年都在換老闆。安希雅還想把蒲葦再種起來，還有石竹，就是那種沿著花壇碎石邊緣生長、白色的石竹花。還有種在溫室外面的無花果樹。這些東西她全沒忘，而且老愛掛在嘴邊。」

「你一定很為難吧。」

「唉，確實是。和她爭論完全無濟於事。當然，克羅蒂什麼事向來不拐彎抹角。她直截了當反對，還說她以後再也不想聽到這些話。」

「處理事情並不容易，」瑪波小姐說，「你得決定要讓自己的態度很堅決、很專斷——甚至有點凶，你知道——還是表示同情，明知對方要求不合理仍然靜心傾聽，讓對方繼續存著希望。沒錯，是不容易。」

「不過對我來說比較容易，因為你知道，我常常在外面住一陣又回來，所以我可以假裝情況不久之後會好轉，到時候我們可以想想辦法。可是有一天我回家來，發現安希雅打算請一家索費甚高的景觀園藝公司來整修花園、重建暖房！這真是夠荒唐的，因為就算重新種了葡萄藤，它們也撐不了兩三年。克羅蒂對這件事一無所知，後來她在安希雅書桌上發現了這項工程的估價單，簡直氣壞了。她表現得很不客氣。」

「做人很難哪。」瑪波小姐說。

這句話很好用，所以她常用。

「我想，明天早上我得早些動身，」瑪波小姐說，「我問過戈登堡旅館，他們告訴我，遊覽車的旅客要在明早集合，很早就會出發。據我所知是九點。」

「噢，老天。希望你不會太累。」

「噢，我想不會。我想我們是要去一個叫……呃，等等，叫什麼呢？噢，叫作史特林聖瑪莉鎮的地方。好像是這個名字，離這兒似乎不很遠，路上可以看到一個很有意思的教堂和一座城堡。下午我們要去一個賞心悅目的花園，花園不大，不過種有不少奇花異卉。我相信經過這一番好好休息後，我不會有事的。如果我這兩天跑去攀山越嶺、又走又爬的，我一定會疲憊不堪。」

「噢，那你今天下午一定要好好休息，明天精神才會好。」兩人踏進屋內的時候格林太太這麼說，接著又對克羅蒂說：「瑪波小姐看教堂去了。」

「恐怕那教堂沒什麼好看的，」克羅蒂說，「我個人覺得維多利亞式的玻璃好醜，錢也沒少花。恐怕我叔叔對這多少有點責任，他很喜歡那種大紅大藍的顏色。」

「我一向認為那種鮮豔的顏色很粗俗。」拉維妮亞．格林說。

瑪波小姐吃過中飯後睡了個午覺，直到晚餐時分才去找那三個女主人。晚餐後大家繼續聊天，一直聊到就寢時間到了才停止。瑪波小姐把話題設定在回憶上。她回憶自己的青春年少、她早年的生活、去過的地方、參加過的旅遊，偶爾也提到她認識的人。

她上床的時候帶著一身疲累，也帶著失敗的挫折。她沒有發掘到任何東西……或許是因為根本沒有東西可發掘。這回釣魚，她沒釣到半條。這是因為池裡根本沒有魚，還是她用的餌不對？

11 意外

第二天早上，瑪波小姐的早茶七點半就端來了，好讓她有充裕的時間起床梳洗、整理行李。她剛闔上她的小衣箱就聽見一陣急促的敲門聲，克羅蒂走進房間，看起來很不高興。

「瑪波小姐，樓下有個年輕人要見你。他叫艾姆林．派斯，是旅行團的一員。是他們派他來找你的。」

「噢，我記得他。很年輕，對吧？」

「沒錯，穿著非常時髦，頭髮很長。不過他其實是來……呃，是來告訴你一個壞消息。很遺憾，出了個意外。」

「意外？」瑪波小姐瞪大眼睛。「你的意思是遊覽車出了意外？路上出了車禍？有沒有人受傷？」

「噢，不，不是遊覽車，遊覽車沒問題。意外發生在昨天下午的遊覽途中。你大概還記得，那時候刮著大風。雖然怪不了風，可是大家有點迷了路。當時大家正朝著幸運岩山頂的紀念塔走去……一般人常走一條小徑，不過你也可以翻過山丘，兩條路都通。我想，照理說應該有人帶路或關照他們，可是竟然沒有，結果大家走散了，真是的。這些人腳步不見得都穩當，而且峽谷旁的斜坡非常陡峭。結果一堆碎石還是大石頭從山上滾下來，打到下頭小徑上的某個人。」

「噢，老天，」瑪波小姐說，「真遺憾，真令人難過。是誰受傷了？」

「我聽說是個叫作坦普還是坦德的小姐。」

「伊麗莎白．坦普，」瑪波小姐說，「噢，聽到這件事真難過。我和她很聊得來；我車上的座位就在她旁邊。我想她曾是一所名校的校長，現在退休了。」

「沒錯，」克羅蒂說，「她的事我很熟。她是法洛原的校長，那所學校很有名。我不知道她也參加了這次旅遊。我想她是一兩年前退休的，新任校長很年輕，也是女性，思想頗為先進。其實坦普小姐也不算老，不過六十左右。她很活躍，喜歡爬山、步行這類的活動。這件意外確實不幸，希望她受傷不重。我現在還不知道詳情。」

「那簡單，」瑪波小姐一面說一面砰然關上衣箱。「我馬上去見派斯先生。」

克羅蒂一把抓住箱子。

「我來，我提這個容易得很。你和我下樓，當心樓梯。」

瑪波小姐下了樓。艾姆林．派斯正在等她，他的頭髮看來比平常還亂，腳下一雙時髦的皮靴，一襲皮夾克配著搶眼的翡翠綠長褲。

「這件意外真是不幸，」他握住瑪波小姐的手。「我想我應該親自來……呃，把這個消息告訴你。我想貝伯利史克小姐已經告訴過你，出事的是坦普小姐，以前當過校長的那位。我並不是很清楚她當時在做什麼，總之是一堆石塊還是大石頭從山上滾下來，斜坡很陡，結果她被落石擊中昏了過去。他們已經連夜把她送進了醫院。我想她傷得很嚴重，還有腦震盪。無論如何，今天的旅遊行程是取消了，我們得在這裡過夜。」

「老天，」瑪波小姐說，「多麼不幸！真令人難過。」

「我想旅行社決定今天暫停遊覽是因為他們必須等待，看醫生報告怎麼說。所以我們建議在戈登堡旅館再住一晚，將行程變動一些。這樣一來，我們明天可能就去不成原本安排好的格蘭梅林了。反正我聽他們說，格蘭梅林其實不大好玩。桑伯恩太太今天一大早就到醫院去了，她會在十一點趕回戈登堡旅館和我們會合，一起喝咖啡。我想你可能會想一起來，聽聽最新消息。」

「我當然要跟你一起去，」瑪波小姐說，「立刻就去。」

她轉身向克羅蒂和格林太太告別。

「我得好好謝謝你們，」她說，「你們真體貼。我住在這兒的兩晚很愉快，不但休息得好，照顧又周到。只是這樁意外實在非常不幸。」

「如果你願意再住一晚，」格林太太說，「我相信……」

她望著克羅蒂。

瑪波小姐以她銳利無比的眼角餘光看到，克羅蒂臉上露出一絲不悅的神色。她輕輕搖了搖頭。雖然動作輕微得讓人幾乎注意不到，但還是把格林太太的建議打了回票。

「不過，當然，我想你和其他同伴在一起會更舒服。而且……」

「噢，沒錯，我也覺得那樣比較好，」瑪波小姐說，「這麼一來，我才能知道大家怎麼計畫、事情該怎麼辦，說不定有些地方我還派得上用場。誰知道呢？再次謝謝你們。我相信在戈登堡旅館找個房間不會很難吧？」

她望著派斯，而他很有把握地說：「沒問題，今天空出了好幾個房間，根本不可能住滿。我想桑伯恩太太已經替所有團員訂好房間，打算今晚留宿在那裡，至於明天……呃，明天我們再看著辦吧。」

再三道別和致謝後，艾姆林．派斯提著瑪波小姐的行李，兩人大步離去。

「只要轉個彎，第一條街道的左邊就是了。」他說。

「沒錯，我昨天曾經過那兒。可憐的坦普小姐。真希望她的傷不嚴重。」

「我想她傷得挺重的，」艾姆林．派斯說，「當然，你也了解醫生和醫務人員，他們翻來覆去老是說：『一切都在掌握之中』。這裡沒有醫院，他們只好把她送到八哩外的卡瑞鎮去。總而言之，等你在旅館安頓好，桑伯恩太太就會帶著消息回來了。」

他們抵達後，發現大夥兒都聚在咖啡廳，咖啡、麵包和糕點都已擺好。巴特勒夫婦正在交談。

「噢，這實在是太悲慘了，」巴特勒太太說，「真令人難過，你說是不是？每個人都那麼興高采烈，偏偏出了這種事。可憐的坦普小姐。我總以為她腳步穩得很。可是你看，禍福難測，你說是不是，亨利？」

「確實是，」亨利說，「確實是。我其實在想……我們的時間不多，所以這趟旅遊乾脆到此為止好不好？我們就別再繼續了。依我看，要把事情理出個清楚的頭緒勢必有點困難。我的意思是，要是……呃，要是這件事嚴重到出了人命，很可能會有驗屍之類的事情。」

「噢，亨利，別說這麼可怕的話！」

「我想，」庫克小姐說，「你未免太悲觀了，巴特勒先生。我相信事情不至於嚴重到那種地步。」

卡斯珀先生操著外國口音說道：「可是事情真的很嚴重……我昨天聽到的，就在桑伯恩太太打電話給醫生的時候。事情很嚴重、很嚴重。他們說她是劇烈的腦震盪，情況很危險。還有個專家跑來，看能不能替她動手術。真的，情況很嚴重。」

「老天，」藍姆莉小姐說，「如果情況無法確定，或許我們應該回家去。我想我得查查火車時刻表。」她轉身對巴特勒太太說：「你知道，我把我的貓託給鄰居照顧，要是我耽擱了一兩天，每個人都會覺得困擾。」

「我們在這裡擔心這擔心那是沒有用的，」賴里波特太太以她低沉而權威的語氣說道，

「喬安娜，請你把這塊麵包扔進垃圾桶去。真是太難吃了，果醬也是。我可不願意把它剩在盤子裡，看著就不舒服。」

喬安娜扔了那塊麵包。她說：「我和派斯去走走，可以嗎？我的意思是，去鎮上看看。光是呆坐在這裡說悲觀的話沒什麼用，對吧？我們什麼也不能做。」

「我認為你們出去走走是個好主意。」庫克小姐說。

「沒錯，快去吧。」賴里波特太太還沒來得及開口，巴羅小姐就說了。

庫克小姐和巴羅小姐互望一眼，又嘆氣又搖頭。

「草地很滑，」巴羅小姐說，「我自己就滑倒了一兩回，你知道，就在那塊淺草地上。」

「還有石頭，」庫克小姐說，「我走到小徑一個轉彎處的時候，一堆石頭滾下來，就像下雨一樣，有一塊還正好擊中了我的肩膀。」

茶、咖啡、餅乾、糕點下肚後，大家都開始心不在焉、坐立難安。災禍突然臨頭之際，要知道如何妥當應付可不容易。每個人都說出了自己的看法，表達了驚訝和難過，現在則是一面等消息一面期待一些有趣的事，好消磨這個早上。午膳要到午後一點才開飯，大家不免覺得，再圍坐一塊把同樣的話說來說去確實枯燥乏味。

庫克小姐和巴羅小姐不約而同站起身，說她們得去買一兩樣東西，還要去郵局買郵票。

「我要去寄幾張明信片，還要問問寄信到中國需要多少郵資。」巴羅小姐說。

「我要去配毛線，」庫克小姐說，「另外，市集廣場的另一頭好像有個建築頗值得一看。」

「我想大家都出去走走比較好。」巴羅小姐說。

沃克上校夫婦也站起身，向巴特勒夫婦提議一起出去找找有什麼可看的。巴特勒太太說她想去古董店逛逛。

「我其實不是指真正的古董店；把它稱為舊貨商店更恰當些。有時候在那種店裡還真挑得到一些很有意思的玩意兒。」

他們結伴出去了。艾姆林．派斯早已側身從門邊追趕著喬安娜而去，連解釋為什麼離開的口舌都不費。賴里波特太太試著叫侄女回來，但已來不及了，於是說，到旅館大廳坐要比在這兒來得舒服。藍姆莉小姐同意她的看法。卡斯珀先生陪著兩位女士到大廳去了，儼然像個異國的護花使者。

汪斯岱教授和瑪波小姐坐著沒動。

「我想，」汪斯岱教授對瑪波小姐說，「到旅館外頭坐坐應該很不錯。這旅館有個小陽台正對著街道。你願意陪我去嗎？」

瑪波小姐謝過他，隨即站起身來。到目前為止，她和汪斯岱先生幾乎不曾交談過。他隨身帶著幾本看來很有學問的書，不是讀這本就是讀那本，即使在車上也是手不釋卷。

「還是你想去買東西？」他說，「至於我，我寧可找個地方安安靜靜地等桑伯恩太太回來。我認為明確知道自己的處境很重要。」

「我十分同意你的話，」瑪波小姐說，「昨天我在鎮上逛了很久，我想今天不必再逛了。我就留在這兒，萬一有事還能幫忙。倒不是說一定會有事，只是誰料得準呢？」

他們一起穿過了旅館大門。沿著牆角轉過去便是一個方形小花園，園內緊靠旅館的圍牆外，有一條凸起的鋪石小徑，石徑上面擺著幾把形式不一的藤椅。此刻一個人也沒有，兩人於是坐了下來。瑪波小姐若有所思地望著對方。她望著他那張滿是皺紋的臉，那兩道濃眉，和他覆滿了灰白頭髮的頭型。他走路有點駝背，瑪波小姐認為，他那張臉很有意思。他的聲音單調而尖刻，她想，他應該是某一類的專家。

「我應該沒弄錯吧，」汪斯岱教授說，「你是珍・瑪波小姐？」

「是的，我就是珍・瑪波。」

她有點吃驚，雖然沒有什麼特殊原因。他們這團相處的時間並沒有長到足以讓其他團員彼此認識，再說前兩晚她也沒和大夥兒在一起，但他十分自然地認出她來。

「一如我所料。」汪斯岱教授說，「你和我所聽到的描述一樣。」

「對我的描述？」瑪波小姐又吃了一驚。

「是的，我聽過有人描述你，」他頓了頓，聲音雖然沒有明顯壓低，不過音量變小了，只是她依然聽得十分清楚。「是拉菲爾先生說的。」

「噢，」瑪波小姐說，狀甚吃驚。「拉菲爾先生。」

「你感到驚訝？」

「呃，沒錯，我很驚訝。」

「這我倒沒想到。」

「我沒有料到……」瑪波小姐說，隨即住了口。

汪斯岱教授沒說話。他只是坐在那裡，仔細看著她。瑪波小姐想，再過兩分鐘他便會對我說：「老太太，你到底有什麼病痛呢？吞嚥困難？睡眠不足？消化是不是正常？」現在她幾乎確定了，他是個醫生。

「他是什麼時候跟你談到我的？一定是……」

「可以說是不久以前，大概幾星期前吧；換句話說，就在他臨死前。他告訴我你會參加這次旅遊。」

「而且他知道你也是……知道你也要參加？」

「你這麼說也沒錯，」汪斯岱教授說，「他說你會參加這次旅遊，事實上，是他替你安排的。」

「他很體貼，」瑪波小姐說，「真的很體貼。當我發現他替我做這項安排時，我驚訝極了。這樣的花費我自己是負擔不起的。」

「沒錯，」汪斯岱教授說，「這是很好的安排。」

他點點頭，彷彿在對學生的表現表示讚許。

「很遺憾，旅遊就這樣被打斷了，」瑪波小姐說，「真是很遺憾，就在每個人都玩得正開心的時候。」

「確實，」汪斯岱教授說，「是很不幸，而且大出眾人意料之外……還是你不覺得那麼意外？」

「你這話是什麼意思，汪斯岱教授？」

他看到她挑戰的眼光，嘴角一揚露出微笑。

「拉菲爾先生把你描述得十分仔細，瑪波小姐。他建議我加入這次旅遊，自然而然和你結識，因為旅行團的團員遲早會互相認識，雖然結識後總要花個一兩天才會依照嗜好和興趣分成幾個小圈圈。此外，他還建議我……呃，我就這麼說好了，好好留意你。」

「好好留意我！」瑪波小姐說，語氣流露出幾分不悅。「為什麼要留意我？」

「我想是為了保護你。他要確定你不會發生任何意外。」

「我發生意外？我倒想知道，我會發生什麼意外？」

「可能發生像伊麗莎白．坦普小姐那樣的意外。」汪斯岱教授說。

喬安娜．克勞馥從旅館轉角走過來，手裡提著一只購物籃。她經過他們身旁，頷首打了個招呼，帶著幾分好奇的眼光看了他們一眼，就逕自往大街走去了。汪斯岱教授一直等到她消失在視野之外，才又開口說道：「很好的女孩子，至少我這麼認為。她現在像頭駝著重負的牲畜對她那專橫的姑媽逆來順受，不過我相信沒多久她就要到叛逆的年紀了。」

「你剛說的那些話是什麼意思？」瑪波小姐問。

她現在可沒興趣知道喬安娜什麼時候會叛逆。

「既然已經出了事，或許這問題我們是非討論不可了。」

「你的意思是因為出了這次意外？」

「是的，如果它是意外的話。」

「你認為它並不是意外？」

「噢，我只是認為它可能不是意外，如此而已。」

「我對這件事確實一無所知。」瑪波小姐說，口氣很猶豫。

「沒錯，你當時不在場。你——我是不是可以這麼說——當時你正在別處進行任務？」

瑪波小姐靜默了片刻。她對汪斯岱教授望了幾眼，這才說道：「我不確定你意為何指。」

「你很謹慎。謹慎是對的。」

「我有這個習慣。」瑪波小姐說。

「謹慎的習慣？」

「我不能說我這麼形容很貼切，不過，我對別人告訴我的任何事一向既相信也不相信。」

「沒錯，而且你這麼做對極了。你對我一無所知，你只知道我是這個專門參觀城堡、古宅和漂亮花園的豪華旅行團的一員。或許花園才是你最大的興趣。」

「或許吧。」

「這裡還有一些人對花園也很感興趣。」

「或是自稱對花園感興趣。」

「呀，」汪斯岱教授說，「你已經注意到了。」他繼續說下去：「我的任務是（至少一開始是）留意你、觀察你的所作所為，以備萬一有事發生——噢，我們就說得籠統點吧——萬一有什麼不正當的事情發生，我隨時會在你的身邊。不過現在情況有點改變。你得看清楚，決定我到底是你的敵人還是朋友。」

「你可能說得對，」瑪波小姐說，「你說得很明白，可是你並沒有提供任何關於你自己的資料供我判斷。我想你是拉菲爾先生的朋友吧？」

「不，」汪斯岱教授說，「我不是拉菲爾先生的朋友。我只見過他一兩次，一次是在一家醫院的委員會裡，一次是在某個公開場合。我聽說過他，我想他也聽說過我。瑪波小姐，如果我告訴你，我是我們這一行裡的名人，你大概會認為我是個自負而傲慢的傢伙吧。」

「我想不會，」瑪波小姐說，「如果你這樣介紹自己，我會認為你說的大概是真話。你很像個醫生。」

「啊，你很有眼光，瑪波小姐。沒錯，你很有洞察力。我是有醫學學位，不過我也有專業的執業證書。我是個病理學家，也是心理學家。我一般不會把證件帶在身上，恐怕你得相信我這些口說無憑的話，雖然我可以把別人寫給我的信拿給你看，或許還可以拿出一些正式文件來取信於你。我的工作基本上和法醫學有關，說得淺白些，我對各種類型的犯罪心理都有興趣。我從事這項研究已有多年，也寫過不少這類的書，有些曾經引起激辯，有些則為我吸引了不少信徒。現在我已不大從事過於費力的工作了，多半的時間都花在著述上，闡釋一些我有興趣的課題。我常碰見吸引我的事情，讓我極想深入研究。這段話在你聽來恐怕是又臭又長吧？」

「一點也不，」瑪波小姐說，「我甚至希望從你所說的這些話當中，了解些拉菲爾先生認為無須向我解釋的事情。他要我著手一項計畫，可是沒有提供我任何有用的線索。他只讓我選擇要不要接受這項工作，然後放任我在黑暗中摸索。在我看來，他這樣處理事情真是荒謬極了。」

「而你接受了？」

「我接受了。我要老實告訴你，金錢是我的動機。」

「金錢對你很重要嗎？」

瑪波小姐沉默半晌，這才緩緩說道：「說來你可能不信，不過我的回答是：『其實不然。』」

「不出我所料。但他的提議勾起了你的興趣。你想告訴我的是這個。」

「沒錯，他勾起了我的興趣。我對拉菲爾先生認識不多，只是偶然有一段時間相處過；事實上只有幾個星期，在西印度群島。我相信你多少聽過這件事。」

「我知道拉菲爾先生就是在那裡遇見你，那裡也是──我不妨這麼說──你們攜手合作的地方。」

瑪波小姐以不可置信的眼神望著他。

「噢，」她說，「他是這麼說的，是嗎？」她搖了搖頭。

「是的，他是這麼說的，」汪斯岱教授說，「他說你對犯罪事件有一種非凡的洞察力。」

瑪波小姐望著他，一面揚起眉毛。

「我想你不大相信，」她說，「因為你覺得意外。」

「我很少對已經發生的事情感到意外，」汪斯岱教授說，「拉菲爾先生是個精明能幹、閱歷甚廣的人，他很善於觀察人。他也認為你善於觀察人。」

「我自己倒不這麼認為，」瑪波小姐說，「我只能說，某些人會讓我聯想起一些我認識的人，所以我能預卜到他們行為的相似之處。如果你認為我對我到這兒來進行的任務非常清楚，那你就錯了。」

「事情往往出之於意外多過於計畫在先，」汪斯岱教授說，「比如說，我們似乎在這裡找到了一處非常適於討論事情的場所。我們並沒有逃避別人的注意，談話也不容易被人偷聽到；我們既未挨近門窗，上面也沒有陽台和窗戶。事實上，我們可以暢所欲言。」

「這一點我很感激，」瑪波小姐說，「我必須強調，我對自己的任務或是該做的事完全一頭霧水。我不知道拉菲爾先生為什麼要這樣安排。」

「我想我猜得到。他要你自己去接觸種種事實和發生的事，以免你因為別人告訴你的事，而造成先入為主的偏見。」

「所以你也打算什麼都不告訴我？」瑪波小姐似乎發火了。「真是的，」她說，「什麼事都有個限度吧！」

「沒錯，」汪斯岱教授說，突然露出微笑。「我同意你的話，我們得突破一些限制。我會告訴你一些事，讓你明白若干真相，這樣你也可以告訴我一些事實。」

「這可不一定，」瑪波小姐說，「我只能告訴你幾個怪異的跡象，不過跡象畢竟不是事實。」

「所以……」汪斯岱教授欲言又止。

「看在老天的份上，你就告訴我吧。」瑪波小姐說。

12 密談

「我不想長篇大論。我先簡單解釋一下為什麼我會捲入這件事情。我偶爾會為內政部擔任一些祕密顧問的工作，和某些機構也不斷有所接觸。這些機構對那些已經認定有犯罪事實的罪犯供吃供住，而他們留在裡面的時間，一方面可以說要看女王陛下的高興，當然，有時候也會依據年齡來制定。如果年齡不足，那些人就得送到某些特定的拘留所去。我相信這些你一定懂。」

「是，你的意思我非常明白。」

「通常一樁罪行發生後未久，我就會被請去進行諮商，好判斷治療的可行性、治療後的效果等等。專業名詞很多，不過都沒有多大意義，所以我就不贅述了。然而，這類機構有些首長偶爾會出於某些特殊理由來找我。這次我涉入這件事，就是因為收到一封由某個部會發函、經內政部轉交給我的信。我去見這位機構首長，事實上，他就是負責這些犯人、病人或是隨你怎麼稱呼的人的主管。他算是我一個朋友，是結交多年但不是非常親密的那一類。我去他的單位找他，這位首長就把他的難題說給我聽。這些難題事關他的一個人犯。他對這人的判決並不滿意，覺得有些疑點。犯案的是個年輕人，送來的時候其實還是個孩子，送進來已經好幾年了。這位現任主管調進這個單位後（犯人初來的時候他不在那裡），開始擔心起來，這倒不是因為他本身是專家，而是因為他對病態的犯罪和犯人經驗豐富。簡單來說，這是個從小就無法無天的孩子……你怎麼稱呼他都行，小無賴、小壞蛋、小流氓、沒有責任感的傢伙。有些形容詞很貼切，有些則未必，有些則讓你難置可否。他是個典型的犯罪者，這點倒是無庸置疑。他加入幫派、逞凶打人、做賊偷竊、侵吞別人的錢、參與欺詐集團，還策畫過好幾起詐騙案。事實上，任誰有了這樣的兒子都會絕望透頂。」

「噢，我明白了。」瑪波小姐說。

「你明白什麼了，瑪波小姐？」

「我明白你在談拉菲爾先生的兒子。」

「你說得對。我談的正是拉菲爾先生的兒子。你對他了解多少呢？」

「我對他毫無了解，」瑪波小姐說。「我只聽說——就在昨天——拉菲爾先生有個素行不良……或者說得溫和一點，一個不成材的兒子，一個有犯罪前科的兒子。我對他所知甚少。他是拉菲爾先生的獨子嗎？」

「是的，他是拉菲爾先生的獨子。不過拉菲爾先生還生了兩個女兒，一個十四歲就死了，大女兒婚姻幸福，不過沒有小孩。」

「他的境遇挺不幸的。」

「或許吧，」汪斯岱教授說，「誰知道呢？他的妻子年紀輕輕就死了，我想他對她的死傷心欲絕，雖然他從來就不顯露於外。而他關不關心自己的兒女，我不知道。他供養他們，努力盡到父親的責任，為兒子提供最好的環境，可是沒人知道他心裡是什麼感覺。他不是個一眼就能看透的人。我認為他全部的生命和興趣全在賺錢和經營事業上。就像所有的大財主，他有興趣的不是手上的錢財，而是錢如何賺進口袋。你可以說，他就像個忠實的錢奴，用各種意想不到而好玩的方法去賺取更多的錢。他醉心於理財，熱愛理財，很少想到其他。

「我認為他對兒子已經盡了最大的努力。兒子在學校惹了禍，他替他開脫；兒子吃上官司，他雇用最好的律師把他救出來。但最後的打擊還是來了，或許早期那些事件就是端倪。這個少年因為對一個少女施暴而被送進法院，罪名據說是強暴未遂，他為此被判處監禁。這個判決算是寬大的，因為他年紀小。可是後來，第二樁非常嚴重的控訴落到了他頭上。」

「他殺了一個女孩，」瑪波小姐說。「是嗎？我是這麼聽說的。」

「他誘拐一個女孩離家出走，過了好一陣子，她的屍體才被人發現。她是被勒死的，而且可能是為了不讓她被別人辨認出來，臉和頭都被一些重石或巨石砸得面目全非。」

「真是作孽啊。」瑪波小姐一副老太太的口氣。

汪斯岱教授望了她半晌。

「你真的這樣想嗎？」

「在我看來就是這樣，」瑪波小姐說，「我不喜歡那種事情，從來就不喜歡。如果你期望我同情他，將他的罪過歸咎於不幸的童年、譴責那惡劣的環境；如果你期望我為你這位年輕殺人犯嘆息、哭泣，那是免談。我不喜歡做壞事的壞人。」

「聽你這麼說我很高興，」汪斯岱教授說，「你簡直不會相信，我在執業過程中都受了什麼樣的罪！那些人一提到過去就淚流滿面、咬牙切齒，什麼都怪到過去的頭上。如果他們知道儘管環境惡劣、儘管生活冷酷艱難，他們還是有能力出汙泥而不染的話，他們就不會每每想法都這麼極端了。和社會格格不入是值得同情的。沒錯，如果是天生的基因所致，連他們自己也無法控制，那確實是值得同情。同樣的道理，我也同情癲癇病人。如果你知道基因是……」

「我多少知道一點，」瑪波小姐說，「這在今天已經是普遍的常識了，雖然我並沒有真正的生化或專業知識。」

「這位有著豐富經驗的主管，把他急於知道我的診斷結果的原因一五一十告訴我。他憑他的經驗發現，這個罪犯很特別，說得淺白一點，那孩子不像殺人凶手。他認為他不是那種會殺人的人，他和他看過的無數殺人犯完全不同。他認為那孩子天生就有犯罪的傾向，無論接受什麼治療也不可能改邪歸正、洗心革面。用言語和他講道理顯然不可行，可是他也越發覺得，他獲致的判決是錯誤的。他不相信那個少年殺了那女孩……先把她勒死，毀了她面容後再把她的屍體丟進水溝。他說服不了自己。他查閱了這樁案件的所有記錄，一切似乎都有充分的證明。那少年認識那位女孩；在罪案發生之前，有人曾多次在不同場合看到他們在一起，想來兩人已經同床共枕過。另外，有人在命案現場附近看過他的車，連他自己也被人指認出來。凡此種種，均說明這是一樁非常公正的判決。可是我那朋友並不滿意。他是個非常有正義感的人，希望聽聽不同的意見。事實上，他希望聽到的不是警方的說法，而是專業的醫學見解。他說那是我的領域，其實也是我生活的全部。他要我去見這個年輕人，和他談談，對他做出專業的評估，再把我的意見告訴他。」

「真有意思，」瑪波小姐說，「確實，真的很有意思。你那位朋友……我的意思是那個主管，不但經驗豐富，而且非常具有正義感，是那種你願意聽從的人。在我想來，你應該是照著他的話做了。」

「沒錯，」汪斯岱教授說，「我深感興趣。我去見了那個年輕人，以多種不同的角度接近他。我和他聊天，討論可能修改的法律條文；我告訴他我可能會帶個官方律師過來，看看哪些條文對他有利，諸如此類。我像個朋友，也像敵人，這樣我就能看到他對不同態度的反應。我也對他進行了多次現在用得很普遍的生理測試。那些我就不多談了，因為那些試驗屬於純粹的專業範疇。」

「你最後得出了什麼結論？」

「我認為，」汪斯岱教授說，「我認為我的朋友很可能是對的。我不認為邁克・拉菲爾會殺人。」

「那先前的那件案子怎麼說？」

「那件案子當然對他不利。這倒不是陪審團的看法，因為在法官總結之前，陪審團並沒有聽說過那個案子，因此勢必是法官在心裡已經判了他的罪。那樁案子雖然對他不利，不過我後來親自做過調查，他脅迫那女孩，想來是強暴了她，但照我看來，他並沒有打算勒死她。在本案開審前，我曾經看過許多案子，這起案件在我看來稱不上是確鑿的強暴案。別忘了，現在的女孩子遠比過去樂意被強暴，而且是她們的母親硬要她們把這種事稱為強暴的。那個女孩子其實有好幾個男朋友，和她都有超友誼的關係。我不認為那足以構成對他起訴的證據。至於那樁真正的謀殺案——沒錯，那無疑是樁謀殺——經過我所做的各種測試，生理測試、心理測驗、精神測驗，沒有一樣符合這樁罪行。」

「那你怎麼辦呢？」

「我寫信給拉菲爾先生，告訴他我想和他見面，討論他兒子的一些事。我去找他，把我的想法和那個主管的想法告訴他，還說目前我們沒有證據，所以沒有理由提出上訴，但我們兩個都相信那樁命案是誤審。我說我認為我們可以進行調查，雖然花費不貲，或許可以發現一些證據提供給內政部，這件事可能成功，也可能失敗。或許還殘存著一些蛛絲馬跡，只要去找，說不定就能發現證據。我說這種事很花錢，不過我認為對他那種地位的人來說只是九牛一毛。我那時就發現他是個病人，而且病得非常嚴重。他自己也這麼告訴我。他說大家都以為他很快就會死去，兩年前就有人警告他，說他絕對熬不過一年，可是後來由於他不同於常人的體質，大家又覺得他或許還能熬上一段時間。我問他對自己兒子有什麼感覺。」

「有什麼感覺？」瑪波小姐問。

「啊，你想知道，我也是。我想，他對我是百分之百的誠實，即使聽來相當……」

「相當無情？」瑪波小姐說。

「沒錯，瑪波小姐，你用的形容詞很恰當。他是個無情的人，但也是個正直、誠實的人。他說：『很多年了，我知道我兒子是什麼模樣。我並沒有設法去改變他，因為我不相信有誰能夠改變他。他天生就是這樣，不走正路。他是個壞胚子，永遠都在惹事生非。他心術不正，沒有人、也沒有任何東西能讓他正正經經做人，這我深信不疑。就某個角度來說，我已經跟他斷絕了關係，雖然我們還有法定關係，表面上還是父子。他需要用錢，我一定給他；出了麻煩或被告上法院，我就幫他打官司。我總是盡力而為。可以這麼說，如果我有個小兒麻痺症或患癲癇的兒子，我會盡可能去醫治他。如果我兒子患的是……我不妨這麼說，道德上的毛病，而且沒有藥方可治，我也只能盡本分而已，做多少是多少。好吧，現在你要我替他做什麼？』我告訴他，那要看他想做什麼。『這不難回答，』他說，『我雖不良於行，可是我很知道自己想做什麼。我要替他伸冤。我要他從牢中放出來。我要讓他自由，讓他繼續過他自己的日子。如果他還是不走正路，那也由他。我會把生活費留給他，盡我所能為他做好安排。我不要他因為一次出於無心的錯誤去受苦、坐牢，甚至斷送了一生。如果殺了那女孩的凶手另有其人，我要讓事實公諸於世，讓大家都知道。我要替邁克伸張正義。可是我行動不便，又重病在身。我來日無多了，不必用年或月來計算，也許幾個星期就走了。』

「我建議他雇用律師，說我認識一家事務所，他立刻打斷我的話。『律師沒用。你可以雇用律師，可是不會有用。我得在這段有限的時間內盡量做好安排。』他給了我一大筆錢，作為調查真相的費用，要我不惜任何花費盡可能查明一切。『我自己什麼也不能做。死神隨時都會來敲門。我授權給你，要你做我的全權代表，而且我會試著找個人應我的請求幫助你。』他寫了『珍．瑪波小姐』這個名字給我。他說：『我不把她的住址給你。我要你在我選擇的情境下和她見面。』接著他就把這趟專門遊覽古蹟、城堡、花園而且稱心、無害、愜意的旅行告訴了我。他會在事前替我訂好位，一切費用由他支付。『珍．瑪波小姐也會參加這次旅遊，』他說，『你會在那兒碰到她，會在不經意之間和她見面，看來完全像是一次偶然的相遇。』

「他要我選擇自認為恰當的時刻讓你認識我，如果我認為這樣比較好的話。你剛問我，說我或我那位主管朋友可有任何理由懷疑誰是那起謀殺的罪嫌。我那位主管朋友沒說他懷疑什麼人，不過他和負責這樁案件的警官提過這件事。那名警官對凶殺案有豐富的經驗，而且負責可靠。」

「他沒有提到任何人？沒有提到那女孩的其他朋友？會不會她從前的哪個朋友被忽略掉了？」

「我們在這方面毫無發現。我請拉菲爾先生告訴我一些關於你的資料，他說什麼也不肯，只說你年事已高，是個很能洞悉他人心理的人。他還告訴我……」他停住沒說下去。

「還告訴你什麼？」瑪波小姐說，「你知道，我天生就有好奇心。除此之外，我實在想不出我還有什麼優點。我有點耳背，視力也不比從前，除了有些過去大家稱為『老姑婆』的習慣之外，我還真想不出自己有任何優點（這話聽來似乎很傻氣）。我是個老姑婆，他是這麼說的吧？」

「不，」汪斯岱教授說，「他說他覺得你對罪惡很敏感。」

「噢。」瑪波小姐說。

她覺得很吃驚。

汪斯岱教授注視著她。

「你認為他說的對嗎？」他問。

瑪波小姐沉默半晌，終於開口說道：「他可能說得對。沒錯，很可能。在我一生當中，曾經數度突然覺得忐忑不安，我感覺罪惡就在我左右，周遭某個人透著邪氣，而且和當時發生的某件意外有關。」

她突然望向他，露出微笑。

「你知道，」她說，「這就像是天生具備敏銳的嗅覺一樣。別人嗅不到瓦斯漏氣，你嗅得到，而且你輕易就能辨別各種香水的味道。我有個嬸嬸，」瑪波小姐一面若有所思，一面繼續說道：「她說她能嗅出別人說的謊話。她說她會嗅到一股特別的氣味。她說那些說謊的人鼻子會抽動，接著氣味就來了。我不知道她的話是真是假，不過有好幾回她確實令人嘖嘖稱奇。有一回她對我叔叔說：『別答應今天上午跟你說話的那個年輕人。他從頭到尾都在騙人。』結果真被她說中了。」

「對罪惡很敏感，」汪斯岱教授說，「這樣吧，如果你嗅到罪惡的氣味，請告訴我，我會很樂於知道。我想我自己對罪惡並沒有這麼敏銳的嗅覺。別人健康不佳，我看得出來，可是……可是腦袋瓜裡的邪惡，我可看不出來。」他邊說邊輕拍自己的額頭。

「我想我最好簡單告訴你，我是如何捲入這件事情，」瑪波小姐說，「你知道，拉菲爾先生去世了。他的律師要我去見他們。他們把他的提議告訴我。我拿到他一封信，其中沒有做任何解釋，之後好一段時間，我也沒接到任何訊息。後來我收到這家旅行社的來信，說拉菲爾先生知道我喜歡這樣的旅遊，所以在去世前為我訂了位，當作一個驚喜的禮物送給我。我非常驚訝，不過我想，這應該是我採取步驟的第一個指示。他要我參加這次旅遊，然後我會在旅遊途中得到某些啟示、暗示、線索或指示之類的。我想事實確是如此。昨天……不，是前天，我才抵達這兒，就受到三位女士的接待。她們住在這裡的『老莊園』裡，而且貼心地邀請我去小住。她們說拉菲爾先生在去世前不久寫信來，說他有個老朋友會參加這次旅遊，看她們能不能請她來住個兩三天，因為他認為她不適合攀登山岩，去看險峻山峰上的那座紀念塔……這原是昨天旅遊的重點行程。」

「所以你把它看成是你的另一個指示，告訴你下一步該怎麼做？」

「那當然，」瑪波小姐說，「不可能有其他理由。他不是那種人，他不可能純粹為了對一個不能登山的老太婆表示同情，就做出一些毫無回報的施捨。沒錯，他是要我去她們家。」

「所以你就去了？後來呢？」

「一無所獲，」瑪波小姐說，「就只有姐妹三個。」

「三個古怪的姐妹？」

「照理說應該是，」瑪波小姐說，「但我不認為。不管怎麼說，她們看起來並不古怪，至少我還沒看出來。我想她們可能一直……我的意思是，現在是很古怪，可是外表看起來非常正常。那棟房子原本不是她們的，是她們一位叔父的，她們好幾年前才搬過來住下。她們環境不怎麼闊綽，但人很和氣，只是稍嫌無趣。三姐妹的性格都不大一樣。她們和拉菲爾先生好像並不是很熟，我和她們的談話也毫無所得。」

「這麼說，你在她們家小住的這幾天毫無收穫？」

「關於你剛告訴我的那起案子，我倒是得知了一些，但不是從她們嘴裡知道的，是個老傭人告訴我的。她很愛話當年，遠從他們叔父那個年代談起。她只聽過拉菲爾先生的名字，可是說起那樁謀殺案口若懸河。她從拉菲爾先生那個壞蛋兒子來到此地開始說起，再描述那女孩如何愛上了他，他又如何勒死了她，整件事情是多麼悲慘，又是多麼恐怖，說得真是活靈活現，」瑪波小姐套用了一句她年輕時代的成語。「雖然她誇大其辭，畢竟是個可怕的故事，而且她似乎相信警方的看法，認為他殺了不只一個人。」

「你認為它和那三個古怪的姐妹有沒有關聯？」

「沒有。她們只是那女孩的監護人，而且非常疼愛她，如此而已。」

「她們可能知道一些事情，例如那女孩可不可能另有男友？」

「沒錯，我們就需要這樣的資料，對吧？另外一個男友，一個殘忍的男友，在殺了女孩後毫不猶豫地砸碎她的腦袋。這種人很可能因為吃醋而失去理智。有些男人是這樣。」

「老莊園裡不曾發生過其他古怪的事情？」

「恐怕沒有。三姐妹中的么妹老把花園掛在嘴上，聽起來像是個熱心園藝的人，可是她絕對不是，因為那些植物她一半的名字也叫不出來。我故意出了一兩道題目，提起一些罕見的特殊灌木，問她是否知道，她說知道，說那不是一種很棒的植物嗎？我就說它不十分耐寒，她表示同意。其實她對植物一無所知，這讓我想到……」

「讓你想到什麼？」

「呃，你或許會認為我對花園和植物只是懷有熱愛，不過我的意思是，我是真的懂這些事情。我的意思是，我對鳥類略知一二，對園藝則頗有概念。」

「我想讓你覺得困擾的應該是花園而非鳥類。」

「是的。你有沒有注意到，這次旅行團當中有兩個中年婦女？巴羅小姐和庫克小姐。」

「有，我注意到了，是兩個結伴旅行的老小姐。」

「沒錯。我發現庫克小姐有些可疑的地方。她是叫這個名字，對吧？我的意思是，這是她在這次旅遊中用的名字。」

「怎麼，難道她有其他名字？」

「我想是的。她就是那個來拜訪我的人。其實不能說是拜訪，不過她曾經站在聖瑪莉米德村我家花園的圍欄外，對我的花園表示欣賞，還跟我大談園藝。她告訴我她住在我們村子裡，替一戶剛搬進新房的人家整理花園。可是我認為……」瑪波小姐說。「沒錯，我認為她說的全是謊言。因為她也對園藝一無所知。她假裝很懂，其實一竅不通。」

「你認為她為什麼到你們的村子去？」

「當時我毫無頭緒。她說她姓巴利特，和她住在一起的女人姓氏是『H』開頭，我現在記不起來是怎麼拼的。那時候她的頭髮不但髮型不同、顏色不同，連服裝樣式也不一樣。旅遊一開始我沒認出她來，只覺得她那張臉似乎有點眼熟，後來我突然想到，那是因為她染了頭髮的關係。我問她，以前是不是在哪裡見過她；她承認她去過我們村子，但還是假裝不認識我。一派胡言。」

「你對這一切有些什麼看法？」

「有一點我可以確定。庫克小姐（就用她現在的姓氏稱呼她吧）到聖瑪莉米德村去，僅僅是為了看我一眼，以便下回見到我不會認錯。」

「她為什麼要這麼做呢？」

「我不知道。有兩種可能，但恐怕這兩種我都不喜歡。」

汪斯岱教授說：「我想我也不會喜歡。」

兩人沉默了一兩分鐘，接著汪斯岱教授說道：「我覺得伊麗莎白・坦普遭到意外似有蹊蹺。你和她在旅遊途中談過話嗎？」

「噢，談過。等她傷好了，我還要找她談談，請她告訴我……我們……一些有關那位被害女孩的事。她對我提過這個女孩。她是她那所學校的學生，曾經打算嫁給拉菲爾的兒子，可是後來沒嫁，反而死了。我問她那女孩是怎麼死的，她只回答我：『為了愛』。我本來以為她是指女孩自殺了，誰知其實是被謀殺。因為嫉妒而遭到謀殺。這應該解釋得通，而且殺她的是另一個男人。我們要找出這人來，坦普小姐或許能告訴我們他是誰。」

「可不可能有其他陰謀？」

「我想，其實我們需要一點零星的資訊。我沒有理由相信車上的旅客懷有任何陰謀，或是老莊園的三姐妹心懷不軌。不過那三姐妹可能有人知道或記得那女孩或邁克曾經說過什麼。克羅蒂以前帶這個女孩出國過，所以她可能知道某一回國外旅途中發生的事情，例如那女孩說過、提過或是做過什麼。也許她遇到什麼男人，或是一些和老莊園完全無關的事情。要打聽出來並不容易，因為你只能從談話和一些零零星星的資訊當中得到線索。三姐妹中的老二格林太太結婚很早，她在印度和非洲都住過。也許她從丈夫或丈夫的親友處聽過一些和老莊園毫不相干的祕辛，雖然她自己常到老莊園來。我相信她認識這個被殺的女孩，不過和她另外兩個姐妹比起來應該陌生得多，而這並不代表她不知道那女孩的一些重要大事。老三渾渾噩噩的，也比較封閉，看來跟那個女孩也不大熟。話說回來，她還是可能告訴我們那女孩是不是有情人或男朋友，有沒有看過女孩和哪個陌生男人在一起。噢，現在從旅館門口走過去的就是她。」

不管瑪波小姐談得多麼專心，她依然改不掉她一輩子的習慣……一條通衢大道對她來說就是個觀察據點。所有過往的行人，無論在趕路還是閒逛，都自然而然映入她的眼簾。

「安希雅·貝伯利史克，就是那個提著一個大包裹的女人。我猜她是要去郵局。郵局就在轉角，對吧？」

「在我看來，她好像有點癡傻，」汪斯岱教授說，「蓬亂的灰色頭髮，就像個五十歲的奧菲莉婭。」

「我第一次見到她的時候也想到奧菲莉婭。唉，真希望我知道下一步該怎麼做。我該在戈登堡旅館多逗留幾天呢，還是乘車繼續旅行？這就像是在乾草堆裡找針一樣。如果你手指伸得夠深，就算摸索的時候被刺到，也總該摸到什麼吧。」

13 紅黑格子套頭衫

桑伯恩太太回來時，大夥兒正待就座進午餐。她帶來的不是好消息。坦普小姐依然昏迷不醒，好幾天都不能移動。

宣布消息後，桑伯恩太太將話題拉回到現實。她拿出火車時刻表交給想回倫敦的旅客，向希望繼續旅遊的人提出隔日的計畫，同時列出幾個短途行程，供大家於當天下午分成幾個小組搭乘計程車前往一遊。

一走出餐室，汪斯岱教授就把瑪波小姐拉到一旁。

「你今天下午想休息嗎？如果你不休息，一小時後我到這裡來找你。這裡有一座很有意思的教堂，或許你會想去看看……」

「那太好了。」瑪波小姐說。

§

瑪波小姐此時安安靜靜地坐在來接她的車子旁邊。汪斯岱教授依約準時到來。

「我想你會喜歡那座教堂，那裡還有一個非常漂亮的小村莊，」他解釋道，「有機會欣賞本地風光卻刻意錯過，這沒有道理。」

「你真好心，」瑪波小姐說，望著他的目光始終帶著幾絲不安。「真是體貼，」她說，「只是……呃，我不願意說這樣安排似乎很無情，不過，噢，反正你知道我的意思。」

「我親愛的瑪波小姐，坦普小姐又不是你的老朋友或什麼人。雖然她遭到了意外確實很遺憾。」

「好吧，」瑪波小姐又說，「你真好心。」

汪斯岱教授為她打開車門，她鑽了進去。她想，這輛車應該是租來的。帶個老太太去遊覽附近的風景確實很貼心，汪斯岱教授大可帶個年輕、活潑、當然也更漂亮的人去遊玩。車子一面開過村莊，瑪波小姐一面若有所思地望了他一兩眼。他沒有看她，只是望著窗外。

等到車子把村莊拋在後面，開上一條環著山腰繞行的二等鄉間道路，他這才別過頭來對她說：「我們要去的地方不是教堂。」

「不是，」瑪波小姐說，「我猜不是。」

「沒錯，我想你也看出來了。」

「容我問一聲，我們要去哪裡？」

「去卡瑞鎮的一家醫院。」

「啊，就是坦普小姐住的那家醫院？」

雖然是個問題，不過顯然問得多餘。

「沒錯，」他說，「桑伯恩太太看過她之後，從醫院帶回一封信給我。我剛和他們通過電話。」

「她還好吧？」

「不好，情況不大好。」

「我明白了。至少……我想我還是不明白的好。」瑪波小姐說。

「她能不能康復很有問題，但他們也愛莫能助。她可能永遠無法恢復神志，而另一方面，她也有神志清醒的瞬間。」

「那你為什麼要帶我去看她？你知道，我並不是她的朋友。我是在這次旅行當中才初次見到她。」

「是的，我知道。我帶你去看她，是因為她在一回清醒過來的時候問起你。」

「原來如此，」瑪波小姐說，「奇怪，她怎麼會問起我呢？她怎麼會認為我對她有用或能為她做什麼事呢？她是個很敏銳的女人。你知道，很有主見、很傑出的女人。她是法洛原女校的校長，在教育界的地位很崇高。」

「我想，那是一所最好的女子學校吧？」

「沒錯。她是個很傑出的女人，本身學識淵博，尤其擅長數學。不過她也是個全才，我們應該稱她為教育家。她熱心教育，思考適合女孩子的道路，知道該怎麼鼓勵她們。噢，還有許多其他建樹。如果她死了，那不但令人遺憾，也太殘酷了，」瑪波小姐說，「像是浪擲了一條珍貴的生命。雖然她已從校長職務上退下來，不過還是擁有很大的影響力。這次的意外……」她頓了頓。「或許你並不想討論這件事情？」

「我認為我們最好討論一下。這起意外是因為一塊大石頭從山上滾下來所致。這種事以前雖然發生過，但通常許久才會發生一次。可是事發後有人跑來告訴我一些事。」汪斯岱教授說。

「有人跑來告訴你這起意外的事？是誰？」

「是那兩個年輕人，喬安娜．克勞馥和艾姆林．派斯。」

「他們說了什麼？」

「喬安娜告訴我，她覺得當時山腰上有人。那山挺高的，她和派斯走在下頭的主徑上，正沿著一條盤旋而上的崎嶇小路往上爬。當她轉過一個彎，清清楚楚看到天際線下有個男人或女人的身影，正在推動一顆大石頭。那塊大石頭搖搖晃晃，後來就開始滾動，一開始滾得很慢，接著速度加快，就直直往下落。坦普小姐當時人在下頭的主徑上，剛好走到大石落下的地方，就被石頭擊了個正著。如果這是蓄意的陰謀，當然可能會失敗，因為石塊很可能和她擦肩而過，可是這計畫竟然得逞了。如果說這真是蓄意的謀策，意圖攻擊正在下面行走的坦普小姐……我只能說，這計畫實在太成功了。」

「他們看到的是個男人還是女人？」瑪波小姐問。

「遺憾的是，喬安娜・克勞馥說不上來。不管是男是女，這人穿著牛仔褲或長褲，上身一件很是搶眼、紅黑格子相間的套頭衫。那人轉身跑開，幾乎立刻就不見了蹤影。她認為那人可能是男的，但她不敢確定。」

「所以她認為……還是你認為，這次意外是蓄意的，存心要置坦普小姐於死地？」

「她愈想愈覺得是這樣。那年輕人也同意。」

「你不知道那人是誰？」

「一點也不知道。他們也不知道。那人有可能是那天下午一起去爬山的團員，也可能是個陌生人，但知道車子要在這裡停歇，就選擇了這地方來襲擊其中的一個旅客。可能是某個年輕人因愛生恨而施展的暴力手段，但也可能是她的仇家。」

「如果說她有個藏在暗處的仇家，那似乎太戲劇化了。」瑪波小姐說。

「沒錯，確實如此。有什麼人會想殺害一個已經退休、受人敬重的女校長呢？我們得找出這個問題的答案。或許坦普小姐可以告訴我們，雖然可能性不大。說不定她認出了在她上頭的身影，或是知道什麼人出於特殊原因要對她下毒手。」

「這似乎絕無可能。」

「我同意你的話，」汪斯岱教授說，「她看來不可能遭到別人的攻擊。不過仔細想想，一個校長會認識許多人。我們不妨這麼說吧，她處理過很多事件。」

「你的意思是，她處理過很多女孩子的事情。」

「沒錯，我的意思正是如此。女孩子和她們的家人……當校長的必須知道很多事情，比如說哪個女孩墜入情網，而她們的父母通常一無所知。你知道，這種事是出現過的，而且很常見，特別是近十幾二十年來。聽說女孩子現在都很早熟。雖然生理上是如此，不過從深層的意義來看，她們似乎又是晚熟。她們身上還保留著孩子氣；喜歡穿孩子氣的衣服、喜歡像孩子一樣披頭散髮，穿迷你裙就代表她們對孩子氣的崇拜。她們的睡衣像是洋娃娃的衣服，運動短褲和運動鞋淨是兒童樣式。她們不願意長大，不想承擔大人的責任，但同時又像小孩一樣，希望別人把她們當大人看，希望能隨心所欲做大人才能做的事。有時候悲劇就這麼發生了，或是造成了悲慘的後果。」

「你是不是想到了某件事？」瑪波問。

「不，不，其實沒有。我只是在想……呃，我不妨說，我心裡閃過了一些可能性。我不相信伊麗莎白．坦普有仇家，一個冷酷無情到伺機取她性命的仇家。我是認為……」他望著瑪波小姐。「你願意談談你的看法嗎？」

「談談某種可能性？嗯，我想我懂你的意思。你認為坦普小姐知道某些內情或事實，而這些內情或事實一旦被人知悉，會對某人不利甚至造成危險。」

「沒錯，我就是這麼想。」

「如果是這樣，」瑪波小姐說，「那就表示我們這個旅行團當中有人認識坦普小姐或者知道她是誰，只是因為事隔多年，坦普小姐已經不記得甚至認不出那人。這麼說，我們得回頭想想我們的同伴，對吧？」她頓了頓。「你提到那件套頭衫，你說是紅黑格子的樣式？」

「噢，是的，那件套頭衫……」他好奇地望著她。「讓你想到什麼了嗎？」

「顏色非常搶眼，」瑪波小姐說，「我是根據你的話這麼推斷的。它讓人無法不注意，所以喬安娜才會特別注意到它。」

「沒錯。所以它讓你想到了什麼呢？」

「飄揚的旗子，」瑪波小姐若有所思地說，「代表某個會讓人看見、憶起、觀察到又認得出來的東西。」

「所以呢？」汪斯岱教授以鼓勵的眼神望著她，口中問道。

「當你看到一個從遠處而非近距離看到的人，你首先形容的一定是他們的衣服，不是他們的臉、走路的樣子、他們的手或腳。你會形容一頂深紅色圓帽、紫色斗篷、奇特的皮夾克，或是搶眼的紅黑格子套頭衫。這些東西非常容易辨認，也非常引人注目。如果你看到的那個人，把這套衣服脫掉、丟掉或是包成包裹寄到某個地方——比方說一百哩外的某處——要不就是扔進城裡的垃圾箱或是燒掉、撕碎、毀掉，然後換上樸素而平實的衣著，那麼她或他就不會被人懷疑，甚至不會有人看上一眼或聯想到。所以，那人穿上紅黑格子套頭衫一定是故意的。那人是希望別人特意去找那件紅黑格子的套頭衫，而事實上你再也不會看到那人身上穿著那件衣服了。」

「你的見解非常正確，」汪斯岱教授說，「一如我告訴過你的，」他繼續說道：「法洛原女校離此地並不遠，我想只有十六哩，所以這裡是伊麗莎白．坦普的地盤，她對此地十分了解，對本地的居民也相當熟悉。」

「沒錯。所以，可能的範圍就擴大了，」瑪波小姐說，「我同意你的看法，」她隨即又說：「也就是襲擊者是男人的可能性大於女人。那塊石頭如果是預先準備的，那它的滾動路線實在是相當精準，而精準比較是屬於男人的特質。話說回來，這人可能是我們車上的某個人，也可能是住在附近的人……說不定是她以前的學生，在街上看見了坦普小姐。因為是很久以前，坦普可能認不出這人，可是這女孩或女人認得她……因為六十多歲的校長和她五十歲時不會有多大改變，很容易就能認出來。某個女人認出她是自己從前的校長，還知道這校長曉得一些對她不利的祕密，這不啻是一種危險，」她嘆了口氣。「我對這一帶一點也不熟。你熟嗎？」

「我也不熟，」汪斯岱教授說，「我不能說我個人對這地方有所了解。不過，我知道一些發生在這裡的事，那完全是你告訴我的。要不是我認識你而得知了那些事，恐怕我比現在還要茫然。而你來這裡是要做什麼呢？你也不知道。你是接受指示到這裡來的。你來到此地、參加這次旅行，以及我們的相遇，全都是拉菲爾先生精心的安排。我們也曾在其他地方歇腳或路過，但在這裡停留幾晚是出於特別的安排。你受到幾個不會拒絕他任何請求的老友的款待，難道這其中事出有因？」

「他是為了讓我得知一些我必須了解的事實。」瑪波小姐回答。

「是關於發生在多年前的一系列命案嗎？」汪斯岱教授似乎很懷疑。「那些命案並無出奇之處。同樣的事在英格蘭和威爾斯的許多地方都會發生。這種事似乎總是接二連三而來；先是發現一個女孩遭到殺害，接著不遠的地方又有一個女孩遇害，之後也許二十哩外又出現了類似案件，手法如出一轍。在喬斯林聖瑪莉鎮報案失蹤的女孩有兩個，其中一人，也就是我們一直在談的女孩，她的屍體六個月後在很遠的地方發現，別人最後一次看到她，她是和邁克・拉菲爾在一起……」

「另外一個呢？」

「是個叫作諾拉・布羅德的女孩。她可不是那種『沒有男朋友的乖女孩』，恐怕男朋友是一大堆。她的屍體倒是一直沒被發現。或許總有一天會找到吧……也是有二十年後才找到的例子。」汪斯岱說完，語調慢了下來。「到了。這就是卡瑞鎮，就是這家醫院。」

汪斯岱帶著瑪波小姐走進醫院。顯然有人正在等他，他被帶進一個小房間，書桌旁一個女人站起身來。

「噢，」她說，「汪斯岱教授你好。呃，這位是，呃……」她的口氣帶點遲疑。

「這位是珍・瑪波小姐，」汪斯岱教授說，「我在電話上跟巴克護士長提過。」

「噢，對，巴克護士長說她會跟你一道來。」

「坦普小姐情況如何？」

「還是差不多，恐怕沒有多大進展可以向你報告。」她起身離座。「我帶你去找巴克護士長。」

巴克護士長是個瘦長的女人，說話低沉而果斷，深灰色的眼眸習慣望你一眼後立刻移開，讓你覺得自己在極短的時間內就被審查完畢，而且做出了判決。

「不知道你有何要求。」汪斯岱教授說。

「噢，我最好把我們剛才做的安排告訴瑪波小姐。瑪波小姐，我得先說清楚，這位坦普小姐依然處於昏迷狀態，偶爾會出現極短的清醒時刻。她醒來時好像能認得周遭的環境、說一兩句話，但誰也不能刺激她。這得要有極大的耐心。我想汪斯岱教授已經告訴你，有一回她恢復知覺時，十分清楚地說出了你的名字『珍．瑪波小姐』，接著又說：『我要跟她說話，珍．瑪波小姐。』說完她又陷入了昏迷。醫生認為我們最好和遊覽車上的旅客聯絡，汪斯岱教授就來找我們，對我們做過解釋後，說他會帶你過來。我們想請你做的，就是坐在坦普小姐的私人病房裡，萬一她清醒過來，就把她所說的話一一記錄下來。恐怕她的情況並不樂觀。既然你不是她的近親，可能比較不會難過，我想我就實話實說吧。醫生說她正急遽惡化，很可能不會恢復知覺便就此死去。對於腦震盪，我們是束手無策。聽到她說些什麼話是很重要的，可是醫生認為，萬一她清醒過來，最好別讓她看到周圍有太多人。如果瑪波小姐不介意一個人坐在病房裡，我們還會在房裡派個護士，坐在不明顯的地方，換句話說，病人從病床上不會看見她，而且除非需要，否則她不會移動。護士會坐在房間的角落裡，還有屏風遮住。」她又加上幾句：「我們在那裡也安排了一個警官，隨時準備做記錄。醫生認為最好也別讓坦普小姐看到他。就單獨一人，而且是她希望見到的人，這樣就不會驚動她或是讓她忘了想對你說的話。我希望這個要求不至於讓你太為難？」

「噢，不會，」瑪波小姐說，「我非常樂意配合。我隨身帶有小筆記本和一枝不顯眼的小鋼筆。無論她說什麼，短時間內我還能記得住，所以無須顯出記錄的樣子。你可以相信我的記憶力，而且我也不聾……我真的一點也不聾。我的聽覺是不如從前，但如果坐在床邊，一定能聽到她所說的任何一個字，哪怕是耳語。我很習慣和病人相處。我年輕時就常陪在病人身邊。」

巴克護士長有如閃電般的眼神又在瑪波小姐身上掃了一下。這一回她微微頷首，表示滿意。

「那太好了，」她說，「如果你願意幫助我們，我們一定信得過你。如果汪斯岱教授願意坐在樓下的候診室，我們可以隨時在必要的時候請他上來。現在，瑪波小姐，請跟我來。」

瑪波小姐隨著護士長沿著過道走進一個小巧而典雅的單人病房。在這個窗簾拉上一半而顯得半明半暗的房間裡，伊麗莎白·坦普躺在病床上，像個雕像。但她一點也不像睡著了；她的呼吸並不均勻，偶爾一陣輕微的喘氣。巴克護士長彎身檢查病人，示意瑪波小姐坐進床邊的一張椅子，接著越過房間走到門邊。一個年輕男子拿著一本筆記本從屏風後面走出來。

「醫生准許的，雷基特先生。」巴克護士長說。

護士也現身了，先前她一直坐在房間的角落裡。

「有事就叫我，愛茉護士，」巴克護士長說，「無論瑪波小姐需要什麼，請照辦。」

瑪波小姐解開她的大衣。房裡很暖，護士走過來把大衣接過去，又回原位坐下。瑪波小姐也在椅子上坐下。一如她在遊覽車上帶著沉思望著伊麗莎白．坦普一樣，現在的她也是一面望著她一面想，她的頭形多漂亮啊。她的灰髮往後梳，配上那張臉，簡直就像戴著一頂帽子。一個漂亮的女人，一個出色的女人。是啊，萬分的遺憾，瑪波小姐想，如果這個世界沒有了伊麗莎白．坦普，那真是萬分的遺憾。

瑪波小姐把墊子放到椅背上，又把椅子挪開一些些，開始靜坐等候。這是白等呢，還是多少會等出什麼來，她不知道。時間過去了。十分鐘，二十分鐘，半個鐘頭，三十五分鐘，接著一個始料未及的聲音突然傳來。那聲音低沉而清晰，稍微帶點沙啞，完全不似從前的那種空谷回音。

「瑪波小姐。」

伊麗莎白．坦普的眼睛是張開的，正望向瑪波小姐。那眼神似乎是完全的清醒。她正仔細端詳著坐在床邊的女人，不帶一絲激動或驚訝，那目光簡直有如審視，清清醒醒的審視。接著她再度開口說道：「瑪波小姐。你是珍．瑪波小姐？」

「是的，」瑪波小姐說，「我就是珍．瑪波。」

「亨利常常提起你。他說了不少關於你的事。」

聲音停了。瑪波小姐帶著疑問的口氣問：「亨利？」

「亨利．克什林，我的一個老朋友，多年的老朋友。」

「他也是我的老朋友，」瑪波小姐說，「原來是亨利．克什林。」

她回想起多年前和亨利．克什林爵士相識的歲月、當時他對她說過的話及他如何請她幫忙，而她又如何請他協助。一個多年的老友。

「我記得你的名字。在旅客表上一見到這名字，我就知道一定是你。你可能幫得上忙。沒錯，如果亨利還在，他一定也會這麼說。你可能幫得上忙。去查明真相……這很重要，非常重要，雖然事隔多年，已經很久很久了。」

她的聲音微微顫抖，眼睛半睜半閉。護士站起身走過來，拿起一杯水送到伊麗莎白．坦普唇邊。坦普小姐啜了一口，微微點頭像是要她退下。護士放下杯子，又回到座位上。

「如果我能幫忙，一定幫。」瑪波小姐說。她不再發問。

坦普小姐說：「那好。」

過了一兩分鐘她又說：「那好。」

她閉著眼睛躺了兩三分鐘，可能睡著了，也可能陷入昏迷。突然間，她再度張開眼睛。

「是哪一個？」她說，「她們當中的哪一個？我必須知道。你知道我在說什麼嗎？」

「我想我知道。是那個已經死了的女孩……諾拉．布羅德？」

伊麗莎白．坦普立刻皺起眉頭。

「不，不是。是另一個女孩，叫作微綠蒂．亨特。」片刻的停頓後，她又說：「珍．瑪波，你很老了。比起他談到你的時候還要老。不過你雖然老了，還是能查明事實真相，對吧？」

她的嗓音高了起來，顯得更為堅持。

「你能做到，對吧？說你能做到。我的時間不多了，我自己知道，我很清楚。是她們其中一個，不過是哪一個呢？你去找出來。亨利會說，你一定做得到。或許這對你來說有危險，可是你一定會找出來的，對吧？」

「有上帝幫助我，我一定找得出來。」瑪波小姐說。

這是個誓言。

「啊。」

她閉上眼睛，接著又睜開。她的嘴唇極力撐開，彷彿想擠出一絲微笑。

「那塊從天而降的大石頭，是死亡之石。」

「是誰把那塊石頭推下來的？」

「不知道。不管是誰……只要……微綠蒂。找出……微綠蒂那件事的……真相。微綠蒂（verity）這個名字，就是真理的意思。」

瑪波小姐看著床上的身軀緩緩鬆弛下來，接著是一陣微弱的細語。

「再會了。請盡力而為……」

她的身子整個鬆了下來，眼睛也閉上了。護士再度來到床邊，這一回她量了脈搏，接著向瑪波小姐點點頭。瑪波小姐順從地站起身，跟著她走出房間。

「她剛才是用了很大的力氣強撐著，」護士說，「恐怕很長一段時間她不會再恢復知覺。說不定永遠不會。希望你有所收穫。」

「我不認為我有什麼收穫，」瑪波小姐說，「不過，誰知道呢？」

§

「有沒有什麼收穫？」他們踏出醫院往車子方向走去的時候，汪斯岱教授問。

「一個名字，」瑪波小姐說，「微綠蒂。這是那個女孩的名字嗎？」

「沒錯。微綠蒂．亨特。」

一個半鐘頭後，伊麗莎白．坦普過世了。她死之前再也不曾恢復知覺。

14 布羅崔先生的疑問

「你看過今天早上的《泰晤士報》了嗎？」布羅崔先生問他的同事舒斯特先生。

舒斯特先生說他買不起《泰晤士報》，他買的是《電訊報》。

「噢，《電訊報》可能也有，」布羅崔先生說，「在訃聞欄裡。理學博士伊麗莎白・坦普過世了。」

舒斯特先生望著他，神情有點不解。

「她是法洛原的校長。你總該聽過法洛原嗎？」

「聽過，」舒斯特說，「是一所女子學校，已有五十多年歷史。第一流的名校，學費貴得令人咋舌。原來她是那裡的校長，呃？我想這位校長已經退休好一陣子，起碼有半年了。我記得我是在報上得知她退休的，另外還有一些關於新任女校長的報導：已婚、年紀挺輕，三十五到四十歲之間、思想新潮，為女孩子安排化妝課程，還讓她們穿褲裝，諸如此類的。」

「嗯，」布羅崔說。他這種年紀的律師在聽到某個消息，並依據長期經驗發表評論之前幾乎都會來上這麼一聲。「別以為她的名望有可能趕得過伊麗莎白・坦普。她過去可是個重量級人物。她當校長當了很久。」

「沒錯。」舒斯特先生以索然的語氣應道。

他很納悶，布羅崔先生為什麼對這位女校長這麼有興趣。

這兩位男士其實對學校都沒什麼興趣。他們對子女的教育多少已安排妥當。布羅崔先生的兩個兒子分別在公共服務部門和石油公司做事，而舒斯特兩個年紀輕得多的子女則在不同的大學念書，兩人惹事生非不遺餘力，是校方的頭痛人物。

他問：「她怎麼了？」

「她當時正在乘遊覽車的旅遊途中。」布羅崔先生回答。

「遊覽車，」舒斯特先生說，「我絕不讓我的親人去坐那種車。上星期瑞士有一輛遊覽車翻落懸崖；兩個月前也有一輛撞得稀爛，死了二十個人。真不知道這年頭是什麼人在開這種東西。」

「這是那種『遊覽協會』、『大不列顛名勝協會』（管他們叫什麼）的組織舉辦的旅遊，」布羅崔先生說，「我說的名字不一定正確，不過你知道我的意思。」

「噢，我知道。噢，呃，對，就是我們送那個叫什麼名字的老太太去參加的旅遊行程，老拉菲爾預訂的那個。」

「珍・瑪波小姐也在裡面。」
「她該不會也死了吧？」舒斯特先生問。
「據我所知是沒有，」布羅崔先生回答，「不過我覺得有點奇怪。」
「是路上出了車禍嗎？」
「不，是在一個風景區發生的。他們正走在一條上行的山徑上，要爬上一座陡峭的山丘。路很難走，到處是危岩亂石之類的。有些大石頭鬆動了，沿著山腰滾落下來。坦普小姐被砸了個正著，因為腦震盪被送到醫院，就這麼死了……」
「運氣不好。」舒斯特先生說完，繼續等待下文。
「我只是奇怪，」布羅崔先生說，「因為我記得法洛原就是那女孩讀書的學校。」
「哪個女孩？布羅崔，我真的不知道你在說什麼。」
「就是被小邁克・拉菲爾殺害的那個女孩。我想到了幾樁案子，和拉菲爾親自委託珍・瑪波小姐的這件事，似乎隱約有所關聯。真希望他多告訴我一些。」
「有什麼關聯？」舒斯特先生問。
他現在似乎比較有興趣了。他在法律事務方面的才思開始敏銳起來，打算對布羅崔先生即將告知他的祕密提出周全的意見。
「那女孩，我現在記不得她姓什麼了，不過名字是希望、信心這一類的。啊，微綠蒂，這就是她的名字，我想她是叫作微綠蒂・亨特。她是那幾個一連被殺害的女孩之一，屍體在離她失蹤地點約三十哩外的一條水溝裡被發現，找到的時候已經死去六個月了。她顯然是被勒死的，而且整張臉和頭都被砸爛了。警方認為這是為了不被人辨認出來。不過憑著在附近發現的衣服、手提包、首飾，還有身上的痣或疤痕，她終究被認了出來。沒錯，她輕易就被認了出來。」

「事實上，她就是那次審判的關鍵，對吧？」

「沒錯。當時警方懷疑邁克在此事發生的前一年已殺害了另外三個女孩，不過那幾次命案的證據都不及這一次明確，所以警方這一回是竭盡全力，挖出了充分的證據……他的前科、早期的犯行、強暴記錄等等。噢，我們都知道這年頭所謂的強暴是什麼意思。媽媽告訴女兒，一定要告男孩強暴，即使男生沒有多少機會在女孩媽媽外出工作或爸爸出外度假時到女孩家裡來，除非女孩自己不斷投懷送抱，不斷糾纏，終於逼得他睡在一起。然而一如我剛才說的，媽媽總告訴女兒要告男孩強暴。但這不是重點，」布羅崔先生說，「你知道，我是想知道這兩件事是否有所關聯。我想拉菲爾委託珍．瑪波去做的事，很可能和邁克有關。」

「他被判決有罪，對吧？而且被判處了無期徒刑？」

「我現在記不得了，事隔太久。還是他們給了他減刑的判決？」

「微綠蒂．亨特曾經在那所女校念過書，坦普小姐的學校。她被殺的時候已經不是學生了，對吧？我記不得了。」

「噢，已經不是了。她那時候大概十八、九歲，和父母的親戚還是朋友住在一起。很好的房子，很好的人，各方面都是好女孩。她是那種親人都會說『非常沉靜，很害羞，不會和陌生人攪和，也沒有男朋友』的女孩。那些女孩的親戚從來不知道自己家的女孩有男朋友。女孩子對這一點可是十分謹慎的。聽說小拉菲爾很有女人緣。」

「沒有人表示懷疑，認為他並未犯案？」舒斯特先生問。

「半個也沒有。總之，他在證人席上是謊話連篇。他的辯護律師如果不讓他自己提出反證恐怕還好些。他許多朋友都為他提出了不在場證明，可是全都站不住腳，你知道。他的朋友好像全是能說善道的騙子。」

「你對此事有什麼看法，布羅崔？」

「噢，我還沒有什麼看法，」布羅崔先生說。「我只是在想，這女人的死和那件事是否有關聯。」

「怎麼說？」

「噢，你知道，大石頭竟然會滾落山下，而且正好砸到某人頭上，這似乎不像是自然發生的。依照我的經驗，大石頭通常是靜止不動。」

15 微綠蒂

「微綠蒂。」瑪波小姐說。

伊麗莎白・瑪格麗特・坦普昨晚去世了。她離開得很平靜。瑪波小姐再次坐於老莊園客廳褪色的印花棉布沙發上。她將先前一直在編織的粉紅色嬰兒外套放下，換上了一條紫紅色圍巾。這種帶著哀悼意味的動作，是充滿早期維多利亞時代思想的瑪波小姐在面對悲劇時的一種含蓄表現。

坦普小姐的驗屍審訊將於她過世的第二天舉行。有人找教堂牧師商量，他同意一俟準備停當，就在教堂舉行一個簡單的追悼儀式。殯儀社的服務人員穿著恰當的服裝，露出恰當的神色，擔下和警方聯絡的工作。驗屍審訊將於第二天上午十一點開始，遊覽車的成員都同意到場觀看，還有一些人打算留下到教堂參加追悼儀式。

格林太太來過戈登堡旅館，她極力邀請瑪波小姐回老莊園去住，直到回到旅行團為止。

「你得躲開那些記者。」

瑪波小姐誠摯地謝過她們三姐妹，接受了邀請。

搭車遊覽的活動將於追悼會後繼續。他們的首站是開到離此地有三十五哩路程的南貝斯頓，那裡有一家原本就選定要讓大家歇腳的一流旅館。接下來的行程完全按照原計畫進行。不過，一如瑪波小姐所料，有些人打算退出回家去，或是掉頭往回走，不願意繼續往下觀光。而無論決定為何，大家都有話可說。有人說這次旅行已成為一次痛苦的回憶，所以必須離開；有人則說既然旅費已付，所以不該被一次可想像的旅遊意外打斷，應該繼續遊覽。瑪波小姐認為，決定的關鍵應該在於驗屍的結果。

瑪波小姐和三位女主人寒暄幾句後，便專心坐著織她的紫紅色圍巾，心頭暗忖之後該說什麼樣的語詞來套話。就這樣，她手指一面忙個不停，口中一面說出了「微綠蒂」三個字。這就像是把一顆小石子扔進水中，只為了看看有沒有效果出現，這三個字對這三位女主人代表了什麼意義？可能有，也可能沒有。如果沒有，今天晚上旅行團在旅館進餐時，她一定也要試試，看看效果如何。她認為，這三個字等於是伊麗莎白．坦普的臨終遺言。所以，瑪波小姐一面想（她的手指依然忙碌，因為她沒有專注的必要。即使在她看書或談話的時候，雖然手指因為風溼而有點不靈活，還是能夠準確無誤地穿梭編織），「微綠蒂」這三個字便脫口而出。

就像一顆石子扔進水池，會不會激起漣漪、濺起水珠還是如何？或許什麼也沒有。無論如何，總會有所反應吧。沒錯，她沒有想錯。雖然她的臉上一無表情，敏銳的目光已從眼鏡後面同時留意到了這三人。這是她多年來養成的習慣。她在聖瑪莉米德的時候，為了獵取一些有趣的新聞或八卦，她就是這樣在教堂、母姐會或其他的公共場所觀察她的左鄰右舍。

格林太太放下了手上的書，驚訝地望向瑪波小姐。她之所以驚訝，似乎不是因為聽到這三個字，而是因為這三個字竟然是從瑪波小姐口中說出。

克羅蒂的反應卻是不同。她的頭高高抬起，身子前傾，目光並不望向瑪波小姐，反而投向房間那頭的窗戶。她雙拳緊握，非常沉默。瑪波小姐微低著頭，彷彿什麼也沒看見，不過她還是注意到克羅蒂的眼眶充滿了淚水。她默默坐著，淚珠順著面頰滾滾而下。她並不打算拿出手帕來，也不說一句話。瑪波小姐深刻感受到她本身所傳達的哀戚。

安希雅的反應又不一樣。她迅速接話，露出興奮且幾乎是愉悅的神情。

「微綠蒂？你說微綠蒂？你認識她？我不知道你認識她。你真的是指微綠蒂．亨特？」

拉維妮亞．格林問：「那是她的教名吧？」

「我並不認識一個叫這個名字的人，」瑪波小姐回答，「不過它確實是一個人的教名。是的，我想這名字並不常見。微綠蒂。」她若有所思地又說了一遍。

她任由紫紅色的毛線球掉落在地，帶著歉疚和困惑的眼神看看她們，就像一個女人意識到自己失言，卻又不知自己說錯了什麼。

「我……我真的很抱歉。我是不是說了不該說的話？我這麼說，純粹是因為……」

「不是，當然不是，」格林太太說，「只是……我們認識的一個人就叫這個名字，這人和我們……有關。」

「這名字突然閃進我腦海，」瑪波小姐說，語氣仍然帶著歉意。「是因為可憐的坦普小姐曾經提到它。你知道，我昨天下午去看她，是汪斯岱教授帶我去的。他似乎覺得我或許能夠……呃，不知道這麼說是否恰當……讓她甦醒過來。她一直處於昏迷狀態，所以他們想……倒不是因為我是她的老朋友，而是因為我們在旅途中聊過天，而且有好幾天我們都坐在一起談過話，所以教授想我可能幫得上忙。可惜我一點忙也沒幫上。我只是坐著等待，她終於說了一兩句話，但似乎毫無意義。最後在我臨走之際，她睜開眼睛望著我；我不知道她是不是把我錯認成別人了，而她就說了那三個字：『微綠蒂』！它當然就這麼刻進了我的腦子裡，特別是昨天晚上她就去世了。我想，她當時一定惦記著什麼人或什麼事。不過，當然，它也可能只是意味著『真相』。真相，不就是『微綠蒂』這三個字的真義嗎？」

她從克羅蒂打量到拉維妮亞，又從拉維妮亞打量到安希雅。

「我們認識一個女孩就叫這個名字，」拉維妮亞．格林說，「所以我們才會感到訝異。」

「尤其是她死得那麼慘。」安希雅說。

克羅蒂以她低沉的聲音說道：「安希雅！你不必說得這麼仔細。」

「反正每個人都很清楚她的事，」安希雅說，望向瑪波小姐。「我想你可能也聽說過，因為你認識拉菲爾先生，對吧？呃，我的意思是，既然他寫給我們的信中談到你，所以你一定認識他。因此我想……呃，他可能把事情從頭到尾都告訴你了。」

「很抱歉，」瑪波小姐說，「我恐怕不大明白你說的話。」

「有人在一條水溝裡發現了她的屍體。」安希雅說。

瑪波小姐想，安希雅一旦打開話匣子，任誰也阻止不了。但她覺得，安希雅的滔滔不絕讓克羅蒂更為緊張了。此刻她已悄悄、不動聲色地取出一方手帕，擦去眼中的淚水，整個人坐正，背脊挺得筆直，眼神深邃而憂傷。

「微綠蒂，」她說，「是我們很喜愛的一個女孩。她在這裡住過一段時間，我非常喜歡她……」

「她也非常喜歡你。」拉維妮亞說。

「她的爸爸媽媽都是我的朋友，」克羅蒂說，「在一次飛機失事中雙雙遇難了。」

「她在法洛原女校讀過書，」拉維妮亞解釋道，「我想這就是坦普小姐之所以記著她的原因。」

「噢，原來如此，」瑪波小姐說，「坦普小姐那時候是那所女校的校長，對吧？我經常聽到法洛原這個名字。那是一所很好的學校，對吧？」

「是的，」克羅蒂說，「微綠蒂曾經是那裡的學生。她的雙親去世後，她就到這裡和我們同住了一段時間。那時候她約莫十八、九歲，正計畫著未來該如何走。她是個討人喜歡、非常貼心的女孩。她想當護士，不過坦普小姐堅決主張她該去上大學，因為她頭腦很聰明。

所以她就繼續讀書打算升學。就在這時候，發生了那樁慘劇。」她別過臉去。「我……我不想再談這件事了，你不介意吧？」

「我當然不介意，」瑪波小姐說，「很抱歉我無意間扯出一樁慘事來。我以前並不知道，我……我沒聽說過。我以為，呃，我的意思是……」她愈來愈語無倫次。

那天晚上，她聽到了更多內情。她正在換衣服準備去旅館和其他人會合，格林太太來到她的房間。

「我想我該向你解釋一下，」格林太太說，「關於……關於微綠蒂・亨特這個女孩。當然，你不可能知道我姐姐克羅蒂有多麼愛她。她的慘死對我姐姐來說是個可怕的打擊，我們能不提就不提。不過如果我把事情的來龍去脈都告訴你，你可能會比較了解。微綠蒂顯然瞞著我們和一個不成材……豈止是不成材，後來證明是極其危險的人交上了朋友。這年輕人早就有犯罪的前科。有一回他路經此地，前來看望我們。我們跟他父親很熟。」她頓了頓。「我想我最好把真相都告訴你，如果你還不知道的話……你看來是不知道。他就是拉菲爾先生的兒子邁克……」

「噢，老天，」瑪波小姐說，「該不會是……我不記得他的名字，但我聽說過他有個兒子，而且是個……呃，不怎麼爭氣的兒子。」

「不只是不爭氣，」格林太太說，「他可說是麻煩從沒斷過。他不只一兩次被告上法庭，原因不一而足。有一回是因為侵犯少女，總之是那一類的。當然，我認為法官對那種案子未免太寬容。他們不願意斷送這些年輕人上大學的機會，所以就把他們放了，只給了個……我忘了那個名詞叫什麼，大抵是緩刑之類的判決。如果這些孩子被立刻送進牢裡，說不定還能當作警告，讓他們不再犯罪。那年輕人還當過小偷、偽造支票、敲詐勒索，是個不折不扣的壞胚子。我們是他母親的朋友。我想她算是幸運，年紀輕輕就死了，不需眼見兒子日漸墮落而傷心欲絕。我認為拉菲爾先生已經盡了最大的努力，為那個孩子到處找適合的工作、為他付罰金，諸如此類的。不過，我認為雖然他裝得很像漠不關心，把兒子惹的禍輕描淡寫一筆勾銷，但這樣的兒子對他來說一定是個重大打擊。我們說過——住在這個村莊的人大概也會告訴你——這一帶出過一連串命案和暴力事件。不只是本地，這個鄉鎮的鄰近地區都出過事，有的在二十哩外，有的在五十哩外，警方甚至懷疑有一兩樁發生在百哩之外。總而言之，大都集中在這一帶就是了。不管怎麼說，有一天微綠蒂出外去看朋友，結果……結果就沒再回來。我們去警局報了案，警察就去找她，可是找遍了整個鄉鎮，就是沒發現她的蹤跡。於是我們又登廣告，警方也登了廣告，還暗示說她是和男朋友一起跑掉的。後來我們就聽到傳言說，有人曾經看到她和邁克·拉菲爾在一起。那時候警方已經在注意邁克·拉菲爾，他們認為他很可能是若干罪案的嫌疑犯，只是苦於沒有直接證據。聽說有人看到微綠蒂和邁克一起坐在他的車子裡頭，無論是微綠蒂的服飾、邁克的相貌和他車子的特徵，樣樣都很符合，可是沒有更多的證據。直到她的屍體在六個月後被發現。她陳屍在離此地約三十哩路一個樹木茂密的荒郊野外的一條壕溝裡，還被亂石和層層泥土覆蓋住。克羅蒂硬著頭皮去指認……是微綠蒂沒錯，她是被勒死的，頭顱被砸得稀爛。直到現在，克羅蒂還沒有從這個打擊中恢復過來。那具屍體有那女孩的一些記號，一顆黑痣和一條舊傷疤。當然，還有她的穿著和提包裡的東西。坦普小姐非常喜歡微綠蒂，她一定是在臨死前想起了她。」

「我很抱歉，」瑪波小姐說，「我真的非常、非常抱歉。請轉告你姐姐，我先前並不知道，完全不知道。」

16 驗屍

瑪波小姐沿著村道緩緩朝市場走去。驗屍法庭是在市場一幢喬治王朝樣式的老建築內舉行，百年來大家都管它叫「宵禁武裝」。她瞄了一眼腕錶，離開庭時間還有足足二十分鐘。她瀏覽著一家家的商店櫥窗，停步在一家出售毛線和童裝的商店前，朝裡面望了好一陣。店裡有個女孩正在招呼顧客，兩個小孩在試穿毛衣，櫃檯那頭是位老太太。

瑪波小姐走進店內，順著櫃檯走到那老太太的對面坐下，拿出一束粉紅色毛線。她說她這種牌子的毛線用完了，但她的毛衣還差一點線才能織好。毛線很快就配好了，老太太還拿來幾束她喜歡的樣品給她看，兩人不久就攀談起來，話題從剛發生的悲慘意外談起，梅麗皮特太太（如果商店外的招牌就是她的姓氏的話）對這次意外似乎極為重視，還提到，要讓本地政府在步道或公共道路的安危問題上想點辦法是多麼困難。

「你知道，下雨後泥土都被沖刷掉，大石頭就鬆動了，然後就滾了下來。我記得有一年有過三次落石坍方，也就是出了三次意外。第一次一個小男孩幾乎喪了命；接著在那年的下半年，噢，我想是六個月後，有個男人跌斷了手臂；第三次就是可憐的沃克老太太。她的眼睛看不見，又幾乎全聾，什麼也聽不見，要不然就可以躲開了。有人看到落石，大聲對她發出警告，可是距離太遠，他們無法伸出援手，也來不及跑過去救她。她就這樣死了。」

「噢，多慘哪，」瑪波小姐說，「真是悲慘。這類事情大家不容易忘記，你說對吧？」

「的確不容易。我想驗屍官今天就會提到這個。」

「我想也是，」瑪波小姐說，「這種看似自然發生的災禍真是可怕，不過，當然，有時候意外是人為造成的。有人推滾石頭，好讓石頭鬆動，這種事也是有。」

「呃，有些男孩子確實什麼事都幹得出來。不過我沒看過他們跑上山去幹那種蠢事。」

瑪波小姐把話題轉移到套頭衫上，色彩鮮亮的套頭衫。

「不是替我自己買，」她說，「我想為我侄孫買一件。他要一件圓領的套頭衫，而且他喜歡很鮮亮的顏色。」

「沒錯，這年頭年輕人都喜歡鮮亮的顏色，對吧？」梅麗皮特太太附和道，「牛仔褲倒未必。他們喜歡黑色的牛仔褲，黑色，要不就是深藍色。不過他們喜歡上身鮮亮一點。」

瑪波小姐於是描述了一種搶眼的花格子套頭衫。店裡似乎存放著不少套頭衫和運動衫，可是紅黑格子花樣的好像不在陳列之內，連最近的存貨裡也沒有。看了幾件樣品後，瑪波小姐打算告別了，不過告別前又閒閒聊起那幾樁在這一帶發生過的命案。

「他們終於抓住了那傢伙，」梅麗皮特太太說，「一個漂亮的小夥子。真沒想到他會做出這種事。你知道，他可是接受過良好教養，還上過大學。聽說他父親很有錢。我想他腦筋有問題。我這樣說倒不是因為他們把他送去百老匯或什麼地方，他們可沒這麼做。我只是自己這麼想，他心理一定有問題……聽說一共害了五、六個女孩子。警方在附近找了好幾個年輕人幫忙破案，他們都說是傑佛瑞．格蘭，說一定是他帶的頭。你知道，他從小就怪裡怪氣的，會在小女孩上學途中糾纏她們，拿糖果給她們吃，把她們帶到巷子裡看櫻草花之類的。沒錯，他們認為他涉有重嫌，不過凶手不是他。後來警方又找到另一個嫌疑犯，叫作伯特．威廉斯，可是至少有兩次事發的時候他人在遠方，這叫作不在場證明，所以凶手也不可能是他。後來就抓到了這個——他叫什麼名字來著？我已經記不得了，我想是叫路克吧——不，是叫邁克什麼的。就像我說的，他長得一表人才，但前科累累。沒錯，偷竊、偽造支票，什麼都幹過，還涉及兩起所謂的父權訴訟案……你知道我的意思，就是女孩子有了身孕，於是提出告訴，要這傢伙拿出贍養費。在這之前，他已經讓兩個女孩子大肚子了。」

「這女孩也懷孕了嗎？」

「沒錯，她懷孕了。剛找到屍體的時候，我們還以為那是諾拉．布羅德。她是開碾磨廠的布羅德太太的侄女，一天到晚和男生鬼混。她也一樣，從家裡出門後就失蹤了，沒人知道她去了哪裡。所以六個月後當這具屍體被找到的時候，大家一開始都以為是她。」

「但那並不是她？」

「不是，是完全不同的一個人。」

「那她的屍體呢？後來被發現了嗎？」

「沒有。我想總有一天會找到吧，不過他們認為她很可能被丟到河裡去了。啊，事情會如何你永遠料不準，對吧？你可能在開挖一片田地或類似的地方找到寶藏，這種事誰知道。有一回有人帶我去看過那些寶藏，是個叫作拉頓魯的地方……是這個名字吧？它位於東部那幾郡當中。寶藏就在一片開墾過的田地下面，漂亮極了。黃金做的船、北歐海盜船、金碟、金碗，還有一些好大的盤子。沒錯，誰也說不準，說不定哪一天你就找到了一具死屍，或是一只金盤子。你也許會找到有好幾百年歷史的東西，就像那只黃金盤子；也可能找到只有三、四年的死屍，就像瑪麗．盧卡斯一樣。聽說她失蹤了四年之久，最後才在賴蓋特附近被發現。啊，這種怪事真多！悲慘的人生。確實，真是悲慘的人生。你永遠不知道有什麼事會落到你頭上。」

「還有一個住在這兒的女孩也被殺了，對吧？」瑪波小姐問。

「你是指大家以為是諾拉．布羅德的那具屍體？沒錯。我現在不記得她的名字了，我想是叫『希望』吧。是『希望』還是『慈悲』，反正就是這類的名字，你知道。在維多利亞時代很多人取這種名字，不過這年頭就很少聽到了。她住在老莊園，父母遇難後她在那兒住了一段日子。」

「她的父母是在一場意外中喪生的，是不是？」

「沒錯。他們搭乘一架飛機要前往西班牙還是義大利，結果飛機失事了。」
「而你說她就到這兒住下了？是她的親戚嗎？」
「我不知道她和她們是不是親戚，不過就我所知，格林太太是她母親一個很要好的朋友。當然，格林太太結過婚，也出過國，可是克羅蒂——三姐妹中的老大，膚色較黑的那個——尤其喜歡那個女孩。她帶她去過很多國家，義大利、法國等等。她訓練那女孩打字、速記、這樣那樣，還讓她去學美術。克羅蒂很有藝術氣質。噢，她好愛那個女孩。女孩失蹤後，她的心都碎了。這一點和安希雅完全不同……」
「安希雅小姐是老么，對吧？」
「對。有人說她精神不大正常。你知道，就是腦袋有問題。有時候你會看見她一邊走路一邊自言自語，還不時怪裡怪氣地甩頭，有時候連小孩都會被她嚇到。聽說她的行為舉止有點怪異。我也不知道。在村子裡你什麼話都聽得到，對吧？她們那個叔祖也有點怪，總愛在花園裡用左輪槍練習射擊，誰也不知道他為何要這麼做。他說他很以自己的槍下工夫自豪，無論是玩什麼樣的槍。」
「不過克羅蒂小姐並不古怪吧？」
「噢，她倒不怪，她很聰明，我想她懂得拉丁文和希臘文。她曾經想去上大學，可是她得照顧母親……她母親纏綿病榻很久了。不過她很喜歡那個女孩……噢，她叫什麼名字？大概是叫『信心』吧。她非常愛她，待她就像親生女兒一樣。後來就出現了這個不知叫什麼名字的年輕人……我想是叫邁克吧。後來有一天，那女孩沒對任何人說一聲就出門了，結果一去不回。我不知道克羅蒂知不知道她有了身孕。」

「可是連你都知道了。」瑪波小姐說。

「噢，我可是經驗豐富。女孩子家有了身孕，我一看就知道。明顯得很，逃不過我的眼睛。不光是身材，你還可以從她們的眼睛、步態、坐姿和不時暈眩噁心看出來。沒錯，我暗忖，這裡又多了一個那種女孩。克羅蒂不得不去認屍，她幾乎肝腸寸斷，之後好幾個星期，她簡直變了一個人。她真的很愛那個女孩。」

「而另一個姐妹，安希雅小姐呢？」

「奇怪的是，你知道，我覺得她反而看起來很高興，就像是……呃，就是很高興。這不是好事，對吧？那個叫作普盧默的農夫，有個女兒以前也是這副德性。她最愛去看豬隻被屠宰的過程，簡直樂此不疲。奇怪的家庭到處都有。」

瑪波小姐道了再見，看看還有十分鐘，於是舉步邁進了郵局。喬斯林聖瑪莉鎮的郵局和雜貨店就在市場邊。

瑪波小姐走進郵局，買了幾張郵票，看了幾張明信片，注意力接著轉移到形形色色的平裝書上。在郵政櫃檯後面坐鎮的是個有著一副刻薄面孔的中年婦女。她替瑪波小姐從鋼書架上取下一本書。

「有時候書會黏在一起。你知道，因為有人沒把書好好放回去。」

此時此刻，郵局裡一個顧客也沒有。瑪波小姐帶著嫌惡的表情看著那本書的封皮：一個面目猙獰的殺人犯手握一把血淋淋的匕首，彎腰俯在一個滿臉血汙的裸女身上。

「真是的，」她說，「我不喜歡現在這些恐怖圖案。」

「有些書的封面是有點過分，你說是吧？」臭臉太太說，「這種封面不是每個人都喜歡。我得說，這年頭處處都太暴力了。」

瑪波小姐取下第二本書。

「《女孩珍的遭遇》，」她唸出書名。「老天，我們住的是什麼世界。」

「沒錯，我知道你的意思。我昨天看報紙，有個女人把小孩留在超級市場外頭，結果小孩被別人推走了。誰也不知道這所為何來。還好警方發現了小孩。沒錯，那些人說的好像都是一樣的話。不管是偷了超級市場的東西還是帶走別人的小孩，她們都說不知道自己怎麼會鬼迷了心竅。」

「說不定她們真的不知道。」瑪波小姐暗示道。

臭臉太太的臉顯得更刻薄了。

「說什麼我也不信。」

瑪波小姐望望四周。郵局裡依然空蕩蕩的。她朝窗口走去。

「如果你還不忙，不知道能否請你回答我一個問題，」瑪波小姐說，「我做了一件蠢得要命的事。近幾年來我出的錯可多了。我寄了個包裹給一個慈善機構。我常寄衣物給它們，套頭衫、小孩毛衣之類的。我將衣服包好，寫上地址，就寄了出去。就在今天早上，我突然想到我犯了個錯，我寫錯地址了。我想你們不可能有包裹地址的記錄，不過我想或許正好有人記得它。我本來要寫的地址是：多克亞暨泰晤士河畔福利協會。」

臭臉太太現在看來十分和善。瑪波小姐招牌的無能表情和老邁讓她心軟。

「是你親自把它帶來的嗎？」

「不，不是；我現在正在老莊園裡小住，是她們當中的一個……我想是格林太太吧，說她或她姐姐、妹妹會幫我寄出去。她真是好心……」

「我來查查看。應該是星期二寄的，對吧？不是格林太太拿來的，是最小的那個，安希雅小姐。」

「沒錯，沒錯，我想就是那天。」

「我記得很清楚，是個很大的衣箱，還挺重的。不過不是你說的多克亞協會；我記得名字一點也不像。它是寄給『東寒姆婦女兒童毛線衣物捐贈協會』，一位馬修牧師收。」

「噢，沒錯，」瑪波小姐欣喜若狂，她雙手緊握，口中說道，「你真聰明。我現在知道是怎麼回事了。聖誕時節我確實寄了一批東西給東寒姆協會，那是它舉辦的一項特別捐贈活動，所以我一定是把地址抄錯了。你能不能再說一遍？」

她小心翼翼地將地址記在小筆記本上。

「恐怕包裹已經寄出去了……」

「噢，對，不過我可以寫信去解釋這個錯誤，請他們把包裹轉寄到多克亞協會去。實在很謝謝你。」

瑪波小姐急急走出郵局。

臭臉太太一面拿郵票給下一位顧客，一面對旁邊的一個同事說：「真是少了半根筋，可憐的老太婆。可以想見，她一定老做這種事。」

瑪波小姐一出郵局，就碰到了艾姆林．派斯和喬安娜．克勞馥。

她注意到喬安娜面色蒼白，而且神情很沮喪。

「我必須出庭作證，」她說，「我不知道他們會問我什麼？我好怕。我……我不喜歡。我把我們看到的事情告訴了警官。」

「你不要擔心，喬安娜，」艾姆林．派斯說，「你知道，這只是例行的驗屍。我相信驗屍官是個和氣的人，他是醫生。他只會問你幾個問題，你就把你看到的告訴他就行了。」

「你也看到了啊。」喬安娜說。

「沒錯，我也看到了，」派斯說，「至少我看到有個人在山頂上，就在那些大石塊和亂石附近。走吧，喬安娜。」

「他們還到旅館來搜我們的房間，」喬安娜說，「他們是有先請示我們，可是他們握有搜索狀。他們不但搜了我們房間，還查看行李裡面的東西。」

「我想他們是在找你說的那件花格子套頭衫。好啦，你沒什麼好擔心的。如果你真有一件紅黑格子套頭衫，你也不會說出來，對吧？那衣服是紅黑相間的格子花樣，對吧？」

「我不知道，」艾姆林．派斯說，「我不大會分辨顏色。我只知道那件衣服的顏色很鮮豔，如此而已。」

「他們沒找到，」喬安娜說，「畢竟我們帶的東西都不多。搭遊覽車旅行用不著多帶東西。我們的行李當中都沒有那種衣服……我的意思是，我從來沒看過我們有人穿那種衣服，到現在都沒有。你呢？」

「我也沒有。不過我……我其實不知道我有沒有看過這種衣服，」艾姆林．派斯說，「我一向分不出紅色和綠色。」

「噢，你是不是有點色盲？」喬安娜說，「前幾天我就注意到了。」

「你說你注意到了，你這話是什麼意思？」

「我問你有沒有看到我的紅圍巾，你說你有看到一條綠的，可是你拿來給我的是紅的。我把它忘在餐廳裡了，但你並不知道它是紅色的。」

「喂，你可別到處宣揚我有色盲，我不喜歡。做人要厚道一點。」

「男人患有色盲的比例多過女人，」喬安娜說，「這是伴性遺傳現象，」她用一種老學究的口吻說道：「你知道，就是在女性身上是隱性遺傳，在男性身上則是顯性。」

「瞧你說的，好像它是梅毒似的，」艾姆林．派斯說，「我們到了。」

「你好像滿不在乎。」他們一面踏上台階，喬安娜一面說。

「噢，其實我真的不在乎。我從來沒有踏進驗屍法庭。生平頭一遭做的事總會感覺很好玩。」

斯托克醫生是個中年人，灰白頭髮，戴著一副眼鏡。首先由警方提出證據，接著是醫學證詞，加上腦震盪致死的專業細節說明。桑伯恩太太提供了遊覽車旅遊的詳細內容、那天下午安排的徒步之旅，以及慘劇發生的詳細經過。她說坦普小姐雖然年紀不小，腳下卻是輕快有力。當時大夥兒正沿著一條蜿蜒曲折的知名步道而上，慢慢走向山頂的摩爾蘭教堂。這座教堂建於伊莉莎白女王時期，後來曾整修和加蓋。比鄰的山峰就是叫作幸運岩的紀念塔，是個陡峭的斜坡。遊客登山的速度往往因人而異。年紀輕的人常會跑或走在前面，早早就到達了目的地，而年紀大的遊客就好整以暇，慢慢行進。她自己通常是走在整團的最後，以備在必要時建議那些走累的人往回走。她說，坦普小姐原本在和巴特勒夫婦談話。坦普小姐雖已六十開外，可是對巴氏夫婦慢吞吞的步調有點不耐，於是越過他們，轉了個彎後就快步走到前頭去了。她常常這樣，如果她等別人跟上來等得太久就會感到不耐，於是寧可各走各的。後來大家聽到前頭有人發出一聲叫喊，桑伯恩太太和幾個人追趕過去，轉過彎道後就發現坦普小姐躺在地上。一塊大石從山腰落下，同樣的地點還有幾塊同類的石頭。他們認為那塊大石一定是從山上滾下來的，當時坦普小姐正沿著下頭的步道行走，就被砸了個正著。這樣的意外真是太不幸、太悲慘了。

「你認為這絕對是一樁意外，別無其他可能？」

「沒有。除了意外，我看不出這件事有其他可能。」

「在你上方的山腰處，你沒看到任何人？」

「沒有。當然，那是一條環山而上的主要步道，山頂常會有人出沒。不過那天下午我真的沒看到任何人。」

接著是喬安娜．克勞馥被喚上證人席。詳細問過她的姓名和年齡後，斯托克醫生問道：

「你沒和團員走在一起？」

「沒有。我們離開了步道，從斜坡上方環山向上走。」

「有沒有人和你一起走？」

「有的，艾姆林．派斯先生。」

「沒有其他人和你們走在一起？」

「沒有。我們一面聊天，一面看路旁的野花。那些花好像都是稀有品種。派斯對植物學很有興趣。」

「你們沒看見其他團員？」

「偶爾會看到。他們都沿著主要的步道往上走，也就是在我們稍下方的那條路。」

「你有看見坦普小姐嗎？」

「我想有。她一馬當先走在眾人之前，我想我看見她在他們前面的小路轉了個彎，之後就不見了蹤影，因為山勢把她擋住了。」

「你看見你們上方的山腰處有人走動？」
「是的，就在一堆巨大的亂石之間。山邊堆著好一些大石頭。」
「嗯，」斯托克醫生說，「我知道你指的是什麼地方。很大的花崗岩，有時候大家俗稱它為閹羊或灰閹羊。」
「我想那些石頭從遠處看才會像羊，不過我們離它不是很遠。」
「而你看到有人在那裡？」
「是的，有個人隱隱約約躲在那些石頭當中，那人彎著身子。」
「正在推那些石塊，你是不是這麼認為？」
「是的，我是這麼認為，而且我還納悶那人為什麼要這麼做。他好像在推石堆邊緣的一塊石頭。那些石頭又大又重，我認為那人絕對推不動，不過他或她手上推著的那塊像是鬆動的石頭。」
「你先前說他，現在又說他或她。克勞馥小姐，你認為那人到底是男的還是女的？」
「呃，我想，我猜……我現在認為那人是男的，不過當時我覺得不是。那人……不管是他還是她，穿著長褲和一件套頭衫，一種男生樣式的圓領套頭衫。」
「那件套頭衫是什麼顏色？」
「是很鮮豔的紅黑格子。那人戴著扁帽，後面露出來的頭髮有點長，很像女人的頭髮，不過也很可能是男人頭髮。」

「確實可能，」斯托克醫生的語氣透著嘲諷。「這年頭要拿頭髮去判斷一個人是男是女，還真是不容易。」他又問：「後來呢？」

「噢，那塊石頭開始滾動，它在山邊顛簸而下，接著速度變快。我才對派斯說『啊，它就要滾下山來了』，接著就聽到轟隆巨響。這時候我覺得我聽到山下傳來一聲叫喊，但這也可能是我自己的想像。」

「後來呢？」

「噢，我們繼續往上跑了幾步，繞過山角想看看那塊石頭是怎麼回事。」

「你們看到了什麼？」

「我們看到那塊大石頭掉到下面的步道上，石頭底下壓著一個人，還看到大夥兒紛紛從拐角處跑了過來。」

「發出喊叫聲的是坦普小姐嗎？」

「我想一定是她。當然，也可能是某個剛從轉彎處趕上來的人。噢！好可怕，真的好可怕。」

「是的，我相信那場面一定很可怕。你在山腰看到的那個人影呢？就是那個穿紅黑格子套頭衫的男人或女人，那人還在那堆亂石當中嗎？」

「我不知道，後來我就沒再往上看了。我……我當時正忙著了解這樁意外事件，又忙著往下跑看能不能幫上忙。我想我是往上瞄了一眼，可是什麼人也沒看見，只看見那堆石頭。

那裡有許多屏障，誰都很容易躲起來不讓你看見。」

「那人可不可能是你們的團員？」

「噢，不可能，我相信絕不會是我們當中的人。我的意思是，我之所以這麼肯定，是因為你可以從一個人的穿著認出他們來。我很肯定當時我們沒有人穿紅黑格子的套頭衫。」

「謝謝你，克勞馥小姐。」

接著被召喚的是艾姆林．派斯。他的敘述有如喬安娜的翻版。

隨後又有一些無關緊要的證據呈上來。

驗屍官下了結論。由於沒有充分的證據證明伊麗莎白．坦普小姐的死因，驗屍法庭將於兩星期後再度開庭。

17 瑪波小姐明察暗訪

從驗屍地點走回戈登堡旅館的途中，大夥兒誰都沒開口。汪斯岱教授和瑪波小姐並肩而行，而因為她走得不快，所以兩人稍稍落在大家之後。

「接下來會怎樣呢？」瑪波小姐終於開口問道。

「你的意思是指司法判決，還是指我們？」

「我想兩者都有吧，」瑪波小姐說，「因為其中一個必然會影響到另一個。」

「從那兩個年輕人提供的證據來看，照理說，警方還會針對這起案子做進一步的調查。」

「沒錯。」

「進一步的調查是必要的，驗屍法庭勢必要延期舉行。我想驗屍官不太可能對這件事做出意外死亡的判決。」

「我想不會。」她說，「你對他們提出的證據有什麼看法？」

汪斯岱教授的濃眉下掃過來銳利的一瞥。

「你對這件事有什麼看法嗎，瑪波小姐？」他的聲音帶有暗示意味。「當然，」汪斯岱教授說，「我們事前就知道他們會怎麼說。」

「沒錯。」

「我想你的意思是問，我對他們這兩人的看法和他們對這件事的感受吧？」

「耐人尋味，」瑪波小姐說，「很耐人尋味。紅黑格子的套頭衫。我覺得這很重要，你認為呢？那不是很惹眼嗎？」

「是，確實如此。」他又從他的濃眉下望她一眼。「那麼你對它到底有些什麼想法？」

「我認為，」瑪波小姐說，「我認為那件套頭衫的描述或許是一條寶貴的線索。」

他們回到戈登堡旅館的時候才十二點半，桑伯恩太太於是建議大家在午膳前先喝點飲料。大夥兒喝著雪利酒、番茄汁和其他飲料，桑伯恩太太做了個宣布。

「我聽從了驗屍官和道格拉斯檢察官的建議，」她說，「既然醫學證據已相當明確，追悼儀式將於明天早上十一點在教堂舉行。我會和本地的牧師考特尼先生一起做安排。至於後天，我想我們最好繼續旅遊。由於我們損失了三天，行程的安排約略有點改變，不過我想還是可以重做安排，選擇幾條比較簡單的路線走。我聽說有一兩位團員想回倫敦去，可能是以搭乘火車的方式離開。我很了解各位的感受，所以不打算對各位進行任何勸阻。發生這種事確實非常不幸，但我不得不認為，坦普小姐的死純粹是意外所致。過去那條步道也曾發生類似的意外，雖然這一回看不出任何地理或氣候方面的原因。我認為，官方還會做進一步的調查。當然，一些徒步旅行的遊客在行走之際，可能在無意間推動了大石頭，完全沒有意識到這對山下步行的人會造成危險。如果真是這樣，只要那人出來自首，真相很快就會水落石出。不過，我也知道目前我們不能確定真相必然如此。要說坦普小姐有個仇敵或是有人意圖加害於她，這似乎絕無可能，我因此建議各位，不要再討論這次意外了。地方當局會進行調查，那是他們的職責。我相信大家都會願意參加明天於教堂舉行的追悼儀式，等到儀式完畢，我希望大家能夠藉由繼續旅遊，讓心緒從這個打擊當中恢復過來。前面還有很多特別的名宅和非常美麗的景致可看。」

未久，有人宣布午餐開飯，大家於是不再討論這個話題……換句話說，不再公開討論。午餐後，大家端起咖啡走進大廳，三三兩兩聚成一堆，討論下一步的安排。

「你打算繼續旅行嗎？」汪斯岱教授問瑪波小姐。

「不，」瑪波小姐若有所思地說，「我不打算繼續。我想……這起意外讓我想在此地多逗留一段時間。」

「你是說，留在戈登堡旅館，還是老莊園？」

「那要看我會不會再度受到邀請，回老莊園去住。我不想主動提出要求，因為當初她們只請我去住兩晚，也就是旅行團預計在本地逗留的那兩晚。我想，我最好留在戈登堡旅館。」

「你不想回聖瑪莉米德去？」

「還不想，」瑪波小姐說，「我想我在這裡還有幾件事可做。有一件我已經做好了，」她迎向他詢問的目光。「如果你打算繼續和旅行團同行，」她說，「我就把我握有的情報告訴你，同時提供你一條可從側面調查的線索，那條線索可能會有用。至於我留在此地的另一個原因，以後我再告訴你。我打算進行一些調查……本地的調查。說不定什麼結果也沒有，所以我想現在還是別提的好。你的決定呢？」

「我想回倫敦去，那裡還有工作等著我做。除非……呃，我在這裡能夠幫上你什麼忙嗎？」

「沒有，」瑪波小姐說，「此刻我還沒想到你能幫什麼忙。我想你也有自己的調查要進行吧。」

「我參加這次旅遊是為了和你見面，瑪波小姐。」

「但你已經見到我，也得知我知悉的一切，而且你還有其他調查要做；這我能理解。不過在你離開此地之前，我想還有幾件事情……呃，可能會有用處，或許能查個結果出來。」

「原來如此。你心裡已經有數了？」

「我只是回想了你說過的話。」

「或許你已經嗅到了罪惡的氣味？」

「要知道身旁那股不對勁的氛圍代表什麼，」瑪波小姐回答，「並不容易。」

「但是你已經感覺到這股氛圍有不對勁的地方？」

「噢，是的，非常明顯。」

「尤其在坦普小姐死後。她的死當然不是意外……不管桑伯恩太太怎麼說。」

「沒錯，」瑪波小姐說，「她的死當然不是意外。我想我沒告訴過你，坦普小姐有一回對我說，她正在進行朝聖之旅。」

「有意思，」教授說，「確實有意思。她沒告訴你她在朝什麼聖嗎？是去什麼地方？還是去見什麼人？」

「沒有，」瑪波小姐說，「如果她活得久一點，而且不是那麼虛弱，她很可能會告訴我。只是不幸得很，死神來得太快了些。」

「所以，你對這一點並沒有更多頭緒？」

「沒有。我只是很確定，她的朝聖之旅被某個邪惡的計謀給打斷了。有人想阻止她去她的目的地，要不然就是不想讓她見她打算造訪的人。我們只能希望命運或是老天在這方面給我們一點啟示。」

「這就是你要留在這裡的原因？」

「不只是這個，」瑪波小姐說，「我還想多知道一個名叫諾拉．布羅德的女孩的事情。」

「諾拉．布羅德。」他的神情有點不解。

「就是那個和微綠蒂．亨特差不多同時失蹤的女孩。你記得吧，你對我提過她。據我所知，這女孩有一大堆男朋友，而且非常喜歡招蜂引蝶，是個很笨的女孩，不過對異性顯然很有吸引力。我認為，」瑪波小姐說，「對她多了解一些，對我的調查可能會有幫助。」

「那你就好自為之吧，瑪波偵探。」汪斯岱教授說。

§

第二天早上，追悼儀式於教堂舉行，旅行團的成員全都到了。瑪波小姐在教堂內四下望了望，幾個本地人也來了。格林太太和她的姐姐克羅蒂來了，可是最小的安希雅沒有參加。還有幾個從鄉下來的人，他們大概不認識坦普小姐，來這裡只是出於對這樁大家稱為「謀殺暴行」的病態好奇心。還有一位老牧師，打著綁腿，看來已有七十多歲。瑪波小姐暗忖，好一個肩寬體闊的老人，一頭高貴有如鬃毛的白髮。他有點跛，無論跪或站都很困難。她心頭暗想，這人相貌堂堂，不知是什麼人。她想大概是伊麗莎白．坦普的老朋友吧，從遠方趕來參加這場告別儀式。

大家魚貫步出教堂的時候，瑪波小姐和同伴們交談了幾句。現在她很清楚什麼人準備做什麼。巴特勒夫婦打算回倫敦去。

「我跟亨利說，我不可能再繼續旅行下去，」巴特勒太太說，「你知道，我老覺得只要我們轉個彎，隨時都可能有個什麼人朝我們開槍或是丟石塊。也許有人對這種遊覽英國名宅的旅遊有反感？」

「好了，瑪蜜，好了，」巴特勒先生說，「你就別再胡思亂想了。」

「唉，這年頭什麼都說不準。搶劫、綁架、勒索，什麼事情都有，我到哪裡都沒有安全感。」

老藍姆莉小姐和班瑟小姐打算繼續旅行，她們的憂心已經無影無蹤。

「我們為這次旅行花了不少錢，如果光是因為這起不幸的意外而錯過什麼，那不是太可惜了。昨天晚上，我們打了個電話給我們一個很好的鄰居，他說他會照顧貓兒，所以我們不必擔心了。」

藍姆莉小姐和班瑟小姐認為這只是一次意外。她們認為這樣想比較放心。

賴里波特太太也打算繼續旅遊。沃克上校夫婦下定決心，無論如何不錯過後天要參觀的那座大量栽種稀有晚櫻科植物的庭園。建築師詹森也以自己的意願為依歸，打算繼續去看他極感興趣的建築。卡斯珀先生則說他準備乘火車告別了。庫克小姐和巴羅小姐似乎還沒有決定好。

「這裡的步道挺好的，」庫克小姐說，「我想我們會在戈登堡旅館多住幾天。你也打算這樣做，是不是，瑪波小姐？」

「確實是的，」瑪波小姐說，「如果繼續旅遊奔波，我可能會受不了。發生這樣的事情後，我想休息一兩天對我比較好。」

這一小撮人分道揚鑣後，瑪波小姐朝一條不顯眼的小路走去。她從提袋中取出筆記本上撕下的一頁紙，上頭寫了兩個地址，第一位是布萊基太太，住在這條斜向山谷而開的小路尾端一棟帶花園的精巧小屋。一個嬌小、整潔的女人開了門。

「請問是布萊基太太？」

「是的，夫人，我就是。」

「不知道我可不可以進去和你談幾分鐘？我剛參加追悼儀式出來，覺得有點頭暈，能不能讓我在這兒坐著歇一會？」

「唉，我真替你難過。快進來吧，夫人，快進來。來，你就坐在這兒，我去替你倒杯水……還是幫你沏壺茶？」

「不用了，謝謝你，」瑪波小姐說，「開水就行了。」

布萊基太太端著一杯水回到客廳，她懷著期盼的心情，打算大談失調、暈眩之類的種種疾病。

「你知道，我有個侄子就是這樣，以他的年紀不該如此，也不過五十出頭，但他動不動就暈過去，除非馬上坐下來。唉，你不知道，有時候他就這麼暈倒在地上。可怕，真可怕。而醫生好像也無能為力。來，這是你的水。」

「啊，」瑪波小姐邊喝邊說，「我覺得好多了。」

「你參加了追悼儀式？就是那個被殺——呃，有人這麼說——還是意外過世的可憐女人是吧？要我說，這種事情無一不是意外，但法醫和驗屍審訊老把這種事情弄得像犯罪事件。

他們就是這樣。」

「噢，確實，」瑪波小姐說，「以前我也聽過不少這種事，每回聽到都會難過個老半天。我還聽到很多一個叫諾拉的女孩的事。我想，她的名字是諾拉·布羅德。」

「噢，你是說諾拉。沒錯，她是我弟妹的女兒。沒錯，事情很久了，確實很久了。有一回她出門就再也沒回來。這些女孩子，你真是管不住她們。我常對南西·布羅德，也就是我弟妹說：『你整天在外工作，你曉得諾拉在做什麼嗎？你知道她總愛跟男孩子攪和，唉，我說，『會出事的，你等著瞧好了。』果然被我說中了。」

「你的意思是……」

「唉，是常見的麻煩事。沒錯，她懷孕了。你知道，我想我那南西弟妹到現在還不知道哩。不過，當然，我已經六十五了，一看就知道怎麼回事；我從女孩的神色當中就看得出有問題。我想我知道小孩的爸爸是誰，只是不確定。說不定是我弄錯了，因為他一直住在那裡，而且諾拉失蹤以後，他還真是傷心呢。」

「她是離家出走的，對吧？」

「呃，她搭了某個男人——一個陌生人——的便車離開，那是她最後一次被人看到。我已經忘了汽車的模樣，它的名稱也很好笑，叫『奧蒂特』還是什麼的。不管怎麼說，有人看過她有一兩回上過那輛車。那天她就是搭這輛車離家的，而且我聽說那個後來遭到謀殺的女孩也常搭這輛車。不過我不認為諾拉被人殺了；如果她被人殺了，現在總該找到屍體，你說對吧？」

「說得也是，」瑪波小姐說，「她在學校方面的表現還好吧？」

「啊，才不呢。她很懶，讀書也不靈光。不，她打十二歲起就一心戀著男孩子，我想她最後一定是和什麼人跑了。只是她從來不讓人知道她的心思，就連一張明信片也沒寄過。你知道，我想一定是哪個人答應要給她東西，所以她就跟那人跑了。我認識一個女孩，那是我年輕的時候，她和一個非洲人跑了。他告訴她，他父親是個『嚇客』（酋長）。挺好笑的字眼，不過總之是個大人物，好像是在非洲什麼地方或是阿爾及利亞。對了，是阿爾及利亞，就是那一帶。那人說要給她各式各樣的好東西。她說那男孩的父親有六匹駱駝和一大堆的馬，她會住在漂亮的房子裡，四周的牆壁掛滿氈毯……牆上掛地毯，聽起來挺可笑的。她就這麼跑了。三年後，她又回來了。唉，她過的日子可真是恐怖，可怕極了。他們住在一間髒兮兮的泥屋裡，除了一種叫作『可斯可斯』的東西，什麼都沒得吃。我以前總以為可斯可斯是種萵苣，不過好像不是，比較像是麥粉布丁之類的。噢，真恐怖。後來他說她對他沒有用處，要和她離婚。她說他只要對她說三遍『我要和你離婚』就可以離成。他真的這麼做了，然後就走出家門，一去不回。後來有個社會機構找到了她，幫她出了回英國的路費，她就回來了。啊，這是三、四十年前的往事，而諾拉出走才不過七、八年。不過我想等她學到教訓，知道那些漂亮的空話不可能當真，總有一天會回家來。」

「除了她母親，也就是你的弟妹之外，她在本地還有什麼人可以投靠呢？」

「噢，不少人對她都很好。你知道，住在老莊園的人就是。格林太太那時候還沒搬來，不過克羅蒂小姐對上過學的女孩一向很和善。沒錯，她送給諾拉不少很好的禮物。有一回，她送給她一條非常高級的圍巾和一件漂亮的衣服。那件衣服真的很漂亮，是夏天穿的，薄軟絲綢做的。啊，她真的很好，我是說克羅蒂小姐。她費盡心思，想讓諾拉對書本有興趣。這種事她做了不少。她勸諾拉別再那樣下去，因為你知道……呃，這種事我其實不願提，倒不是因為她是我弟妹的孩子，我所謂的弟妹其實只是她嫁給了我表弟而已。我的意思是，諾拉成天和男孩子鬼混，誰都可以讓她上當，真的很糟糕。我得說她到頭來一定會流落街頭，除此之外，我不相信她會有什麼前途。我不想這麼說，可是事實如此。不管怎麼說，這樣總比老莊園那個被人殺了的亨特小姐要好吧。那件事可真殘忍。警方聽說她和什麼人一起私奔了，就開始忙著找她。他們把那些曾經和她接觸過的年輕人都找來，問這問那的。傑佛瑞・格蘭、比利・湯普森，還有蘭福特家的哈利，全都是遊手好閒之輩。其實只要他們願意，有的是工作可做。我年輕時可不是這樣。那時候的女孩子很規矩，男孩子也知道如果想出人頭地，非得努力工作不可。」

瑪波小姐又聊了幾句。她說她的精神已經恢復，在謝過布萊基太太後就離開了。

她下一個探訪的對象是個種萵苣的少女。

「諾拉・布羅德？噢，她早就不住在村子裡了。她和什麼人一起跑了。她對那些男孩子都是主動投懷送抱，我那時候常想，不知道她最後的下場會有多慘。你找她有什麼特別的事情嗎？」

「我收到國外一個朋友的來信，」瑪波小姐撒了個謊。「是個很好的家庭，他們想雇用一個叫作諾拉・布羅德的小姐。我想她是遇到了什麼麻煩。聽說她和一個壞胚子結了婚，那傢伙遺棄了她，和別的女人跑了。她來應徵工作，想照顧我朋友的小孩。我那朋友對她一無所知，不過我想她既然是這裡長大的，或許有人可以……呃，告訴我一些她的事情。我聽說你是她的同學？」

「噢，是的，我和她同班，確實是。我可跟你說，她很多行為我是不贊成的。她簡直就是個花癡，你知道。我那時候也有個很好的男朋友，我打算和他固定交往，所以我就對她說，她這樣隨隨便便跟男人勾搭對她一點好處也沒有，不管張三還是李四，若有人說要帶她搭車兜風或是上酒館，她就去了。當然，她如果上酒館，很可能會謊稱自己的年齡。她是個很成熟的女孩子，看起來比實際年齡大。」

「她的頭髮是黑色還是金色的？」

「噢，是黑頭髮，挺漂亮的，是呀，總是披散下來，你知道，就像女孩子常做的打扮。」

「她失蹤以後，警方有沒有很擔心？」

「有。你知道，她一句話都沒說就離開了。一天晚上她出門後，就再也沒回來。有人看見她坐進一部車，可是之後再也沒人看過那部車，也沒再看過她。你知道，那時候剛好發生了很多謀殺案。雖然不見得都在附近，不過都在本鄉之內。警方逮捕了不少年輕小夥子。那時候我們以為會找著諾拉的屍體，可是沒有。她應該沒事。我敢說她現在很可能在倫敦或是哪個大城市裡賺辛苦錢，跳脫衣舞之類的。她就是那種人。」

「如果她真是你說的那樣，」瑪波小姐說，「我想她不適合替我那朋友做事。」

「如果真要適合，她可有得改了。」這個女孩說。

18 薄拉宗副主教

拖著疲憊不堪的身軀，瑪波小姐有點上氣不接下氣地回到了戈登堡旅館。才剛進門，櫃檯人員就從櫃後走出，趨向前來迎接她。

「噢，瑪波小姐，這裡有位客人想跟你談談。是薄拉宗副主教。」

「薄拉宗副主教？」瑪波小姐露出迷惑的神情。

「是的，他一直在找你。他聽說你參加了這個旅行團，希望在你離開此地或是去倫敦之前和你談談。我告訴他，有些人今天下午會搭晚班火車回倫敦，可是他非常急著要在你離開之前和你談談。我已經將他請到電視室去等你。那裡比較安靜。其他地方目前都很吵。」

瑪波小姐帶著訝異走進了電視室。原來薄拉宗副主教就是她在追悼會上見過的那位老牧師。

他起身向她走來。

「你是瑪波小姐，珍．瑪波小姐嗎？」

「是的，我就是。您是……」

「我是薄拉宗副主教。今天早上我來參加伊麗莎白．坦普小姐的追悼儀式。她是我多年的老友。」

「噢，是嗎？」瑪波小姐說，「請坐吧。」

「謝謝，我正打算坐下來。我的體力不比從前了。」

他彎下身子，小心翼翼地坐進一張椅子。

「所以您……」瑪波小姐在他旁邊坐下。「呃，」她說，「您想見我？」

「噢，我先解釋這是怎麼回事。我知道，對你來說，我是個不折不扣的陌生人。事實上，我在來此地的教堂前曾經到卡瑞鎮醫院去了一下，和護士長談過話。她告訴我，伊麗莎白臨終前曾經要求和旅行團的一位成員見面，一位珍．瑪波小姐。而瑪波小姐在伊麗莎白去世前曾經去看望她，陪她坐了一段很短、很短的時間。」

他望著她的眼神甚是熱切。

「沒錯，」瑪波小姐說，「確是如此。她會找我去讓我很驚訝。」

「你是她的老友嗎？」

「不是，」瑪波小姐說，「我是在這次旅行當中才初次見到她，所以我才會感到訝異。我們曾經交談，在遊覽車上也曾同座，因此還算熟悉，可是我沒想到她竟然會在傷重之際要求見我。」

「確實。我可以想見你的訝異。一如我剛才所說，她是我多年的老友。事實上，她正打算來找我，看望我。我住在菲敏斯特，也就是你們這部車後天預定要去的地方。她原本安排好要到那兒去找我，她想和我談談，認為有些事或許我能幫忙。」

「原來如此，」瑪波小姐說，「我可以問你一個問題嗎？希望這問題不至於太冒昧。」

「當然可以，瑪波小姐。想問什麼就問吧。」

「坦普小姐曾經告訴我，她參加這次旅行不只是想遊覽古宅和花園。她形容這次旅行的時候，用了一個很不尋常的字眼：朝聖。」

「是嗎？」薄拉宗副主教說，「她真的這麼說？嗯，有意思。說不定這很重要。」

「所以我想問你，你認為她所說的朝聖，指的是去探望你嗎？」

「我想一定是，」副主教說，「沒錯，我想是的。」

「我們曾談到一個女孩，」瑪波小姐說，「一個名叫微綠蒂的女孩。」

「啊，沒錯，微綠蒂．亨特。」

「我本來不知道她的姓。坦普小姐提到她的時候只說她叫微綠蒂。」

「微綠蒂．亨特已經死了，」副主教說，「死了好幾年。你知道這件事嗎？」

「是的，」瑪波小姐說，「我知道。坦普小姐曾經跟我談起她。她告訴我一些我原本不知道的事，說微綠蒂曾經和拉菲爾先生的兒子訂過婚。拉菲爾先生是我的一個朋友，承蒙他的好意，為我負擔了這次旅行的全部花費。不過，我想他很可能是要我在這次旅行當中和坦普小姐見面，而他也確實這麼安排了。我想他是認為她可以告訴我一些訊息。」

「關於微綠蒂的事情？」

「是的。」

「原來這就是她要來找我的原因。她想知道一些內情。」

「她是想知道，」瑪波小姐說，「微綠蒂為什麼會違背婚約，沒有嫁給拉菲爾先生的兒子。」

「微綠蒂，」薄拉宗副主教說，「並沒有違背婚約，這一點我可以肯定。我可以百分之百肯定。」

「但坦普小姐並不知道，對吧？」

「她是不知道。我想她對這一切感到不解，也很不悅，所以打算來問我婚禮為什麼沒有舉行。」

「為什麼婚禮沒有舉行？」瑪波小姐問，「請別以為我太過好奇。我之所以這麼問並非出於無聊。我其實也是……不是朝聖，不妨說是有任務在身吧。我也想知道為什麼邁克·拉菲爾和微綠蒂·亨特沒有結婚。」

副主教仔細端詳了她半晌。

「你也被捲進這件事情來了，」他說，「我看得出來。」

「我之所以被捲進來，」瑪波小姐說，「是因為邁克．拉菲爾的父親臨終的遺願。我是受他之託這麼做的。」

「我沒有理由不把我知道的都告訴你，」這位副主教幽幽說道，「你問我伊麗莎白．坦普打算問我什麼，這等於在問一個我自己也不知道答案的問題。瑪波小姐，這兩個年輕人是打算要結婚。他們已經做好結婚的準備，我也準備去為他們證婚。據我想，這是一次祕密的婚禮。兩個年輕人我都認識。我認識可愛的微綠蒂已經很久了，她的堅信禮就是我替她做的。我過去常在四旬齋、復活節之類的節日到伊麗莎白．坦普的學校去主持各種儀式。那是一所非常好的女校。她是個非常完美的女人，也是個出色的教師，對每個女孩的才能瞭若指掌，知道什麼人最適合學什麼。她鼓勵那些她認為是事業型的女孩去開創事業，從來不勉強她們去做不適合她們的事。她是個偉大的女人，也是個非常可敬的朋友。微綠蒂是我所碰過最美的女孩，無論是精神、心靈和容貌，她都極為美麗。她很不幸，在成年之前就失去了雙親；他們是在搭乘飛機前往義大利度假途中遇難的。微綠蒂離開學校後，就搬來和克羅蒂．貝伯利史克小姐同住；你大概也知道她，她就住在本地。她是微綠蒂母親的一位好友，家有三姐妹，不過老二結婚了，長住在國外，所以只有姐妹倆住在這裡。克羅蒂是老大，她非常疼愛微綠蒂，竭盡所能讓她快樂生活。她帶她出國過一兩回，讓她去義大利學美術，對她是百般疼愛和照顧。微綠蒂也一樣，愛她就像愛自己的母親。她很依賴克羅蒂。克羅蒂自己是個有知識、有教養的女人，她並沒有硬要微綠蒂去讀大學，不過據我猜測，這是因為微綠蒂自己並沒有上大學的意願。她喜歡研究美術、音樂這類的東西。她住在老莊園裡，我相信過得很是滿足。她看起來總是那麼快樂。當然，自從她住到這裡來，我就沒再見過她，因為菲敏斯特，也就是我的教堂，離此地約有六十哩的路程。我在聖誕節之類的節日會寫信給她，她也總記得回聖誕卡給我。可是後來有段時間，我都沒聽到她任何消息，直到有一天，她突然出現在我面前。那時候她已長大成人，是個非常漂亮的女人了。和她在一起的是個體面的年輕人，那年輕人我也稍有耳聞，是拉菲爾先生的兒子邁克。他們來找我，是因為他們彼此相愛，想要互訂終身。」

「而你答應要為他們證婚？」

「是的，我答應了。瑪波小姐，你可能會認為我不該答應。很顯然，他們是偷偷找到我那裡去的。我可以想像，克羅蒂・貝伯利史克一定極力阻撓過他們的戀情。她是有權這樣做的。至於邁克・拉菲爾，我坦白告訴你，絕不是那種你希望你女兒或親戚會嫁的丈夫。微綠蒂其實太年輕，決定終身大事還嫌太早。而邁克自小就是個麻煩人物。他曾經被告上少年法庭、淨交些豬朋狗友、涉入好幾起幫派活動、破壞大樓和公共電話亭。他和好幾個女孩都有親密往來，身上老是擔負著身不由己的贍養責任。沒錯，不管在男女情事還是其他方面，他都是個壞胚子。可是他又極具魅力，那些女孩個個被他迷得神魂顛倒，癡傻得很。他曾經入獄服過兩次短期刑役。老實說，他有犯罪的前科。我認識他父親，雖然和他不是很熟，不過我認為他父親已經盡了一切努力來幫助這個兒子。兒子有難他去營救，又為兒子物色穩當的工作，償還債務，支付罰金，能做的他都做了。我不知道……」

「但你認為他其實還可以更盡力？」

「我不這麼認為，」副主教說，「我活了這麼大把年紀，知道人必須接受別人天生就是某種人的事實。套句現代語彙來說，每個人的性格都是由天生的基因成分塑造而成的。我不認為拉菲爾先生愛他的兒子，他從來就沒有深深愛過他。我頂多可以說，他對兒子是有限度的喜歡，可是他不愛他。我不知道如果邁克擁有父親的愛，會不會爭氣些？說不定沒有什麼差別。果真如此，那是很可悲的。這孩子不笨，他有他的才能和頭腦。如果他願意，而且甘心吃苦，他是有可能出人頭地。可是，我們不妨直說，他天生就是個罪犯。他有讓人欣賞的特質、有幽默感，很多方面都是既慷慨又善良。他會為朋友兩肋插刀，幫助朋友脫離困境。可是他對女朋友很壞，一如本地人所說的，常常讓她們大了肚子後就棄之不理，跑去勾引其他女孩。所以，當時我面對的是這樣的兩個人。沒錯，我同意為他們證婚。我告訴微綠蒂，我十分坦白地告訴她，她要嫁的這個年輕人是什麼樣。我發覺他完全沒有欺瞞她。他告訴她，無論在警方紀錄還是其他方面，他向來是麻煩不斷。他告訴她，一旦和她結了婚，他就會洗心革面，重新做人。一切都會不一樣。我警告她，說這是不可能的，他不可能改變。人是不會變的，即使他有心想改。我想，微綠蒂其實心知肚明。她說她知道。她這麼說：『我知道邁克是什麼樣的人，我也知道他可能一輩子都依然故我，可是我愛他。我也許能幫他，也許不能，不過我想冒個險。』

「且讓我告訴你，瑪波小姐，我看得出來……我成全過不少年輕人，為許多年輕人證過婚。我看過結局悲慘的，也看過有人後來出乎意料地美滿。可是我知道，我看得出一對情侶是不是真心相愛。我說相愛，不只是指性的吸引。大家談性已經談得太多，對它也過於注意。我並不是說只要牽涉到性的東西都是錯的，那是胡扯。可是性不能取代愛。它伴隨著愛而來，但光靠性不可能成事。相愛意味著要步入婚姻，不管是好是壞、是窮是富、患病或健康，如果兩人因為相愛而想結婚，你們就得承擔義務。那兩個人彼此相愛，他們願意相愛相惜，直到死神讓他們分離為止。」副主教說，「我的故事就說到這裡。我無法再說下去，因為我不知道到底發生了什麼事。我只知我答應了他們的要求，做了必要的安排。我們訂下了日期、時間、地點。我想，或許這該怪我，因為我同意了他們的祕密婚禮。」

「他們不希望任何人知道？」瑪波小姐問。

「不希望。微綠蒂不想讓任何人知道，而我想邁克恐怕也一樣。他們害怕被人阻撓。我想，結婚對微綠蒂來說，除了代表愛情，也有點逃避的意味。當然，那是因為她人生境遇的關係。她失去了她真正的監護人，也就是她的父母。他們死後，她進入一個新的生活階段，正好是情竇初開、會迷戀某人的女學生年紀。她是個迷人的女孩，從許多方面看都是如此。她是體育好手，數學高材生，是級長也是班上的大姐姐。這個階段不會持續很久，只是你生命中很自然的一部分。接著你會邁入下一階段，那時候你會想用男女關係來填補生活。你開始在你周遭尋找配偶，一個你希望擁有的人生配偶。如果你夠明智，你會慢慢來。你會交朋友，不過你會像以前的老保母對女孩子說的那樣，『慢慢等待白馬王子出現』。克羅蒂．貝伯利史克對微綠蒂非常之好，而微綠蒂回報給她的，我想可以稱作是一種英雄崇拜。就女人而言，她是很出色的；漂亮、能幹、風趣。我認為微綠蒂幾乎是以一種浪漫的情操來愛她，而克羅蒂也把微綠蒂當成自己的女兒一樣疼愛。所以微綠蒂是在一種愛的氛圍下成熟長大，她過著活潑的生活，天天和各種足以激發她智能的有趣科目為伍。那種生活是快樂的，不過我認為，雖然她自己並沒有意識到，但她在潛意識裡逐漸生出一種欲望……我們姑且稱為逃離的欲望吧，想要逃離這種被愛的生活。至於逃到哪裡、逃向什麼，她並不知道。可是當她遇見了邁克，她知道了。她要逃往一種新生活，在那個世界裡，一男一女可以共同創造他們的未來。可是她知道，要讓克羅蒂了解她的感受有如癡人說夢。她知道克羅蒂一定會強烈反對她以這麼認真的態度去愛邁克。而我想，恐怕克羅蒂是對的。我現在明白了。他不是適合微綠蒂的丈夫。她選的路並沒有走向生活，沒有走向蓬勃的生氣和幸福歸宿，而是走向打擊、痛苦和死亡。你知道，瑪波小姐，我感覺非常內疚。我的動機是好的，但我那時沒有領悟到。我了解微綠蒂，卻不了解邁克。我明白微綠蒂保密的原因，因為我了解克羅蒂．貝伯利史克，她的個性非常剛烈，她很可能對微綠蒂施加壓力，影響之大足以讓她打消結婚的念頭。」

「所以你認為她真的就是這麼做了？你認為克羅蒂把邁克的事情一五一十告訴了她，勸她打消嫁給他的念頭？」

「不，我不認為。直到現在我還是不這麼認為。如果是這樣，微綠蒂會告訴我，她會傳話給我。」

「那天到底發生了什麼事？」

「我正打算告訴你。日期、時間、地點都定了，於是我靜心等待，等著新郎和新娘的到來。結果他們沒來。沒有口信，沒有原因，什麼都沒有。我不知道為什麼！直到現在我還是不知道。我對這件事感到難以置信。我說難以置信，不是說他們沒來，這倒容易解釋；而是他們完全沒有片語隻字，連胡亂寫幾行字都沒有。這就是我感到納悶的原因，而我希望坦普小姐在臨終前告訴了你什麼，或是有口信傳給我。如果她知道或是覺得自己即將大去，她或許會想帶個口信給我。」

「她是想從你那裡打聽一點事情，」瑪波小姐說，「我相信，那就是她打算去找你的原因。」

「是的，恐怕是這樣。你知道，我認為微綠蒂對那些可能阻止她的人照理說會守口如瓶，例如對克羅蒂和安希雅．貝伯利史克。不過她向來很敬重伊麗莎白．坦普。伊麗莎白．坦普對她影響很大，所以依我看，她可能寫過信給她，告訴她一些事情。」

「我想她是寫過信給她。」瑪波小姐說。

「告訴她這件事情，是嗎？」

「她告訴伊麗莎白．坦普小姐，」瑪波小姐說，「說她打算和邁克．拉菲爾結婚。坦普小姐知道這件事。她生前曾經對我提過。她是這麼說的：『我認識一個名叫微綠蒂的女孩，她曾打算嫁給邁克．拉菲爾。』唯一會把這件事告訴她的人只有微綠蒂自己。微綠蒂一定寫過信或傳過字條給她。當時我就問：『她後來為什麼沒嫁給他？』她回答：『她死了。』」

「這麼說來，我們的故事全都斷了線，」薄拉宗副主教一面說，一面嘆了口氣。「伊麗莎白和我知道的事實只有兩項。伊麗莎白知道微綠蒂打算嫁給邁克，而我知道他們準備結婚，也做好了安排，在訂好的日期和時間會出現。所以我等著他們，可是婚禮始終沒舉行。沒有新娘，沒有新郎，什麼也沒有。」

「你完全不知道發生了什麼事？」瑪波小姐問。

「我絕對不相信微綠蒂會和邁克分手或是鬧翻。」

「但他們兩人之間一定發生了什麼事吧？也許微綠蒂看到了某件事情而讓她恍然大悟，察覺到邁克的為人和個性有些她未意料到的地方。」

「這不是一個令人滿意的答案，因為即使如此，她還是會讓我知道。她不會讓我一直空等，等著為他們福證。撇開最匪夷所思的一面不談，她是個禮數周到、深有教養的女孩，她至少會送個訊息來的。可是她沒有。所以，恐怕只有一個可能。」

「死亡？」瑪波小姐問。

她憶起伊麗莎白．坦普對她說過的那個字，它就像深沉的鐘聲，深深震撼了她。

「是的，」薄拉宗副主教嘆息道，「死亡。」

「為了愛。」瑪波小姐若有所思地說。

「你的意思是……」

他猶豫著沒說下去。

「那是坦普小姐對我說的。我問：『為什麼她會死呢？』她回答：『為了愛。』還說愛是世界上最使人害怕的字眼之一。」

「我明白了，」副主教說，「我明白了。或者說，我想我明白了。」

「你的解釋是什麼呢？」

「人格分裂，」他邊嘆息邊說，「這種人格別人是看不出來的，除非他們具備專業的訓練，才可能觀察得到。你知道，吉柯和海德[13]都是活生生的人物。你知道，他們不是史蒂文生憑空揑造出來的。邁克·拉菲爾是個……他一定患過精神分裂。他有雙重人格。我沒有醫學方面的知識，也沒有精神分析的經驗，不過他身上一定存在著兩個不一樣的人。一個是善良、人見人愛的男孩，這個男孩最大的魅力或許就在於他對幸福的渴望。可是他身上同時存在著第二重人格，這種人很可能在變態心理的驅使下（是不是這樣我們並不確定）去殺人，

13　吉柯（Jekyll）和海德（Hyde）是蘇格蘭小說家羅伯·路易斯·史蒂文生（Robert Louis Stevenson, 1850-1894）的《化身博士》（*Dr. Jekyll and Mr. Hyde*）書中的人物，吉柯醫生發現兩種藥，一種可以讓他變成凶惡狂暴的海德，另一種可讓他變回原來的善良紳士。

而他殺的不是敵人，而是他所愛的人。所以他殺死了微綠蒂。沒人知道他為什麼這樣做，也不知道它意味著什麼。這個世界上有許多令人驚駭的事。有人心理不正常，有人心理變態，有人大腦有缺陷。我的教區有個教眾就是這種悲慘的實例。有兩個老太太住在一起，她們都靠養老金過活。她們曾在同一個地方幫傭，後來結為朋友。她們看起來是很好的朋友，可是有一天，其中一個殺了另一個。她請人去把她一個老朋友找來，那人是她教區裡的牧師，她對他說：『我把露易莎殺了，真是不幸。』可是她又說：『但我在她的眼裡看到了魔鬼，我知道這是我得到的命令，我必須殺死她。』有時候，我們會因為這樣的事而對生命絕望。你會問，為什麼？怎麼會這樣？可是總有一天，原因會浮現。醫生會發現、查出某個染色體或是基因出現了小小的缺陷，要不然就是什麼腺體過於旺盛或失去了功能。」

「所以你認為這就是事發的原因？」瑪波小姐問。

「事情確實發生了。我聽說屍體過了很久都沒找到。微綠蒂失蹤了，她從家裡出去後就沒人再看過她。」

「可是當時，我是指出事當天，一定發生過什麼事……」

「不過在審判期間……」

「你的意思是，在屍體被發現而警方將邁克逮捕之後？」

「你知道，他是警方第一批找去協助破案的人。有人看到他和那女孩在一起，也有人看到她在他的車子裡。他們相信他就是警方要找的人。他是他們心目中的頭號嫌疑犯，對他的懷疑從來就沒斷過。其他認識微絲蒂的男生也都被找去訊問，可是每個人都有不在場證明，要不就是沒有足夠的證據讓人起疑。警方還是懷疑邁克，最後終於找到了屍體。她被人勒死，頭和臉被砸得變了形。這是瘋狂的攻擊。他在下毒手的時候神志並不健全。我們不妨這麼說，他那時候的顯性人格是海德那個魔鬼。」

瑪波小姐不寒而慄。

副主教繼續說下去，他的聲音低沉而哀傷。

「可是，即使到現在，我還是希望而且覺得殺害她的凶手另有其人。或許是個心理有病的人，雖然誰也沒看出來。說不定是她在附近遇見的某個陌生人。某個她偶然遇到、邀她搭便車，然後……」

他搖搖頭。

「我想這是可能的。」瑪波小姐說。

「邁克在法庭上給大家留下一個壞印象，」副主教說，「淨說些又蠢又無聊的謊話。他對車子的下落說謊，還要他的朋友替他提供一些天馬行空的不在場證明。他嚇壞了，對於準備結婚的計畫隻字未提。我相信他的辯護律師認為他如果說出來會對他不利，會讓大家以為她逼他結婚，但他並不想娶她。事隔那麼久了，我已經記不清細節。可是證據對他絕對不利。他有罪，而且看起來就是一副有罪的模樣。

「所以，瑪波小姐，你該知道，我非常痛苦，也非常傷心。我做了錯誤的判斷，鼓勵了一個至為溫柔可愛的女孩走向死亡，只因為我對人性沒有足夠的認識。我完全沒想到她冒的風險有多大。我當時相信，如果她對他存有任何恐懼，或是突然察覺到他的性格中有邪惡的因子，她一定會背棄要嫁給他的誓言，到我這兒來，把她的恐懼或她察覺到的他告訴我。可是這樣的事並未發生。他為什麼要殺她？是因為他知道她有了身孕嗎？是因為當時他和另一個女孩有了牽連，所以不願被微綠蒂逼著結婚？我不相信。還是因為某個全然不同的原因？是因為她突然對他感到畏懼，發現他身上存有潛在的危險，所以和他斷絕了往來嗎？是因為他因此被激怒，所以凶性大發而將她殺害了嗎？誰也不知道。」

「你是不知道，」瑪波小姐說，「但你還是相信一件事，對吧？」

「你所謂『相信』的確切含義是什麼？你是指從宗教的觀點來看？」

「噢，不是，」瑪波小姐說，「不是那個意思。我的意思是，你似乎深深相信——至少我這麼覺得——這對情侶彼此相愛，他們打定主意要結婚，可是發生了某件事而無法如願。那件事雖然以她的死亡作為終結，但你依然相信，他們那天確實打算去你那兒舉行婚禮？」

「你說得非常對，親愛的瑪波小姐。是的，我還是忍不住要這麼相信。我相信這兩個人真心打算結婚，不管是好是壞、是窮是富、有病或健康，他們永遠都願意是對方的另一半。她愛他，所以無論將來是好是壞，她對他都會全盤接受。而就她所遭遇到的後果來看，她選擇的是更壞的他，為她帶來了死亡。」

「繼續相信你所相信的，」瑪波小姐說，「你知道，我也這麼認為。」

「可是相信又怎麼樣呢？」

「我還不知道，」瑪波小姐說，「我還不確定，不過我想伊麗莎白．坦普知道或是漸漸得知了當時發生的事情。『愛』，一個令人恐懼的字眼，她這麼說。我認為她這麼說，意思是，微綠蒂因為愛而自殺了。因為她發現了邁克的祕密，或是邁克的一些行徑令她突然憤怒或厭恨起他來。但她不可能自殺。」

「不可能，」副主教說，「絕不可能是自殺。她的傷勢在法庭上描述得非常詳細。你絕對不會敲碎自己的腦袋來自殺。」

「可怕！」瑪波小姐說，「太可怕了！而你不可能對你深愛的人下這樣的毒手，就算為了愛而不得不殺人也不可能，對吧？如果是他殺了她，他不可能用那種方法。勒死她或許還可能，可是你不會把你愛人的臉和頭砸得稀爛。」她喃喃說道：「愛，愛，一個令人害怕的字眼。」

19 道別

翌日清晨，遊覽車在戈登堡旅館前面停下。瑪波小姐下樓來和幾位朋友道了再見。她發覺賴里波特太太的情緒很是憤慨。

「真是的，現在的女孩子，」她說，「既無活力，又沒衝勁。」

瑪波小姐帶著詢問的眼神望著她。

「我是指喬安娜，我的侄女。」

「噢，老天，她不舒服嗎？」

「哼，她自己說她不舒服，我倒看不出她有什麼毛病。她說她喉嚨痛，感覺快要發燒了。我想，全是胡扯。」

「噢，我為她難過，」瑪波小姐說，「需要我幫忙照顧她嗎？」

「如果我是你，就不去管她，」賴里波特太太說，「如果你問我，我會說那全是藉口。」

瑪波小姐詢問的眼神再度望向她。

「女孩子就是傻，動不動就墜入情網。」

「艾姆林．派斯？」瑪波小姐問。

「噢，原來你也注意到了。沒錯，他們的確在談情說愛。可是我對他沒什麼好感。你知道，不過就是個頭髮留得老長的學生罷了，老是在示威之類的……為什麼他們不把它好好說成『示威活動』？我最討厭簡稱。還有，那我要怎麼往下走？沒有人照顧我，沒人替我收拾行李，拿進拿出的。這趟旅行跟所有的花費可都是我出的。」

「我認為她對你十分盡心呢。」瑪波小姐說。

「呃，前一兩天就沒有了。人到中年總得有點積蓄，這種事年輕女孩不懂。他們好像有個荒謬的念頭——她和派斯——打算去朝山訪岳，往返大概有七、八哩路。」

「可是如果她真的喉嚨痛、發燒……」

「你很快就會看到，等遊覽車一走，她喉嚨就不痛了，燒也退了，」賴里波特太太說，「噢，老天，我們得上車了。噢，再見，瑪波小姐，真是幸會。可惜我們得分道揚鑣了。」

「我也覺得很遺憾，」瑪波小姐說，「不過說真的，賴里波特太太，你知道，我不像你那麼年輕有活力，再說經過這陣子的驚嚇，我確實得休息個二十四小時才行。」

「那我們後會有期了。」

兩人握過手，賴里波特太太登上了遊覽車。

瑪波小姐聽到身後有人說話。

「旅途平安，一路順風。」

她轉過身去，看到的是艾姆林．派斯，他正露齒微笑。

「這話是對賴里波特太太說的嗎？」

「沒錯。不然還有誰呢？」

「我很遺憾，聽說喬安娜今天早上身體不舒服。」

艾姆林．派斯再度對瑪波小姐露齒而笑。他說：「等車子一走，她就沒事了。」

「噢，真是的！」瑪波小姐說。「你的意思是……」

「沒錯，我的意思是，」艾姆林．派斯說，「喬安娜已經受夠那個成天把她差使得團團轉的姑媽了。」

「那麼你也不打算繼續搭車遊覽了？」

「沒錯，我準備在這裡待兩天。我想悠閒一陣，到處遊歷遊歷。別這麼不以為然的樣子，瑪波小姐。你其實沒有那麼不贊成，對吧？」

「對，」瑪波小姐說，「我自己年輕時也做過這種事，只是藉口或許不同。不過，我想我們那時候跑得掉的機會比你們少多了。」

沃克上校和沃克太太走上前來，熱情地和瑪波小姐握手。

「很高興認識你，也很高興和你談了這麼多園藝的事情，」上校說，「相信我們後天一定能夠大飽眼福……如果不出意外的話。確實，這次意外太不幸了。我得說這一定是意外。我認為驗屍官對這件事實在太小題大做了。」

「很奇怪，」瑪波小姐說，「為什麼沒有人出來承認呢？我是說，如果有人去過山頂，推動了岩塊、巨石之類的，為何沒人出面說明。」

「當然是因為怕大家怪罪，」沃克上校說，「他們一定會守口如瓶，什麼也不打算說。好了，再見了。我會寄給你一株長茸木蓮樹的插枝和一株紅木山茶樹，不過我不確定這些植物在你家鄉會不會長得好。」

他們依次登上遊覽車。瑪波小姐轉身走開，一回頭就看到汪斯岱教授正對著即將離開的遊覽車揮手。桑伯恩太太走出旅館，和瑪波小姐告別後步上車子。瑪波小姐挽起汪斯岱教授的手臂。

「我需要你幫忙，」她說，「我們找個地方談談如何？」

「好。我們前幾天坐的地方怎麼樣？」

「我想這兒就有個非常漂亮的廊道。」

他們繞過旅館轉角。快樂的喇叭聲傳來，遊覽車開動了。

「你知道，我其實挺希望，」汪斯岱教授說，「你沒有留下來。我情願看你平平安安地踏上遊覽車離開這裡。」他銳利的目光望著她。「你為什麼要留下來呢？是因為精疲力竭還是另有原因？」

「是因為另有原因，」瑪波小姐說，「我其實不覺得特別累，雖然對我這種年紀的人來說，這倒是個順理成章的藉口。」

「而我覺得我應該留下來照顧你。」

「不，」瑪波小姐說，「你不必這麼做。你有其他的事情要做。」

「什麼事情？」他望著她。「你有什麼想法或看出什麼端倪了嗎？」

「我想我是看出了一些端倪，不過有待證實。有些事我自己做不了，我想這方面你可以幫我，因為你和那些所謂的當權人士有往來。」

「你的意思是蘇格蘭警場、局長和皇家監獄的典獄官？」

「是的，即使不是他們全部，也是其中一些。說不定連內政部長也會聽你的。」

「你真是異想天開！好吧，你要我做什麼呢？」

「首先我要把這個地址給你。」

她掏出一本筆記本，從上頭撕下一頁紙遞給他。

「這是什麼？噢，是個著名的慈善機構，對吧？」

「我認為它是最優良的慈善機構，他們做了很多善事。你可以送衣服給他們，」瑪波小姐說，「小孩衣服、女人衣服，短大衣，套頭衫等等。」

「你要我捐衣服給它？」

「不，我只是請你行行善，而這正是我們——你和我——在做的事情。」

「怎麼個行善法呢？」

「我要你去調查一個包裹。那件包裹是兩天前從本地寄出去的，就從這裡的郵局。」

「是誰寄的？你嗎？」

「不，」瑪波小姐說，「不是我。不過照理說我必須為它負責。」

「你這話是什麼意思？」

「我的意思是，」瑪波小姐微笑著說，「我跑去郵局，語無倫次地向他們解釋，呃，就這副老姑婆的模樣，說我糊里糊塗找人替我寄出一件包裹，但我把上頭的地址寫錯了。我為此非常懊惱。那位女局長很好心，她說她記得那件包裹，然而上頭的地址並不是我提到的那個，而是這一個，也就是我剛才交給你的地址。我的解釋是我太糊塗，所以寫錯了地址，把它和我偶爾也會寄東西去的另一家慈善機構搞混了。她告訴我為時已晚，這件事已無法挽回，因為那件包裹早就寄送出去了。我說那沒關係，我會寫封信給收到包裹的那家慈善團體，向他們解釋是我弄錯了地址，請他們把它轉寄給我原本要寄去的那家機構。」

「過程似乎非常曲折。」

「沒錯，」瑪波小姐說，「可是你總得有個說法吧。這件事我不打算去做，就交給你處理吧。我們必須知道包裹裡頭是什麼。我敢打包票，你絕對有辦法查到。」

「包裹裡有什麼東西可以讓我們得知寄件者是誰？」

「我想沒有。裡頭可能有張小紙條，寫著『朋友寄』；也可能是個假姓名和地址，例如皮品太太，西區園林十四號。而如果真有人跑去這個地址問，會發現那兒根本沒有這個人。」

「噢。還有其他可能嗎？」

「也有可能……雖然可能性微乎其微，不過還是可能……裡頭會夾著一張小紙條，寫著『安希雅・貝伯利史克小姐寄』。」

「難道是她……」

「是她把包裹拿到郵局去的。」瑪波小姐說。

「是你託她去寄的？」

「噢，不是，」瑪波小姐說，「我沒有託任何人寄過任何東西。我第一次看到那個包裹，就是你和我坐在戈登堡旅館花園裡談話的時候。當時安希雅提著它經過我們。」

「可是你跑去郵局，說那包裹是你的。」

「是的，」瑪波小姐說，「我沒說真話。不過郵局很謹慎。你知道，我是想查明包裹是寄到什麼地方去了。」

「你是想知道那個包裹是不是已經寄出去了，而且是不是貝伯利史克姐妹中的一個寄的，尤其是安希雅？」

「我已經知道是安希雅寄的，」瑪波小姐說，「因為我們看見了她。」

「是嗎？」他從她手裡接過紙條。「好，這件事我可以辦。你認為那個包裹有蹊蹺？」

「我認為那裡面的東西可能很重要。」

「你喜歡保密，對吧？」汪斯岱教授說。

「我探究的不見得是祕密，」瑪波小姐說，「只是一些可能性。除非對某件事有更多的了解，否則我不喜歡妄下斷言。」

「還有別的事嗎？」

「我想……我想不管是誰負責調查這件事，都應該知道第二具屍體可能就要出現了。」

「你是指與本案有關的第二具屍體？就是發生在十年前的邒椿命案？」

「是的。」瑪波小姐說，「事實上，我非常肯定。」

「另一具屍體。是誰的屍體呢？」

「噢，」瑪波小姐說，「目前為止我只想到這些。」

「你知道這具屍體現在的下落？」

「噢，是的！」瑪波小姐說，「我非常篤定，我知道屍體在哪裡。不過我還得等一段時間才能告訴你。」

「是什麼樣的屍體？是男人還是女人？是小孩子嗎？還是女孩？」

「當時另一個女孩也失蹤了，」瑪波小姐說，「一個名叫諾拉．布羅德的女孩。她是在這裡失蹤的，此後就再也沒人聽到過她的消息。我認為她的屍體現在可能在某個地方。」

汪斯岱教授望著她。

「你知道，你愈說，我愈不敢離開你了，」他說，「你腦子裡有這麼多想法，說不定還會做出什麼傻事，就怕……」他話沒說完。

「恐怕這全是胡說八道？」瑪波小姐說。

「不，不，我不是這個意思。就怕你知道太多了，可能招致危險。我還是留在這裡看著你吧。」

「不，用不著。」瑪波小姐說，「你得到倫敦去，讓事情有所進展。」

「聽你的口氣，好像你知道許多內情似的，瑪波小姐。」

「我想我現在確實知道許多內情。不過我還需要證實。」

「沒錯，但如果你真的跑去證實，說不定那就是你證實的最後一件事了！我們可不希望出現第三具屍體……你的屍體。」

「啊，我沒想到這種事。」瑪波小姐說。

「你知道，如果你的想法正確，你很可能會有危險。你現在有沒有特別懷疑哪個人？」

「我想我在某個人身上看出一些端倪，我必須查明真相，所以我得留下來。你曾經問我，我能不能嗅到邪惡的氣味。沒錯，這兒確實有那種氣味，邪惡的氣味，你說是危險的氣味亦無不可；那也是悲傷的氣味，恐懼的氣味。我必須想點辦法。我得傾盡全力。不過像我這樣的老太婆，能做的事情不多。」

汪斯岱教授低聲數道：「一，二，三，四……」

「你在數什麼？」瑪波小姐問。

「看有幾個人搭遊覽車離開。照理說那些人不該是你懷疑的對象，因為你讓他們離開了，而你自己留了下來。」

「我為什麼要懷疑他們呢？」

「因為你說過，拉菲爾先生因為某個原因安排你坐上了這輛遊覽車，為了某個原因要你參加這次旅行，又為了某個原因讓你去了老莊園。這麼說，伊麗莎白·坦普的死和車上的某人有關，而你留在這裡的原因又和老莊園有關。」

「你這話說得不對，」瑪波小姐說，「這兩者之間是有關聯的。我需要某個人告訴我一些事。」

「你認為你可以讓任何人都告訴你一些事？」

「我想可以吧。你再不走，就要錯過火車了。」

「你要多保重。」汪斯岱教授說。

「我保證會照顧自己。」

通往旅館大廳的門打開了，兩個人走了出來。是庫克小姐和巴羅小姐。

「嗨，」汪斯岱教授說，「我還以為你們搭遊覽車離開了。」

「呃，我們在最後一刻改變了心意，」庫克小姐說，看起來很開心。「你知道，我們剛發現附近有幾條非常好的步道，還有一兩個地方我都好想去看看。有個教堂還保有一個非常罕見的撒克遜聖水盤，離這兒只有四、五哩路，我相信搭本地公車很快就可以到達。你知道，我不只對豪宅和庭園有興趣，我對教堂建築也有興趣。」

「我也是，」巴羅小姐說，「還有芬利公園，聽說是個非常精緻的植物園，離此地不遠。我們真的覺得在這兒多待幾天會更愉快。」

「兩位還是住在戈登堡旅館嗎？」

「是的。我們很幸運，住進一間非常舒適的雙人房，比前兩天住的那間更好。」

「你快趕不上火車了。」瑪波小姐又催促他。

「我希望，」汪斯岱教授說，「你……」

「我不會有事的，」瑪波小姐急急說道，「真是個好人，」當他的身影消失在旅館的街角，她這麼說，「他真的很照顧我……就好像我是他的姨婆似的。」

「這些天可讓我們飽受驚嚇了，對吧？」庫克小姐說，「我們要去觀賞格羅夫的聖馬丁教堂，你願不願意跟我們一塊去？」

「謝謝你們好心邀請，」瑪波小姐說，「不過我想我今天精神不佳，沒法走遠。明天再說吧，如果有什麼值得看的話。」

「噢，那我們走了。」

瑪波小姐衝著兩人笑笑，走進旅館。

20 瑪波小姐自有想法

在餐廳裡用過午膳後，瑪波小姐走到露台去喝咖啡。她正喝著第二杯，一個高瘦的身影大步跨上台階朝她走來，一面上氣不接下氣地說著什麼。她定睛一看，原來是安希雅．貝伯利史克。

「噢，瑪波小姐，我們剛才聽說你並沒有搭遊覽車離開。我們本來以為你會繼續旅行的，沒想到你會留在這裡。克羅蒂和拉維妮亞要我來告訴你，我們很希望你回老莊園來住。我相信你住在老莊園會比住旅館好；這裡總有許多人進進出出，尤其是週末和假日。如果你願意回我們家去住，我們一定會非常、非常高興，真的。」

「噢，你們真是太好了，」瑪波小姐說，「這麼熱情。不過我想……我的意思是，原本我們只打算在這兒待兩天。我本來打算跟著遊覽車離開，我的意思是，在這兒待了兩天之後……卻發生了那樁悲慘的意外，所以……唉，我真覺得我不能再繼續了。我想我至少得好好休息一個晚上。」

「我的意思是，如果你到我們家去住會更好。我們會盡量讓你舒服。」

「噢，這是一定的，」瑪波小姐說，「和你們住我覺得非常自在。噢，沒錯，直到現在我還回味無窮。那麼漂亮的房子，所有東西都那麼精美，比如說你們的瓷器、玻璃和家具。住在家裡當然比住在旅館舒服得多。」

「所以你一定得跟我走。對，你一定得跟我走。我可以替你收拾行李。」

「噢，你真是好心。我自己收拾就好。」

「你到底要不要我幫你？」

「那就謝謝你了。」瑪波小姐說。

兩人一同朝她的房間走去。安希雅收拾瑪波小姐的行李一派粗心草率，使得一向把衣物摺得有條有理的瑪波小姐必須緊咬雙唇，臉上還得顯出滿意的樣子。沒錯，她暗自想，這女孩什麼都疊不好。

安希雅從旅館叫來一個腳夫，那人提著皮箱轉過街角，沿著馬路送到了老莊園。瑪波小姐給了他豐厚的小費，嘴裡一面稱謝，一面走向那三姐妹。

「三姐妹，」她想，「我們又見面了。」

她覺得呼吸急促，於是坐在客廳閉目養神了一會。她似乎有點氣喘吁吁。她覺得對她這種年紀的人來說這很自然，更何況安希雅和旅館腳夫又走得那麼快。可是她在閉目的同時，也想釐清一下自己再度踏入這座老宅的感受。

這裡可有暗潮洶湧的凶險氛圍？沒有。

與其說有凶險，不如說是不快樂，深深的不快樂。那股不快樂的氛圍如此深重，幾乎到了令人害怕的地步。

她睜開眼，望望宅子的另外兩個主人。格林太太剛從廚房出來，手上托著一個午茶盤。她的模樣一如以往，安詳自在，沒有特別的情緒浮動。瑪波小姐想，她未免太心如止水了。難道是她歷經了生活的挫折和磨難，所以已經習慣了神色不露於外，始終保持著緘默，而不讓任何人了解她的內心世界？

她的眼光從格林太太身上移向克羅蒂。她曾認為她看來很像克萊娣妮絲翠，現在她依然這麼認為。克羅蒂當然不曾謀殺親夫，因為她沒有親夫可殺。而如果說是她殺了那個據說她極為鍾愛的女孩，似乎也絕無可能。對於這點，瑪波小姐是深信不疑的。她提到微綠蒂的死時，她親眼見到克羅蒂立刻淚水盈眶。

那麼，安希雅呢？安希雅曾把一個包裹拿去郵局寄。安希雅跑到旅館來接她回家。安希雅……她對安希雅滿懷疑竇。是因為她的浮躁嗎？就她的年紀來說，她是過於浮躁了。眼光老是飄來飄去，然後又飄回你身上。她那雙眼睛似能夠越過你的肩頭，看到別人看不到的東西。她很害怕，瑪波小姐想，害怕某樣東西。她在怕什麼呢？她是不是心理有病？她是不是曾在某個治療機構或學校住過一段日子，所以害怕自己會被送回去？她是不是害怕兩個姐姐會認為放任她自由來去不是辦法？而她那兩個姐姐會不會擔心妹妹安希雅出其不意地說出或做出什麼來？

這裡有一股氛圍。她吞下最後一口茶，心想，庫克小姐和巴羅小姐現在不知道在做什麼。她們真的跑去參觀教堂了嗎？還是她們說的全是謊話，毫無意義的謊話？這事很怪。真怪，她們特地跑到聖瑪莉米德村去看她，以便在遊覽車上認出她來，但她們又不承認以前見過、遇過她。

這裡頭有太多難以解釋的事情。

沒多久，格林太太將茶盤收拾好端走，安希雅也到外頭花園去了，客廳裡只剩下克羅蒂一個人陪著瑪波小姐。

「我想，」瑪波小姐說，「你認識一位薄拉宗副主教，對吧？」

「噢，認識，」克羅蒂說，「昨天他有去教堂參加追悼。你認識他？」

「噢，我不認識，」瑪波小姐說，「但他曾經跑到戈登堡旅館來找我，和我談過話。我想他也到醫院去過，想探聽坦普小姐死亡的內情。他想知道坦普小姐可曾留給他什麼口信。我想她原本打算去探望他。當然，我就告訴他，我雖然去了醫院想幫點忙，可是除了坐在可憐的坦普小姐床邊外，完全幫不上忙。你知道，她一直昏迷不醒，我什麼忙也幫不上。」

「關於事發經過，她有沒有說，有沒有說……或解釋過什麼？」克羅蒂問。

她問得似乎漫不經心。瑪波小姐猜不透她是不是很想知道卻故意裝得漫不經心。不過大體來看好像不是。她認為克羅蒂是因為別有所思。

「你認為那是意外嗎？」瑪波小姐問，「你認為賴里波特太太的侄女說，她看見有人在推動大石頭的話可信嗎？」

「呃，我想如果他們兩個人都這麼說，那他們應該是看見了。」

「沒錯，他們兩個人都這麼說，」瑪波小姐說，「雖然說法不完全一樣。不過，這應該也很自然。」

克羅蒂好奇地望著她。

「你對這件事好像很有興趣。」

「噢，她說的話似乎匪夷所思，」瑪波小姐說，「非常的匪夷所思，除非……」

「除非怎麼樣？」

「噢，我只是好奇。」瑪波小姐說。

格林太太再度走進客廳。

「你剛才說你好奇什麼？」她問。

「我們正在談論那起意外……或許它並不是意外。」克羅蒂說。

「可是什麼人會……」

「他們的說辭似乎非常不可思議。」瑪波小姐又說。

「這個地方有某種東西，」克羅蒂突然說，「這裡的氣氛不對勁。那東西一直糾纏著我們，自從……自從微綠蒂死後，我們就沒擺脫過它。雖然事隔多年，可是那股氣氛還在。這地方籠罩著一層陰影。」她望著瑪波小姐。「你是不是也這麼想？你不覺得這地方籠罩著一層陰影嗎？」

「噢，我是外人，」瑪波小姐說，「和你們姐妹不一樣；你們住在這兒，而且認識那死去的女孩。我相信，一如薄拉宗副主教所說，她是個非常美麗又迷人的女孩。」

「她是個非常可愛的孩子，也很貼心。」克羅蒂說。

「真希望我跟她更熟一些，」格林太太說，「當然，那時候我還住在國外。我跟我丈夫曾經回來度假。不過那一回我們多半住在倫敦，不常到這裡來。」

安希雅從花園進來，手中捧著一束百合花。

「悼亡的花，」她說，「今天這裡應該有這種東西，對吧？我要把這些花插在一個大花瓶裡。這是悼亡的花。」

她突然笑起來，一陣古怪而歇斯底里的傻笑。

「安希雅，」克羅蒂說，「別……別這樣，這樣不……這樣不好。」

「我去把這些花放到水裡去。」安希雅一面踏出客廳，一面開心地說。

「真是的，」格林太太說，「安希雅！我真的覺得她……」

「她的情形愈來愈糟了。」克羅蒂說。

瑪波小姐裝作什麼也沒聽見，逕自拿起一個琺瑯小匣，以讚賞的眼神端詳細看。

「恐怕她又要打破一個花瓶了。」拉維妮亞說。

她走出客廳。瑪波小姐問：「你們很替你妹妹安希雅擔心吧？」

「噢，是的。她一向就挺反常的；她的年紀最小，而且個性嬌弱。可是，最近她顯然愈來愈糟糕。我認為，她完全不知道事情的輕重。她常有一陣陣的歇斯底里發作，對於應該嚴肅面對的事發出毫無抑制的笑聲。我們並不想……呃，把她送到什麼機構或是那種地方去，你知道。她是應該被送去治療，但我想她不願意離開家。再怎麼說，這是她的家，雖然有時候生活挺困難的。」

「任何生活都難免有困難。」瑪波小姐說。

「拉維妮亞提過要搬走，」克羅蒂說，「她說她打算再搬到國外去住。我想，是去托敏納，她和丈夫到那兒待過很長一段時間，兩人在一起很快樂。雖然她和我們在一起住了這麼多年，不過她似乎很想出門去旅行。有時候我想……有時候我想，她是因為不想和安希雅住在一起。」

「噢，天哪，」瑪波小姐說，「沒錯，這種為難的事我聽過不少。」

「她很怕安希雅，」克羅蒂說，「非常怕她。真是的，我一直告訴她沒什麼好怕的，安希雅只是有時候有點癡傻而已，你知道，就是胡思亂想，說話怪裡怪氣的。可是我不認為她危險……呃，我的意思是……噢，我不知道該怎麼說。她不會做出什麼危險或詭異的事情。」

「她從來沒出過什麼事吧？」瑪波小姐問。

「沒有，從來沒有。有時候她會神經發作，突然對某些人嫌惡得很。她很善妒，你知道。非常善妒……呃，對很多人都很敏感。我不知道怎麼說。有時候我覺得我們乾脆把這棟房子賣掉，搬得遠遠的最好。」

「你覺得這宅子對你來說是個傷心地，對吧？」瑪波小姐說，「我想我能理解。帶著過去的回憶住在這個地方，對你來說一定非常難受。」

「你懂，對吧？沒錯，我看得出來，你確實懂。我是身不由己，老會想到那個又貼心又可愛的女孩。她就像我的女兒一樣。其實她是我一個好友的女兒。她腦筋也很聰穎，是個伶俐的女孩，很有藝術天分，美學和設計的成績都很好。她對藝術設計十分著迷，我為她感到驕傲。可是後來……那段扭曲的愛情，那個可怕的、心理變態的小子……」

「你是指拉菲爾先生的兒子，邁克．拉菲爾？」

「對。要是他從未來過我們家就好了。世界這麼大，他偏偏住在附近，他父親吩咐他來探望我們，所以他來家裡和我們吃過一次飯。你知道，他挺有魅力的，但他是個可悲的壞東西，還有犯罪的前科。他進過兩次監獄，勾引女孩子的事情也不少。可我從來沒想到微綠蒂……她被他迷得神魂顛倒。我想她那種年紀的女孩是很容易這樣。她迷戀著他，硬說他的所作所為都不是他的錯。你知道女孩子說的話吧：『每個人都和他作對。』她們老是這麼說。每個人都和他作對，沒有人對他寬容一些。噢……聽得我耳朵都要生繭了。難道女孩子就不能理智一點嗎？」

「我同意，她們往往都不夠理智。」瑪波小姐說。

「她不聽。我……我試過要他離我家遠遠的。我告訴他，以後別再上門來。當然，我這麼做是夠蠢的。我後來才知道，這等於把她逼到外頭去和他見面。我不知道地點，他們有好幾個約會地點。他常開車到約定的地方去接她，然後在深夜把她送回來。有一兩回，他甚至到隔天才把她送回來。我告訴他們不能再這樣下去，一切到此為止。可是他們不聽。微綠蒂不聽。當然，我也不指望邁克會聽。」

「她打算嫁給他嗎？」瑪波小姐問。

「噢，我想他們還沒發展到那一步。我想他從來就沒打算或想要娶她。」

「我深深替你難過，」瑪波小姐說，「你一定受了不少折磨。」

「沒錯。最可怕的莫過於去指認屍體。那是在她失蹤了好一段日子之後。我們本以為她一定是和他一起私奔了，或許過些時候就會得到他們的消息。我知道警方對她的失蹤頗為重視，他們傳喚邁克到警局訊問，但他的自白似乎和本地人的說法不符。

「後來他們就找到了她，在一處用籬笆圍起的空地上的排水溝裡。那地方離這兒很遠，大約三十哩外，在一條人跡罕至的偏僻巷道盡頭。沒錯，我不得不去停屍間認屍。好可怕的景象。多麼殘忍，多麼暴力！他為什麼要把她弄成那樣呢？他勒死她難道還不夠？他是用她的圍巾勒死她的。我不能……我不能再說下去了。我受不了。我受不了。」

她突然淚如雨下。

「我真替你難過，」瑪波小姐說，「非常、非常難過。」

「我相信你是的，」克羅蒂突然望著她。「可是最糟糕的恐怕連你也不知道。」

「怎麼說？」

「我不知道……我不知道安希雅她怎麼了。」

「你說這話是什麼意思？」

「她那段時間很古怪。她……她這人非常愛嫉妒他人。她突然對微綠蒂非常厭惡，簡直就是恨她。有時我會想……我想，說不定……噢，這個想法真可怕，我其實不該這麼懷疑自己的妹妹……但她確實曾經攻擊過別人。你知道，她常常會突然怒火中燒，大發脾氣。我是想，她會不會……噢，我不該這麼說的，這絕無可能。請忘了我剛剛說的話吧。沒事，一點事也沒有。不過，不過……呃，她不太正常。我必須面對現實。在她小的時候，就曾發生過幾件怪事。我們養了一隻鸚鵡，一隻會說話的鸚鵡，鸚鵡常常說些傻話，她就把鸚鵡脖子給扭斷。從那以後我對她的感受就不一樣了。我覺得自己再也無法信任她。我對她沒把握。我從來不曾感受到……噢，老天，我怎麼這麼歇斯底里。」

「好了，好了，」瑪波小姐說，「別再想這些事了。」

「對。知道微綠蒂死了已經夠糟的了。她死得那麼慘。不管怎麼說，別的女孩不會再遭到那男孩的毒手了。他被判處無期徒刑，現在還關在牢裡。他們不會讓他再出來害人了。但是他們為什麼不判他精神錯亂，以減少刑責……這年頭不是常用這種方法嗎？他應該被送到布羅摩的精神病院去。我相信他對自己的所作所為不能負責。」

她站起身，走出客廳。格林太太回來了，在門口和她姐姐擦肩而過。

「你別聽克羅蒂的，」她說，「她還沒有從多年前的那樁慘劇中恢復過來。她非常疼愛微綠蒂。」

「她好像很替你妹妹擔心。」

「擔心安希雅？安希雅沒事。她……呃，呃，她是糊里糊塗的，你知道。她有點歇斯底里，遇事很容易激動，有時候不免有點稀奇古怪的幻想或想像。不過，我認為克羅蒂擔心她是多餘的。老天，是什麼人從窗戶前面走過？」

兩個帶著歉意的身影突然出現在法式落地窗前。

「真是非常抱歉，」巴羅小姐說，「我們剛繞著這棟房子走了一圈，想找瑪波小姐。聽說她跟你一起到這裡來了，所以我想……噢，你在這裡，親愛的瑪波小姐。我想告訴你，今天下午我們沒去成那座教堂。它因為正在清掃而沒開放。所以我想，我們今天只好什麼地方也不去，等明天再說。我們來得很冒昧，請別見怪。我按過大門門鈴，但是它好像沒響。」

「它有時候是不響，」格林太太說，「你知道，它也是會鬧情緒的，有時響，有時不響。請坐下跟我們聊聊天吧。我沒想到你們沒跟著遊覽車離開。」

「沒有。我們是想在這附近多玩幾天，因為我們已經走了很遠。再說，經過一兩天前發生的那起意外，如果繼續隨車走，那可真是……呃，真是痛苦。」

「喝點雪利酒吧。」格林太太說。

她走出客廳，不久又帶著安希雅一起折返回來。這時候安希雅已經安靜下來，她帶來一瓶雪利酒和幾只酒杯，兩人一道坐了下來。

「我很想知道，」格林太太說，「這件事情會如何發展。我是指坦普小姐死去這件事。我的意思是，你簡直不可能知道警方在想什麼。他們好像還在查這件事。我的意思是，既然驗屍法庭宣布延期召開，顯然他們並不滿意。不知道是不是她的傷勢有什麼蹊蹺。」

「我想不會，」巴羅小姐說，「我的意思是，原因純粹是砸到頭，造成嚴重腦震盪……我是說那塊大石頭。瑪波小姐，唯一的關鍵是：那塊石頭是自己滾下來的，還是有人把它推下來的。」

「噢，」庫克小姐說，「你該不會是認為……什麼人會做這種事，故意把石頭推下來呢？我想，那兒附近大概有些無賴，你知道，一些年輕的外國人或學生之類的。你知道，我真的很懷疑，可不可能，呃……」

「你的意思是，」瑪波小姐說，「你懷疑那人或許就是我們同伴中的一個。」

「呃，我……我沒這麼說。」庫克小姐說。

「不過，說真的，」瑪波小姐說，「我們不由得要這麼想。我的意思是，這場意外一定要有所解釋。如果警方確信它並非意外，那麼它勢必是出於什麼人之手……噢，我的意思是，坦普小姐既然是外地人，似乎不可能有人會對她這麼做……我指的是本地人。所以，我們當然會想到……呃，想到遊覽車上的人，你說是不是？」

她發出一陣輕笑，有如一般老太太常有的嚎笑。

「噢，真是的！」

「對，我想我是不該談到這些事情。不過，你知道，犯罪行為其實是很有趣的。有時候離奇的事就是會發生。」

「你自己是不是明顯感覺到了什麼，瑪波小姐？我很想聽聽。」克羅蒂說。

「噢，我們難免會想到各種可能性。」

「卡斯珀先生……」庫克小姐說，「你知道，我打一開始就看不慣那人的長相。在我看來……呃，我想他很可能和間諜、密探之類的事情有牽連；你知道，比如說是為了尋找原子之類的機密才到鄉下來。」

「我想我們這一帶並沒有什麼原子的祕密。」格林太太說。

「當然沒有，」安希雅說，「說不定是什麼人在跟蹤她。說不定有人一路跟蹤她，因為她犯了罪。」

「胡說八道，」克羅蒂說，「她是個知名學校的退休校長，又是個地位十分崇高的學者，怎麼會有人想跟蹤她？」

「噢，我也不知道。她或許走偏了路還是怎麼樣。」

「我相信，」格林太太說，「瑪波小姐有一些想法。」

「噢，我是有一些想法，」瑪波小姐說，「我認為唯一可能做這種事的人應該是……呃，該怎麼說才好呢？我覺得以邏輯推斷，有兩個人是可能的嫌疑犯。我並不是說必然如此，因為我相信這兩個人都是非常好的人，不過我的意思是，以邏輯來看，其他人似乎都沒有嫌疑。」

「這倒有意思。你指的是誰？」

「噢，我想我不該說這種話。我只是……只是胡亂猜測而已。」

「你認為什麼人會把大石頭推下山去？你想喬安娜和艾姆林．派斯看見的那個人影是誰？」

「噢，我其實認為……說不定他們什麼人也沒看見。」

「我不懂。」安希雅說，「他們什麼人也沒看見？」

「呃，說不定這些話全是他們編出來的。」

「什麼？你是說他們看到了人影這件事不是真的？」

「這有可能，對吧？」

「你認為他們是開玩笑還是存心不良？你的意思到底是什麼？」

「噢，我是認為……我們常聽到這年頭的年輕人做出不可思議的事情來，」瑪波小姐說，「你知道，把東西塞進馬的眼睛、打碎大使館的玻璃、無故傷人、朝人家丟石頭，這種事往往是年輕人幹的，對吧？而他們是這團當中唯一的年輕人，不是嗎？」

「你的意思是，把大石頭推滾下山的就是派斯和喬安娜？」

「噢，他們明顯有嫌疑，不是嗎？」瑪波小姐說。

「真想不到！」克羅蒂說，「噢，我從來沒想到這一層。不過，我想……對，我想你說的確實有道理。當然，我不知道那兩個人是什麼樣的人。我沒有和他們一起旅行過。」

「噢，他們人很好，」瑪波小姐說，「在我看來，喬安娜似乎是個非常能幹的女孩。」

「做什麼事都能幹嗎？」安希雅問。

「安希雅，」克羅蒂說，「別多嘴。」

「是的，非常能幹，」瑪波小姐說，「再怎麼說，如果你打算做出造成謀殺效果的事情，你必須非常能幹，不被人發現或看到才行。」

「不過，他們一定是共謀吧。」巴羅小姐提示道。

「噢，沒錯，」瑪波小姐說，「他們是同夥，所以他們的說辭才會大致相同。他們是……噢，他們是明顯的嫌疑犯，我只能這麼說。當時他們不在別人的視線內；其他人都在下邊的步道上。他們有可能爬上山頂，推動了大石頭。他們或許不是存心要殺害坦普小姐，只是，呃，一時的無法無天心態作祟，或只想砸個什麼東西或什麼人，不管是誰都行。是他們推動了那顆大石頭，所以他們當然會說，當時看見了某個人影，還說看到搶眼的衣服等等聽來令人難以置信的情節……噢，我不該說這些的，不過我一直是這麼想。」

「我認為這想法很有意思，」格林太太說，「你說呢，克羅蒂？」

「我認為這是一種可能性。不過我自己倒是沒這麼想過。」

「噢，」庫克小姐邊站起身邊說，「我們現在得回戈登堡旅館去了。你要不要跟我們一起回去，瑪波小姐？」

「噢，不了，」瑪波小姐說，「我想你們還不知道，我剛才忘了告訴你們，貝伯利史克小姐非常客氣，她邀請我再回這兒來住一晚或兩晚。」

「噢，原來如此。我認為這個安排對你來說非常合適。你住這裡會舒服得多。今天晚上住進旅館的那堆人好像很吵。」

「兩位願意晚餐後過來和我們一道喝咖啡嗎？」克羅蒂提議道，「今天晚上很暖和。我們無法請兩位吃晚餐，因為恐怕家裡食物不夠，不過如果兩位能來和我們一起喝咖啡……」

「那太好了，」庫克小姐說，「好的，我們當然不能辜負你的好意。

21 時鐘敲三響

庫克小姐和巴羅小姐八點四十五分就來了，一個穿著鑲有蕾絲的淺褐色衣服，一個一身淡綠。

先前進晚餐的時候，安希雅已經向瑪波小姐打聽過這兩個女人。

「真奇怪，她們竟然想留在鎮上。」她說。

「噢，我並不覺得奇怪，」瑪波小姐說，「我倒認為這很自然。我想，她們自有周詳的計畫。」

「你說她們有計畫，這是什麼意思？」格林太太問。

「噢，我的意思是，她們可能對於各種意外都有充足的心理準備，所以早已有了應變的計畫。」

「你的意思是，」安希雅問，她對這個話題似乎很有興趣。「她們已經有了應變謀殺的計畫？」

格林太太說：「你該不會把坦普小姐的死當成謀殺案件來看吧？」

「它確實就是謀殺，」安希雅說，「我只是奇怪，有誰會想殺害她。我想可能是一些恨她的學生，她們對她一直懷恨在心，所以設計殺了她。」

「你認為仇恨能延續那麼久嗎？」瑪波小姐問。

「噢，我認為可以。我認為一個人的仇恨可能經過多年也消除不了。」

「不，」瑪波小姐說，「我認為仇恨會隨歲月而消逝。你可以刻意去記仇，不過我想你不會成功。恨不像愛，它的力量沒那麼大。」她又說。

「你不認為這件謀殺勾當有可能是庫克小姐或巴羅小姐、甚至她們兩個共同下手？」

「她們為什麼要下這個毒手呢？」格林太太說，「真是的，安希雅！在我看來，她們是非常好的人。」

「我認為她們有點神祕兮兮的，」安希雅說，「你不覺得嗎，克羅蒂？」

「我想你可能說得對，」克羅蒂說，「依我看，她們是有點裝模作樣，你知道。」

「我覺得她們鬼鬼祟祟的。」安希雅說。

「你老愛胡思亂想，」格林太太說，「不管怎麼說，當時她們不是正走在下頭的步道上嗎？你看到她們在小徑上，對吧？」她對瑪波小姐說。

「我不能說我有特別注意到她們，」瑪波小姐說，「事實上，根本沒機會看到她們。」

「你的意思是……」

「她不在場，」克羅蒂說，「那時候她在我們家的花園裡。」

「噢，沒錯，我忘了。」

「那天是個安靜祥和的晴天，」瑪波小姐說，「我過得很愉快。山丘附近的花園盡頭處有一大片白花，明天早上我想再去看看。那天我去花兒才剛開，現在一定是一片花海。你知道，我會永遠記得它；它將是我到此地一遊的重要回憶。」

「我討厭它，」安希雅說，「我要把它拆掉。我要在那個地方重建一個溫室。我想等我們存夠錢，我們就會這麼做，對吧，克羅蒂？」

「我們會讓它留在那兒，」克羅蒂說，「我不想動它。現在我們要溫室做什麼呢？要等葡萄重新結果還得好幾年。」

「別吵了，」格林太太說，「我們別再爭論這個話題了。我們到客廳去吧，客人馬上就要來喝咖啡了。」

客人正好在這時候進了門。克羅蒂端了一壺咖啡進來，倒好咖啡後分給客人。每個客人面前都有了，她這才為瑪波小姐端來一杯。

庫克小姐傾身向前說道：「請原諒我，瑪波小姐，不過說真的，你知道，如果我是你，我就不喝。我是指喝咖啡；這麼晚了喝咖啡，你會睡不好的。」

「噢，你這麼想嗎？」瑪波小姐說，「我晚上喝咖啡喝慣了。」

「沒錯，可是這是很濃的上等咖啡，我勸你還是別喝的好。」

瑪波小姐望著庫克小姐。

庫克小姐的神情非常認真，她的頭髮，她那看起來並不自然的頭髮蓋住了一隻眼睛，另一隻眼睛則微微眨了眨。

「我知道你的意思，」瑪波小姐說，「或許你說得對。我想，你對飲食頗為在行。」

「噢，沒錯，我對飲食很有研究。我還懂得養生之道，諸如此類的。」

「確實，」瑪波小姐把杯子稍稍推遠了些。「我想這裡應該不會有那女孩的照片吧？」她問。「我是指微綠蒂・亨特，我沒把她的名字說錯吧？副主教曾經提到她。他好像非常喜歡她。」

「我想是的。只要是年輕人他都喜歡。」克羅蒂說。

她站起身，走到房間那頭，打開書桌蓋子，從中取出一張照片，走回來遞給瑪波小姐。

「這就是微綠蒂。」她說。

「好漂亮的臉蛋，」瑪波小姐說，「沒錯，一張非常漂亮而與眾不同的臉蛋。可憐的孩子。」

「世風日下喔，」安希雅說，「老是發生這些事。女孩子和三教九流的男孩子一道外出，誰也不耐煩去管她們。」

「這年頭她們得自己照顧自己，」克羅蒂說，「可惜她們不懂得照顧自己。但願老天保佑她們！」

她伸手打算從瑪波小姐手上取回照片，不意咖啡杯被她的袖子絆到，摔落在地板上。

「噢，老天！」瑪波小姐說，「這是不是我的錯？是不是我碰到你的手了？」

「不是，」克羅蒂說，「是我的袖子。這只袖子大了點。如果你不想喝咖啡，我為你倒點熱牛奶好嗎？」

「那太好了，」瑪波小姐說，「睡前喝杯熱牛奶的確有鎮靜效果，可以讓我一夜好眠。」

閒談片刻後，庫克小姐和巴羅小姐起身告辭了……真是拖拖拉拉的告辭，一個接另一個回來拿忘了的東西，計有一條圍巾、一個手提包和一條手帕。

「真是拖拖拉拉的。」她們離開後，安希雅說。

「不知道為什麼，」格林太太說，「我同意克羅蒂所說，那兩人看來並不『真實』，如果你知道我意思的話。」她對瑪波小姐說。

「是的，」瑪波小姐說，「我也同意你所說，她們看來不是很真實。我一直在懷疑她們。我的意思是，我懷疑她們參加這趟旅遊的目的，她們真的喜歡遊覽嗎？還有，她們為什麼要到這兒來？」

「你找到這幾個問題的答案了嗎？」克羅蒂問。

「我想是的，」瑪波小姐嘆息道，「很多事情我都找到了答案。」她說。

「希望到目前為止你在這裡過得很愉快。」克羅蒂說。

「我很高興我離開了旅行團，」瑪波小姐說，「我想如果我跟著團體走，一定不會這麼舒適。」

「確實，這個我懂。」

克羅蒂從廚房裡端來一杯熱牛奶，陪著瑪波小姐回到她的房間。

「你還需要什麼嗎？」她問，「儘管告訴我。」

「不用了，謝謝你。」瑪波小姐說，「我要的都有了。你看，這就是我過夜用的小旅行包，所以我不必打開行李。謝謝你，」她說，「謝謝你們姐妹又留我在這裡住一晚。」

「噢，拉菲爾先生既然寫信來，我們怎能怠慢你。他是個非常體貼的人。」

「是的，」瑪波小姐說。「他是個……呃，面面俱到的人。我得說，他的頭腦很好。」

「他是個很出名的理財專家。」

「不管是理財還是別的，他都考慮得很周到，」瑪波小姐說，「噢，我該上床睡覺了。晚安，貝伯利史克小姐。」

「明天早上要不要我把早餐送上來？你喜歡在床上吃早餐嗎？」

「不用，不用，怎麼說我也不願麻煩你。不用了，我自己下樓來吃吧。可能一杯茶就行了，不過我想到花園去。我好想去看看那塊長滿白花的土丘，開得那麼漂亮，又那麼茂盛。」

「晚安，」克羅蒂說，「祝你一夜好眠。」

§

老莊園的樓下大廳裡，老古董鐘敲了兩響。這棟房子裡的鐘響時間並不一致，有的甚至完全不響。這棟房子裡滿是老爺鐘，要讓全部的鐘都走得準實在不容易。三點，二樓樓梯口的鐘輕輕柔柔敲了三下。一道微弱的光線從門縫裡透了進來。

瑪波小姐在床上坐直，手指按在床頭檯燈的開關上。門輕輕打開了，房門外沒有亮光，只聽到一陣細微的腳步聲從門口走進了房間。瑪波小姐打開檯燈。

「噢，」她說，「是你，貝伯利史克小姐，有什麼要緊的事嗎？」

「我只是來看看你需不需要什麼。」貝伯利史克小姐說。

瑪波小姐望著身穿一襲紫色長袍的克羅蒂，心想，多麼漂亮的女人。她的頭髮覆在前額上，真像個悲劇角色、戲劇裡的人物。瑪波小姐又想到那些希臘劇本，想起克萊娣妮絲翠。

「你真的不需要我替你帶點什麼上來？」

「不用，謝謝你。」瑪波小姐說，「我恐怕，」她帶著歉意說道，「沒有把牛奶喝下去。」

「噢，親愛的，你為什麼不喝呢？」

「我認為它對我沒有好處。」瑪波小姐說。

克羅蒂站在床腳，兩眼瞪著她看。

「對身體不好，你知道。」瑪波小姐說。

「你這話是什麼意思？」克羅蒂的聲音變得刺耳。

「我想你知道我的意思，」瑪波小姐說，「我想你整個晚上心裡都有數，恐怕還沒到晚上就已經有數了。」

「我不明白你在說什麼。」

「不明白？」這三個字裡帶著幾絲嘲諷。

「牛奶恐怕冷了。我把它端走，再給你換杯熱的來。」

克羅蒂伸出手，從床邊端起牛奶杯。

「別麻煩了，」瑪波小姐說，「就算你再端一杯來，我也不會喝。」

「我真不懂你在說什麼。真是的，」克羅蒂瞪著她說，「你這人真是非常古怪。你到底是什麼樣的女人？為什麼你要這麼說話？你是什麼人？」

瑪波小姐取下纏在頭上的粉紅色圍巾，那是一條她在西印度群島同樣戴過的粉紅色羊毛圍巾。

「我有個稱號，」她說，「叫作復仇女神。」

「復仇女神？那是什麼意思？」

「我想你心知肚明，」瑪波小姐說，「你是個受過良好教育的人。復仇女神有時候會姍姍來遲，不過她畢竟是來了。」

「你在說什麼？」

「我在說一個被你殺害的漂亮女孩。」瑪波小姐說。

「我殺害的女孩?你這話是什麼意思?」

「我指的是微綠蒂那女孩。」

「我為什麼要殺害她?」

「因為你愛她。」瑪波小姐說。

「我當然愛她,我深愛著她,而她也愛我。」

「前不久有人對我說過,『愛』是個令人害怕的字眼。直到現在它仍是。你太愛微綠蒂了,對你來說,她代表了世上的一切。她本來是全心戀著你,直到某個人闖進了她的生命。一種不一樣的愛進入了她的生命。她愛上一個男孩,一個年輕人。他不適合她,既不成材又聲名狼藉,可是她愛他,而他也愛她。她打算逃開,逃離和你一起生活的那份愛之束縛。她想過正常女人的生活,和她選擇的男人一起過活,替他生小孩。她渴望婚姻,渴望得到正常的幸福。」

克羅蒂有了動作。她走向一張椅子坐下,兩眼盯著瑪波小姐。

「看來,」她說,「你了解得非常清楚。」

「是的,一清二楚。」

「你說的沒錯,我不打算否認。因為無論我否不否認都無所謂了。」

「沒錯,」瑪波小姐說,「這句話你說得對,是無所謂了。」

「你可知道——你能想像嗎——我是多麼痛苦？」

「是的，」瑪波小姐說，「我可以想像得到。我一向都很善於想像。」

「你能想像得到那種折磨、那種知道你即將失去生命至愛的痛楚嗎？而且是輸在一個卑鄙、墮落的不良少年手裡，一個完全配不上我那漂亮、高貴女兒的男人。我必須制止這件事，我必須這麼做，我不得不這麼做。」

「沒錯，」瑪波小姐說，「所以你在女孩出走前就先殺了她。你殺她是因為你愛她。」

「你想我可能做出這樣的事情嗎？你想我可能勒死我所深愛的女孩嗎？你想我可能損壞她的面容、把她的頭顱砸得爛碎嗎？只有惡毒、可怕的人才做得出這種事。」

「對，」瑪波小姐說，「你不可能那樣做。你愛她，這種事你不可能做得出來。」

「所以，你看，你豈不是在胡說八道？」

「你沒有對她做出這樣的事情。慘遭這般手法殺害的女孩並不是你深愛的那個人。微綠蒂還在這裡，對吧？她就在花園裡。我認為你並沒有勒死她。我想你是給她喝了一杯咖啡或牛奶，讓她毫無痛苦地服下過量的安眠藥。等她死了，你就把她抬到花園，你把溫室坍塌的磚塊推到一旁，為她挖開一個洞窟，然後用磚塊覆蓋起來。接著你在那個地方種下蓼蔓，從此它就不斷開花，每年愈長愈茂盛。微綠蒂一直留在這裡陪你。你根本沒讓她離開過。」

「你這個傻瓜！你這個瘋瘋癲癲的老傻瓜！你以為你能夠離開這裡，去向別人說這個故事嗎？」

「我想可以，」瑪波小姐說，「只是我不太有把握。你是個健壯的女人，比我健壯得多。」

「我很高興你知道這一點。」

「而且你絲毫不會感到良心不安，」瑪波小姐說，「你知道一個殺人犯不可能只殺一個人就收手。這是我從我的一生經歷和我觀察到的罪案中領會到的。你殺了兩個女孩，對吧？你殺了你深愛的女孩，也殺了另一個女孩。」

「我殺了一個愚蠢的小太妹，一個年輕的蕩婦諾拉・布羅德。你怎麼會知道她的事？」

「我只是納悶，」瑪波小姐說，「從我看到你的那天起，我就不認為你會忍心勒死你深愛的女孩，還毀了她的面容。但同一時期還有另一個女孩也失蹤了，她的屍體一直沒找到。可是我認為她的屍體其實已經找到了，只不過大家不知道那具屍體就是諾拉・布羅德。她穿著微綠蒂的衣服，又被第一個認屍的人認出是微綠蒂，因為這人對她比別人都更熟悉。你不得不去認屍，看這具被發現的屍體是不是微綠蒂。而你確認了，你說那具屍體就是微綠蒂。」

「我為什麼要這麼做呢？」

「因為你要那個把微綠蒂從你身邊奪走的男孩，那個和微綠蒂彼此相愛的男孩，承擔謀殺的罪責。所以你把第二個女孩的屍體藏到一處不容易被發現的地方，而等到屍體被找到，它會被錯認為另一個女孩。你必須做萬全的準備，讓它依你所願被當成微綠蒂的屍體。你為她穿上微綠蒂的衣服，把她的手提包放在那兒，還有一兩封信、一隻手鐲、一條小十字項鍊。然後你毀了她的容貌。

「一個星期前，你又犯下第三起謀殺。你殺了伊麗莎白・坦普。你殺她是因為她要到這一帶來，你怕她已從微綠蒂寫給她的信或告訴她的話中得知了真相。你還認為一旦伊麗莎白・坦普和薄拉宗副主教見了面，他們可能會根據各自掌握的情報而歸納出真相。你絕不能讓伊麗莎白・坦普和薄拉宗副主教碰面。你是個身強力壯的女人，你能把大石頭推下山腰。推動大石頭是很費力，不過你很強壯。」

「強壯到足以對付你。」克羅蒂說。

「我不認為你做得到。」瑪波小姐說。

「你這是什麼意思，你這個乾巴巴、可憐兮兮的老女人？」

「沒錯，」瑪波小姐說，「我老了，我的手腳沒什麼力氣。其實我全身上下都沒什麼力氣。可是就我本身來說，我是正義的使者。」

克羅蒂大笑。

「那麼誰能阻止我送你進墳墓呢？」

「我想，」瑪波小姐說，「我的守護神可以。」

「你居然還迷信你的守護神？」

克羅蒂又大笑起來，她步步逼近了臥床。

「我可能有兩個守護神，」瑪波小姐說，「拉菲爾先生辦事一向很大手筆。」

她將手伸入枕下，抽出來的時候手上多了一只口哨。她把它放在兩唇之間。哨子有種驚天動地的效果。它發出一陣尖叫，足以將街頭的警察吸引過來。

有兩件事情幾乎同時發生……房門打開，克羅蒂轉過身去，看見巴羅小姐站在門口；而同一時間，靠近碗櫃的大衣櫥也應聲而開，庫克小姐從裡面走了出來。她們身上都帶著一種非常顯眼的專業氣派，和幾個鐘頭前兩人所表現的親切社交風度，形成了非常強烈的對比。

「兩個守護神，」瑪波小姐高興地說，「就像一句老話所說，我真為拉菲爾先生感到非常驕傲。」

22
瑪波小姐敘述始末

「你什麼時候發現，那兩個女人是隨侍在側保護你的密探呢？」汪斯岱教授問。

他從座椅上前傾，若有所思地望著眼前這個白髮蒼蒼、腰桿筆直地坐在他對面的老太太。他們現在在倫敦一棟政府辦公大樓裡面，在場的還有四個人：一位地檢署的檢察官、倫敦蘇格蘭警場的副廳長詹姆斯．洛伊爵士、曼斯東監獄的典獄官安德魯．麥克尼爾爵士。第四位是內政部長。

「我是昨天晚上才知道的，」瑪波小姐說，「在昨晚之前，我一直都不確定。庫克小姐去過聖瑪莉米德村，她自稱對園藝有豐富經驗，到那裡是為了幫忙一個朋友整理花園，但我沒多久就發現，她並不是她自稱的那個角色，所以我必須確知她真正的目的。她是去認清我的相貌，這顯然是她去那兒的唯一目的。因此，我在遊覽車上再度認出她來的時候，我必須做出判斷：她加入這個旅行團是為了保護我，還是這兩個女人都是對手派來的敵人？

「直到昨天晚上，庫克小姐以非常明顯的警告用語，要我不要喝克羅蒂・貝伯利史克放在我面前的咖啡，我這才真正確定了。她的用詞非常巧妙，不過明顯聽得出是警告。後來我和她們互道晚安，她們之中有一位將我的手握在她的兩手之間，給了我非常友善而誠摯的一握，同時把一個東西塞進我手裡。我後來一看，原來是一只高音口哨。於是我帶著它上床。我一面小心翼翼地保持著單純而友好的態度，一面接過女主人殷勤要我喝下的牛奶，對她道了晚安。」

「你沒有喝下那杯牛奶？」

「當然沒有，」瑪波小姐說，「你以為我是什麼人？」

「請原諒，」汪斯岱教授說，「我奇怪的是，你為什麼不鎖門。」

「那樣做就錯了，」瑪波小姐說，「我希望克羅蒂・貝伯利史克進房來。我想知道她會怎麼說、怎麼做。我認為她經過一段時間後一定會進來，好確定我已喝下牛奶、陷入毫無知覺的睡眠中，而且恐怕再也不會醒來。」

「是你讓庫克小姐躲在衣櫥裡的嗎？」

「不是。她突然從衣櫥裡鑽出來的時候，連我也大感意外。我想，」瑪波小姐細想了想，這才說道：「她是在我出了房間去……呃，去盥洗室的時候溜進去的。」

「你本來就知道那兩個女人在房子裡？」

「她們既然給了我口哨，我想她們一定在附近。我相信要潛入那棟房子並非難事；它並沒有百葉窗、防盜警報器這類的東西。她們之中有人藉口掉了手提包和圍巾又回來拿，在這中間，她們可能設法解開了一扇窗的門鎖。我想她們離開後沒多久就進來了，那時候屋子裡的人都已準備上床就寢。」

「你冒了很大的風險，瑪波小姐。」

「我是保持樂觀，」瑪波小姐說，「既然冒險勢不可免，那麼我這輩子總得冒幾回風險吧。」

「對了，關於你給我的提示，也就是寄送到那個慈善機構的包裹，任務圓滿達成。裡頭是件嶄新的男人圓領套頭衫，是顏色鮮亮的紅黑格子花色，非常搶眼。你是怎麼想到的？」

「噢，」瑪波小姐說，「其實很簡單。根據派斯和喬安娜對那人影的描述，那人似乎存心要別人注意到那身顏色鮮亮耀眼的衣服，所以這些衣物一定不能藏在本地或是收藏在自己的衣物中，必須盡快送到遠處。要把東西成功處理掉，其實只有一種方法，那就是透過一般的郵寄。只要是衣物之類的東西，要寄送到慈善機構非常容易；你可以想見，那些為失業婦女募集寒衣的人或是類似的慈善組織，發現有人寄來一件幾乎是全新的羊毛套頭衫時，他們會有多高興。我只要找出那些衣物被寄達的地址就行了。」

「你去郵局問到的？」內政部長問，神色帶著驚訝。

「當然，我不是直接問。我的意思是，我不得不裝出驚惶失措的模樣，說我把幾件準備寄往一家慈善機構的衣物寫錯了地址，問她們是不是知道我善良的女主人要寄出的包裹寄了沒有？郵局裡一位非常親切的女士極力回想，她想起那個地址並不是我想寄去的地方，還把她抄下來的地址給了我。我想，她一點也沒有疑心我別有居心，只認為我……呃，是個腦筋糊里糊塗、只擔心自己的舊衣包裹跑去哪裡的老太太。」

「啊，」汪斯岱教授說，「瑪波小姐，我看你不但是個復仇者，還是個好演員。」他接著又說：「你是什麼時候開始發現十年前所發生的事呢？」

「一開始，」瑪波小姐說，「我發現事情很難辦，幾乎是樁不可能的任務。我在心裡責怪拉菲爾先生沒把事情交代清楚，不過現在我明白了，他不把事情說清楚是聰明的。確實，他是個絕頂聰明的人。我能理解為什麼他會成為偉大的理財專家，輕輕鬆鬆就能賺大錢。他非常深謀遠慮，每一回都只給我剛好夠用的錦囊妙計，我就按照它的指點行事。首先我的守護神仔細認清了我的相貌；其次，我按照指示參加了旅行團，接觸了那些同伴。」

「一開始你是否懷疑——恕我用這個形容詞——旅行團的什麼人？」

「只是覺得有可能。」

「你並沒有嗅到罪惡的氣味？」

「啊，你還記得。對，我不認為裡頭有什麼罪惡的氣味。沒人告訴我，我的聯絡人在旅行團裡，不過她主動對我表明了身分。」

「你是說伊麗莎白·坦普？」

「是的，這就像一盞探照燈，」瑪波小姐說，「照亮了黑夜中的一切。你知道，在那之前，我一直像在黑夜中摸索。一定有某些事實存在，我的意思是，以邏輯來說一定有，因為拉菲爾曾經這麼暗示過。某處某地，一定有個被害人，也一定有個殺人凶手。沒錯，他指出有個殺人凶手存在，因為這是我和拉菲爾先生之間唯一的聯繫。在西印度群島曾經發生一起謀殺案，我和他都牽扯在內，他所知我的一切，就是我和那起命案的關聯。所以，這項任務不可能是其他類型的罪案，也不可能是一樁偶發的罪案。它一定是（而且本身就明白顯示）出自一個被邪惡遮蓋了良心的人所精心策畫。它似乎暗示著有兩個被害人，一個慘遭殺害，另一個則顯然是不公義的受害者……這人被控以一項莫須有的罪名。所以，我雖然仔細推敲過，不過依然毫無頭緒，直到和坦普小姐談過話。她十分熱情，也十分積極，於是我找到我和拉菲爾先生的第一個關聯。她提到她認識一個女孩，那女孩曾經和拉菲爾先生的兒子訂過婚。這是我在黑暗中看到的第一道光芒。接著她又告訴我，那女孩後來沒嫁給他。我問她為什麼，她說：『因為她死了。』我問她怎麼會這樣，她是因何而死，她以沉痛而有力的語調說道：『為了愛。』那聲音就像是深沉的鐘吟，我到現在還聽得到。她又說：『愛是世界上最令人害怕的字眼之一。』當時我還不確定她意指為何。事實上，我首先想到的是，這女孩由於情場失意而自殺了。這種事常有，每發生一次就是一場悲劇。那時候我頂多知道這些。我也知道她這一趟旅遊並非純粹的享樂之行。她告訴我，她是在進行一次朝聖之旅。她打算去某個地方，或是去見某個人。當時我並不知道那人是誰，直到後來才知悉。」

「是薄拉宗副主教？」

「是的。那時候我還不知道有他這個人存在。不過從那時起我就感覺到，這齣戲的主要角色（或是主要演員，隨你怎麼稱呼都行），不在旅行團當中。他們都不是旅行團的成員。我曾經猶豫過很短的時間，懷疑過幾個人。我曾經懷疑過喬安娜·克勞馥和艾姆林·派斯。」

「為什麼鎖定他們呢？」

「因為他們年輕，」瑪波小姐說，「年輕人總和自殺、暴力、強烈的嫉妒和苦戀脫不了關係。一個男人殺害了女朋友，這種事常有。是的，我曾經懷疑他們，不過我認為其間並無關聯。他們身上完全沒有罪惡、絕望和折磨的陰影。昨天晚上，我們在老莊園喝雪利酒的時候，我故意說他們是提供假情報的人。我說他們有可能是伊麗莎白·坦普死亡事件的頭號嫌疑犯。如果我再見到他們，」瑪波小姐一本正經地說，「我要向他們道歉，因為我利用他們讓兇手分了心，讓她沒留意到我的真正用心。」

「接下來就是伊麗莎白·坦普小姐的死？」

「不，」瑪波小姐說，「接下來其實是我的老莊園之行……我受到她們熱情的邀約和殷勤的招待。這也是拉菲爾先生的安排，所以我知道我非去不可，只是不知道我是為何而去。那地方可能讓我多得到一些情報，好引導我繼續向前探索。很抱歉，」瑪波小姐說，突然又回復了她平日既客氣又謹慎的本色。「我的話實在太多。我真的不該把我所想的一五一十都說出來，而且……」

「請繼續說下去，」汪斯岱教授說，「你大概不知道，你所說的一切在我聽來多麼有意思，它和我在工作上的所見所聞非常契合。請繼續說吧，把你那時候的想法告訴我。」

「是的，請繼續說。」安德魯．麥克尼爾爵士說。

「那只是一種感覺，」瑪波小姐說，「你知道，其實並不是邏輯的推理，而是一種情緒上的反應或敏感……噢，我只能稱它為氛圍。」

「沒錯，」汪斯岱說，「氛圍是存在的。房子有它的氛圍，花園、森林、酒館、村舍，每個地方都有每個地方的氛圍。」

「三姐妹。這是我一進入老莊園第一個想到、感到，甚至對自己說的話。我受到拉維妮亞．格林太太盛情的招待。『三姐妹』這個名詞在我心目中象徵著某種不祥之兆。它是俄羅斯文學中命運三女神和《馬克白》中荒原三女巫的混合。我覺得那房子似乎有種哀傷的氛圍，混合著非常深沉的憂鬱和恐懼，另外，還有一種試圖變得不一樣、我只能形容為『變得正常』的氛圍。」

「你最後的那個形容詞很耐人尋味。」汪斯岱說。

「我想，那是因為格林太太的關係。遊覽車一到，來接我的是她，對我解釋邀請始末的人也是她。她是個正常、親切的女人。她是個寡婦，不是很快樂，但我說她不快樂，和哀傷或深沉的憂鬱無關，只能說她的性格和那種氛圍很不搭調。她帶我回家，在那兒我見到了另外兩個姐妹。第二天早上，我從為我送早茶來的老女傭處聽到了一個故事，一個已成為過往的悲劇故事。她說有個女孩被男朋友殺害了，附近還有好幾個女孩也遭到暴力或強暴。這時候我必須做出第二個判斷。我已經排除了旅行團的人，認為那些人和我的偵查無關。不過凶手還是潛藏在某處。我不得不自問，這裡可不可能就有一個凶手呢？在我被邀來小住的這棟房子裡，住著克羅蒂、拉維妮亞和安希雅。這三個古怪的姐妹是快樂、不快樂，是受盡折磨還是充滿恐懼呢？她們到底是哪一類？我的注意力首先被克羅蒂吸引住。一個高大漂亮的女人，一個出色的人物，就像伊麗莎白·坦普一樣。我覺得這地方的範圍既然很小，我得盡可能對這三姐妹做個概括的論斷。命運三女神，誰可能是凶手呢？是什麼樣的凶手？做了什麼樣的殺人勾當？我感覺到一股氛圍，有如瘴氣般緩緩籠罩上來。我認為那股氛圍除了邪惡，沒有其他的字彙可以形容。這並不是說這三姐妹當中一定有人生性邪惡，而是說，她們確實活在過往發生的一樁邪惡事件的氛圍下，這個罪惡留下了陰影，直到現在依然威脅著她們。大姐克羅蒂，是我最先考慮的一個。她漂亮、健壯，而且我認為她是個感情強烈的女人。我得承認，我一看到她，就覺得她像克萊娣妮絲翠。最近，」瑪波小姐降低了聲調，有如閒話家常般說道，「有人好心帶我到離家不遠的一所知名男校去觀賞一齣希臘劇。那些孩子的演技……尤其是扮演克萊娣妮絲翠的那位，讓我留下了深刻的印象。真是出色的表演。在克羅蒂身上，我彷彿看到一個打算趁丈夫洗澡時謀殺親夫而果真付諸行動的女人。」

汪斯岱教授盡了最大的努力才忍住沒笑出來，因為瑪波小姐的語氣實在太認真了。她微微對他眨了眨眼。

「沒錯，這話聽來有點傻氣，對吧？不過我看得出她那種行徑，換句話說，看得出她扮演的角色。她很不幸，沒有丈夫，所以沒有丈夫可殺。我接著想到帶我到這棟老宅來的人，拉維妮亞．格林。她看來是個非常善良、理性、親切的女人。可惜的是，某些殺人凶手都在他們周遭製造過這樣的假象。他們往往很迷人。很多凶手都是和藹可親的人，所以大家一旦發現他們是凶手時，常會瞠目結舌，難以置信。我稱他們為可敬的殺人凶手；這些人之所以殺人，完全是出於功利心理而非情感衝動，是為了達到一個預設的目的。我不認為格林太太會殺人，如果她真的殺了人，我會非常、非常驚訝。可是我也不能將她排除在外，她畢竟有過丈夫。目前她是寡婦，孀居了好幾年，但還是有可能犯案。我對她的考慮到此為止。接下來我想到了她們的小妹安希雅。她是個令人不安的人。在我看來，她的協調力很差，精神渙散，而且老是處於恐懼的狀態。她在害怕著什麼，而且非常害怕。所以，她也有行凶的可能。如果她犯過罪——她認為已經隨著過去而結束的罪愆——是有可能再度發作。她可能感到恐懼，害怕萬一有人舊事重提，或是發現它和伊麗莎白．坦普一案的偵查有關。她常以古怪的眼神望著你，接著回過頭去左右張望，好像有東西站在她身後。那東西讓她害怕，所以答案也可能在她身上。她有可能是個神智錯亂的凶手，殺人是因為覺得有人想害她，因此她害怕。這些只是我的想法，是我在遊覽車上就在心頭衡量過的可能性而已。可是我覺得這棟房子的氛圍愈來愈濃烈。第二天，我隨著安希雅去花園散步。在那條主要草徑的盡頭有個小土丘。這裡先前是一間溫室，坍塌後才形成土丘。因為年久失修，也因為戰爭末期找不到園丁，這裡早已形同廢土，分崩離析。胡亂堆積著的瓦礫上覆蓋著泥土和草皮，上頭還長著一種蔓藤植物。想遮住花園裡某些缺陷的人都知道這種植物，它叫作蓼蔓，是一種生長極快的開花灌木，它會一面蔓延一面吞噬、排擠其他植物，最後把其他植物都殺光。它覆蓋一切，毀滅一切，就某個角度來看，它是一種可怕的植物。它開有美麗的白花，看起來很漂亮。那時它正含苞待放，我和安希雅就站在那裡，她似乎因為溫室不見了而顯得極為懊喪。她說，溫室裡有非常可愛的葡萄藤，那似乎是她對於童年記憶最清晰的一樣東西。她希望，事實上是渴望有足夠的錢，好挖平土丘重建溫室，再種上麝香葡萄和桃樹，就像從前的溫室那樣。她對於過去有種病態的懷舊，而且還不止於此。我再度感覺到那股非常明顯的恐懼氛圍。那個小土丘讓她害怕。當時我還沒想通為什麼。

「接下來發生的事你也知道了，那就是伊麗莎白．坦普的死。從艾姆林．派斯和喬安娜．克勞馥的敘述看來，那件事毫無疑問只有一個結論：她的死並非意外，而是蓄意謀殺。

「我想就是那時候，我開始心裡有數，」瑪波小姐說，「我下的結論是：這其中涉及三條人命。關於拉菲爾先生的兒子，我已經聽說了他的種種。這孩子不成材，到處作姦犯科、進過牢獄，這一切都是事實，可是這些事實沒有一樣顯示出他殺過人或是有可能會殺人。但一切證據都不利於他。毫無疑問，大家都認為他殺了這個現在我知道名叫微綠蒂．亨特的女孩，然而只有薄拉宗副主教為這件事賦予了正面的意義。他認識那兩個年輕人。他們去找過他，把打算結婚的事告訴了他，他也決定承擔為他們舉行婚禮的義務。他認為那也許不是個明智的結合，但既然彼此相愛是事實，他們的結婚也算順理成章。那女孩深愛這個男孩，而且是和她名字一樣真實的真愛。而這男孩雖然在男女關係上聲名狼藉，對這女孩卻是真心相待，而且願意努力對她忠實，盡力改掉既有的劣根性。副主教對這一點並不樂觀。我想，他不相信這會是一樁幸福的婚姻，但它是一樁不可避免的婚姻。所謂不可避免，是因為你愛得夠深，所以願意付出代價，即使這個代價是失望或某種程度的不快樂。不過有一點我非常確定，她被毀的面容和敲碎的頭顱，不可能出自一個真正愛她的男人之手。這不是一個色情暴力的故事。就這一點，我願意採信副主教的看法。但我也知道，我已經掌握了正確的線索，那條線索是伊麗莎白．坦普給我的。她曾經對我說，微綠蒂的死是因為愛……那是世界上最令人害怕的字眼。

「所以，事實已經十分明顯，」瑪波小姐說，「我想我已經心知肚明很久了，只有一些小細節還不符合，而現在，連這些細節也一一吻合了。這完全要歸因於伊麗莎白．坦普所說的那句話，也就是微綠蒂的死因。她先說了『為了愛』，又說『愛是世界上最令人害怕的字眼之一』。所以，一切都顯示得清清楚楚。克羅蒂對那女孩有著排山倒海的愛。那女孩把她當作英雄般崇拜，處處依賴她；後來她長大了，天性本能開始甦醒。她渴望男女愛情，渴望自由戀愛，渴望結婚生子。後來，她熱愛的男孩出現了。她知道他不可信賴，她知道他是個不折不扣的壞胚子，可是，」瑪波小姐以閒話家常的語調說道，「這些都不可能讓女孩子對這樣的男孩卻步。不可能的。年輕女孩喜歡壞男孩，一向如此。她們會愛上壞男人，深信自己能夠改變他們。在我年輕的時代，那些善良、沉穩、可靠的丈夫會以『視她們如姐妹』回應她們，可是女孩子絕不會以這種話感到滿足。微綠蒂愛上了邁克・拉菲爾，邁克・拉菲爾也準備痛改前非和她結婚，他還保證以後再也不會看其他女孩一眼。我不敢說他們從此以後會過著快樂幸福的日子，不過一如副主教所說，那是真愛，所以他們打算結婚。我想，微綠蒂曾經寫信給伊麗莎白，說她打算嫁給邁克・拉菲爾。婚禮將會祕密舉行，因為我認為微綠蒂知道她這麼做其實是一種逃避。她想逃離一種她不想再過下去的生活，逃離一個她也深愛可是和愛邁克截然不同的人。然而那人不會允許她這麼做。她不可能得到允許；他們勢必遭遇重重障礙。所以，就像其他年輕人一樣，他們打算私奔。他們沒有必要逃去格瑞納格林[14]，因為他們已到了適婚年齡。所以她求助於薄拉宗副主教，這位曾經替她施行過堅信禮的老友是個真正的朋友。婚禮安排妥當了，日期、時間已確定，大概連結婚禮服都已偷偷買好。毫無疑問，他們準備在某個地方碰面。他們會分別到達約定地點。我想，他如約赴會，可是她沒來。他可能等了一陣，並且設法去探問她為什麼沒來。我想他可能收到了一張紙條甚至一封信，以偽造的筆跡說她改變了心意。一切都已過去，她要離開一陣了，把這件事情忘掉。真相我不知道，但我認為，他作夢也沒想到她沒來的真正原因，也沒想到她為什麼連隻字片語都沒有。他完全沒想到她已經被人有預謀、殘酷、近乎瘋狂地殺害了。克羅蒂不願

14　格瑞納格林（Gretna Green），蘇格蘭一村名，自古稱為私奔者的結婚地。

失去她所愛的人。她不願讓她離開，不願讓她投入她厭惡、憎恨的年輕人的懷抱。她要留住微綠蒂，用她自己的方法留住她。可是我不相信，我不相信她會勒死那女孩，還毀損她的面容。我認為她不可能狠心這麼做。我想，她是將坍塌的溫室磚塊重新堆砌起來，在上面覆上泥土，鋪上草皮。那女孩可能喝下了一杯含有過量安眠藥的飲料，就像是傳說中的希臘傳統……喝下一杯毒胡蘿蔔精一樣，即使那並不是毒胡蘿蔔精。於是她把女孩埋在花園裡，在她上面堆上磚塊，覆以泥土和草皮。」

「她那兩個妹妹都沒有起疑嗎？」

「當時格林太太不在；她丈夫還沒死，她人還在國外。不過，安希雅在家。我認為安希雅知道一些內情。我想她剛開始並不知道出了人命，但她看到克羅蒂一直忙著花園盡頭那塊地，在那裡堆起土丘，又種上開花灌木的植物。我想，她後來逐漸悟出真相。而克羅蒂既然惡念已生也犯了罪，等於已經向邪惡低了頭，對於下一步的計畫自然就毫無顧忌了。我想，她甚至以自己的計畫為樂。她對一個狡猾、愛賣弄風情的鄉村女孩有點影響力。這女孩時不時會到家裡來討點小惠。我想，她很容易就做好安排，找一天把這女孩帶到很遠的地方，大約三、四十哩路外，去郊遊野餐。我相信這地點是她事先就選好的。她勒死了女孩，毀了她的面容，把她掩埋在泥土、樹葉和枝幹下面。誰會懷疑她做出這樣的事情呢？她把微綠蒂的手提包和頸上常戴的項鍊留在現場，可能還在她身上套上微綠蒂的衣裳。她希望這樁罪案不會太早被發現，而她又到處造謠，說有人看見諾拉．布羅德曾經上了邁克的車去兜風。說不定她還到處說邁克不忠實，微綠蒂因此和他毀了婚約。她可能什麼話都說得出口，而且我認為她對自己說的一切還感到洋洋得意。這個失去靈魂的可憐人。」

「你為什麼說她是失去靈魂的可憐人呢，瑪波小姐？」

「因為，」瑪波小姐說，「我認為克羅蒂在這整整十年中，所受的折磨是無可言喻的。她一直活在永恆的哀傷裡。你知道，她不得不和她住在一起。她留住了微綠蒂，把她留在老莊園，留在花園裡，把她永遠留了下來。一開始她並沒想到這意味著什麼。她極度渴望那女孩能夠復活。我並不認為她曾經後悔過。我認為她連悔恨的寬慰也沒有。她只是受盡折磨，年復一年地受折磨。我現在才知道伊麗莎白・坦普的意思。如果不是她親自動的手，或許情況會好些。愛是非常可怕的東西。它能讓邪惡活過來，它本身就是世界上最大的邪惡。克羅蒂不得不日復一日、年復一年地和罪惡活在一起。我想，安希雅害怕的就是這個。我想她對克羅蒂的所作所為一清二楚，而且她認為克羅蒂也知道她知情。她怕克羅蒂會做出什麼事情來。克羅蒂把那個裝有套頭衫的包裹交給安希雅去郵寄。她對我談過安希雅，說安希雅神志不清，彷彿為迫害妄想症或妒忌所苦，還說安希雅什麼事情都做得出來。我想，沒錯，再過不久，安希雅很可能就會出事了。她會被安排成因良心不安而自殺……」

「但你還是為那個女人難過？」安德魯爵士問，「罪惡就像癌症，像惡性腫瘤，它會帶來痛苦。」

「那當然。」瑪波小姐回答。

「在你的守護神護送你離開後，」汪斯岱教授說，「我想你已經聽說了那天晚上發生的事了吧？」

「你是指克羅蒂？我記得她把我那杯牛奶端在手上。庫克小姐帶我離開房間的時候，她還端著沒放。我想她……她把它喝下去了，是不是？」

「是的。你想過會發生這種事嗎？」

「我沒想到。沒有，當時我並沒有想到。如果我在這方面多加思索，我很可能會想到。」

「沒有人攔得住她。她的行動太快，而且沒人想到牛奶裡有毒。」

「所以她喝下了它。」

「你覺得驚訝嗎？」

「不，對她來說這似乎是天經地義的事，我不感到訝異。這一回輪到她要逃離了，逃離和她綁在一起的一切，就像微綠蒂當初想逃離那個地方一樣。她自食的惡果和她自己造的孽竟然如此應合，很奇怪，你說是不是？」

「聽你的語氣，似乎覺得她比那個死去的女孩更值得惋惜似的。」

「不，」瑪波小姐說，「那是兩種不同的惋惜。我惋惜微綠蒂，是因為她錯過了一切，錯過她幾乎就要得到的一切。她選擇了愛情、忠誠、伺候丈夫的生活，那男人是她自己選的，也是她真心愛著的。她真心誠意愛著他。她錯過了這一切，無法挽回的一切。我為她惋惜，是因為她什麼也沒有。但她逃離了克羅蒂必須忍受的一切；哀傷、淒涼、恐懼，和逐漸滋長、蠢蠢欲動的邪惡。克羅蒂不得不和這些生活在一起。日夜伴隨她的是哀傷，是她再也得不到、被毀滅了的愛。她不得不和那兩個懷疑她、害怕她的妹妹住在一起。她不得不和被她留住了的女孩活在一起。」

「你是指微綠蒂？」

「是的。她就埋在花園裡，埋在克羅蒂為她準備好的墳墓裡。她就在老莊園，而克羅蒂知道她就在那兒。當她去摘取一把蓼蔓白花時，她甚至可能看見她或是以為看見了她。那時候她一定感覺自己離微綠蒂非常之近。對她來說，沒有比這更痛苦的事了，對吧？沒有比這個更痛苦的了。」

23 尾聲

「那位老太太令我毛骨悚然。」安德魯・麥克尼爾爵士謝過瑪波小姐並向她道別後，不禁說道。

「如此慈眉善目，卻又如此無情。」副廳長說。

汪斯岱教授將瑪波小姐帶到他那部正候著的車上，隨即又回來說了幾句話。

「你對她有什麼看法，艾德蒙？」

「她是我見過最可怕的女人。」內政部長回答。

「因為她無情？」汪斯岱教授問。

「不，不，我不是那個意思。不過……呃，她這個女人非常令人害怕。」

「復仇女神。」汪斯岱教授若有所思地說。

「那兩個女人……」地檢署的檢察官說，「你知道，就是暗中保護她的安全人員，形容那天晚上的她，實在是非比尋常。她們很輕易就潛入了屋內，藏身在樓下一個小房間裡。直到大家都上樓去了，她們便一個進入臥房躲進衣櫃，另一個則留在室外把風。房內的那個女人說，當她推開衣櫃門走出來時，那位老太太正端坐床上，脖子上圍著一條粉紅色的羊毛圍巾，神情一派從容，嘴裡絮絮叨叨說個不停，就像個鄉下老教師。她們說，她可真讓她們跌破眼鏡。」

「一條粉紅色的羊毛圍巾，」汪斯岱教授說，「對，對，我想起來了……」

「你想到什麼了？」

「老拉菲爾。他對我說起她，接著就大笑。他說有件事他終身難忘。他說當年他在西印度群島，平生第一次見到一個可笑之至、糊里糊塗的老太太，脖子上圍著一條毛茸茸的粉紅色圍巾闖進他的臥房，要他起床去阻止一樁謀殺。他就問：『你以為你在做什麼？』她回答，她是復仇女神。復仇女神！他說他簡直無法想像比這個更離譜的事。而我，我喜歡粉紅色羊毛圍巾，」汪斯岱教授若有所思地說，「是的，我非常喜歡。」

§

「邁克，」汪斯岱教授說，「容我為你介紹，這位是珍．瑪波小姐，她為了你出了很大的力。」

這個三十二歲的年輕人帶著幾絲狐疑，望著那白髮蒼蒼、弱不禁風的老太太。

「噢，呃……」他說，「噢，我已經聽說了。非常謝謝你。」

他望著汪斯岱。

「他們說要給我一個特赦還是什麼可笑的東西，是真的嗎？」

「是的。釋放令很快就會通過，再過不久你就自由了。」

「噢。」邁克的聲音聽來有點懷疑。

「我相信，要習慣自由需要一點時間。」瑪波小姐和氣地說。

她若有所思地望著他。她試著用追憶的眼光看他，回想他十多年前的樣子。雖然現在的他一副緊張的模樣，但仍舊相當迷人。是的，迷人。她認為他過去一定非常迷人。那時候他身上一定有股無憂無慮的氣質，還有魅力。現在他已經喪失了這些特質，不過日後或許還會重現。那張柔弱的嘴，那對凝望著你的動人眼睛，在說出你願意相信的謊言時，勢必是極其有用的利器。他很像……像誰呢？她陷入回憶之中……對了，很像喬納森·伯金。他曾是唱詩班的一員，有一副美妙動聽的男中音。女孩子多喜歡他啊！他在加布利爾公司擔任職員，算是不錯的職務了。多可惜，就是出了偽造支票這樣的過失。

「噢，」邁克說，似乎更為窘迫不安。「謝謝你好心幫忙。我相信你費了不少心。」

「我很樂於這麼做，」瑪波小姐說，「也很高興見到你。再會了，祝你時來運轉。我們國家現在經濟狀況不大好，不過你還是可能找到工作或其他你喜歡做的事。」

「噢，沒錯。謝謝你，非常謝謝。你知道，我……我真的很感激。」

他的語氣聽起來彷彿對這件事依然很沒把握似的。

「你應該感激的不是我，」瑪波小姐說，「你應該感激你父親。」

「我老爸？老爸從來沒想到我。」

「你父親在他臨死之際，就下定決心要為你尋回正義。」

「正義。」邁克．拉菲爾思索著這兩個字。

「是的。你的父親認為正義很重要。我想，他自己就是一個非常正直的人。他在寫給我的信中請我接受這個任務，還引了兩句詩給我：『讓正義如流水，源源不絕，讓公理如小溪，永不停息。』」

「噢！這是什麼意思？是出自莎士比亞嗎？」

「不，是出自聖經。我們都必須思考它的意義。我就是這樣。」

瑪波小姐將她隨身攜帶的包裹打開來。

「他們給了我這個，」她說，「他們認為我或許會想留著它，因為我幫忙查出了事情真相。不過，我想你是最有資格得到它的人……如果你真想保有它。但你可能並不想要它。」

她把克羅蒂．貝伯利史克在老莊園客廳拿給她的相片遞給他。那是微綠蒂．亨特的相片。

他接過相片，站在那裡怔怔地望著它。他的臉色變了，臉上線條變得柔和，接著又變得剛硬。瑪波小姐一語不發地望著他，兩人就這麼沉默了好半晌。汪斯岱教授也在觀看。他看著眼前的兩個人，一個老太太，一個年輕人。

對邁克來說，這可說是一個緊要關頭。這一刻很可能會影響到他未來的新生活。

邁克．拉菲爾嘆息一聲，伸手將相片遞還給瑪波小姐。

「你說得對，我不想要。那段日子過去了，她也走了，我不可能把她留在我身邊。我現在的一切都必須從頭開始。我得往前看。你……」他望著她，躊躇說道，「你明白嗎？」

「是，」瑪波小姐回答，「我明白。我認為你說得對。希望你就要開始的新生活一帆風順。」

他道別後，就離開了房間。

「唉，」汪斯岱教授說，「不是個很熱情的青年。他對你為他做的一切應該更熱烈感謝才是。」

「噢，沒關係，」瑪波小姐說，「我本來就沒打算要他那麼做，那會讓他更尷尬。你知道，」她又說，「當你必須對他人言謝、開始新生活、從不同的角度看待一切，凡此種種都會讓你覺得尷尬。我想他會一路平順的。他並沒有怨恨，這是最重要的。我了解那女孩為什麼會愛上他。」

「或許今後他會走上正路。」

「我很懷疑，」瑪波小姐說，「我不知道他能不能救得了自己，除非……當然，」她說。「希望他會遇上最好的事……遇到一個真正的好女孩。」

「我最欣賞你的，」汪斯岱教授說，「就是你樂觀又務實的心態。」

§

「她隨時會到。」布羅崔先生對舒斯特先生說。

「沒錯。這整個事件真是夠不尋常的，對吧？」

「一開始我簡直不能相信，」布羅崔說，「你知道，可憐的拉菲爾臨死之際，我還以為這整件事的安排是……呃，以為他年紀大而糊塗了。看來他還沒老到那個程度。」

電話鈴響了，舒斯特先生拿起話筒。

「噢，她到了，是嗎？請她進來，」他說，「她來了，我很好奇。這是我這輩子聽過最奇怪的事。找一個老太婆到鄉下去東遊西蕩，探查一件她也一頭霧水的事。你知道，警方認為那女人不只犯下一起命案，而是三起。三起命案！老天！一如這老太婆所說，微綠蒂・亨特的屍體被埋在花園裡的小土丘下面。她不是被勒死的，容貌也沒遭到毀壞。」

「我很納悶，這位老太太居然沒被殺掉，」布羅崔先生說，「她年紀夠大了，很難照顧自己。」

「顯然有兩個密探保護著她。」

「什麼，旅客中的兩個？」

「是的。我本來也不知道。」

瑪波小姐被帶入房間。

「恭喜你，瑪波小姐。」布羅崔先生起身向她祝賀。

「可喜可賀，做得真漂亮。」舒斯特先生一面和她握手一面說。

瑪波小姐從從容容地在書桌另一端坐下。

「一如我在信中告訴兩位的，」她說，「我想我已經完成了提議的條件。我已經順利完成拉菲爾先生要求我做的事。」

「噢，我知道。是的，我們已經聽說了。我們是從汪斯岱教授和司法部、警察局那兒打聽到的。嗯，這件事做得真漂亮，瑪波小姐。我們在此恭喜你。」

「當初我很害怕，」瑪波小姐說，「我怕我無法擔當這項任務。一開始它看來是那麼的困難，幾乎有如天方夜譚。」

「噢，的確，連我都覺得不可思議。我真不知道你是怎麼辦到的，瑪波小姐。」

「噢，」瑪波小姐說，「這純粹是毅力問題，才得到這樣的結果，你說是不是？」

「現在，讓我們談談留在我們手中的那筆款項吧。你隨時可以動用它。你是要把這筆錢轉到你的銀行，還是託付我們幫你投資？那可是一筆大數字。」

「兩萬英鎊，」瑪波小姐說，「是的，就我來看，這的確是筆大數字，非常之大。」

「如果你願意讓我們介紹一位經紀人給你，他們可以為你在投資方面出點主意。」

「噢，我不想投資。」

「不過投資是……」

「我年紀這麼大了，沒有必要再存錢了，」瑪波小姐說，「我相信這筆錢的用意是……我相信拉菲爾先生的意思，是要我去享受幾件沒有錢絕對享受不到的樂趣。」

「噢，我明白你的意思，」布羅崔先生說，「這麼說，你就是要我們把這筆錢交付給你的銀行？」

「聖瑪莉米德村，高街一三二號，米德頓銀行。」瑪波小姐說。

「我想，你該有定存帳戶吧。我們把它存進你的定存帳戶，是嗎？」

「當然不是，」瑪波小姐回答，「把它存進我的活期帳戶。」

「你不認為……」

「我認為，」瑪波小姐說，「我要把它存在活期帳戶裡。」

她站起身，和他們握手。

「你可以去問問貴銀行經理的意見，瑪波小姐。天有不測風雲，什麼時候下雨誰也說不準。」

「下雨天我只需要一把傘。」瑪波小姐說。她再度和兩位男士握了手。

「多謝你，布羅崔先生；還有你，舒斯特先生。你們兩位對我太好了，把我需要的資料盡可能提供給我。」

「你真的要把那筆錢存進你的活期帳戶？」

「是的，」瑪波小姐說，「我要把它花掉。你知道，我會從中得到一些樂趣。」

她走到門邊，回過頭來露出笑容。一時之間，舒斯特先生這個比布羅崔先生多點想像力的人，彷彿看到一個年輕美麗的女孩，在一個鄉村花園的聚會上和一個牧師握手。過了片刻他才想起來，這是他自己年輕時代的記憶。可是就在那麼一剎那，瑪波小姐讓他想起那個年輕、快樂、準備縱情享樂的女孩。

「拉菲爾先生會高興我這麼做的。」瑪波小姐說完便踏出了房門。

「復仇女神，」布羅崔說，「這就是拉菲爾先生給她的稱號。復仇女神！但我從來沒看過有誰比她更不像復仇女神的。你呢？」

舒斯特先生搖搖頭。

「這一定是拉菲爾先生開的另一個小玩笑。」布羅崔先生說。

專文推薦

藏在日常細節中的冒險

楊照（作家）

一開始，就都在那裡了。

一九二〇年，阿嘉莎．克莉絲蒂出版了《史岱爾莊謀殺案》，神探白羅就已經退休了。而且在這個案子裡，藉由敘述者海斯汀的轉述，就鋪陳出克莉絲蒂小說最基本的偵探原則：

「那些看來或許無關緊要的小細節……它們才是重要的關鍵，它們才是偉大的線索！」

「豐富的想像力就像洪水一樣，既能載舟亦能覆舟，而且，最簡單直接的解釋，往往就是最可能的答案。」

「沒有任何謀殺行為是沒有動機的。」

還有，一個不討人喜歡的死者，一群各有理由不喜歡死者、因而也就都有殺人動機的人，這些人彼此之間構成複雜的關係，有的互相仇視，有的互相愛戀，麻煩的是，有些愛人其實貌合神離，有些仇人其實私下愛慕；更麻煩的是，不論是愛或是仇，都有可能是扮演出來的。

一個外來的偵探必須周旋在這些嫌疑者之間，從他們口中獲取對於案情的了解，換句話說，他必須在很短的時間內，搞清楚誰是誰、誰跟誰吵架、誰跟誰偷情，然後判斷誰說的哪一句是實話、哪一句是謊言。常常謊言比實話對於破案更有幫助。

再偷偷透露一下，如果要和小說裡的凶手及小說背後的作者鬥智，就像克莉絲蒂對英國社會的了解，祕訣就在於要去追究小說裡的人物背景，尤其是他們的階級地位。基本上，階級地位愈高、權力愈大、愈有錢者，說的話就愈不要相信。例如在《史岱爾莊謀殺案》中，僕人、園丁說的話遠比有頭有臉的人說的要可信多了。就算要說謊，他們的謊言也比較天真，而且往往出於善良動機。當你歸納線索時，就會知道他們並非故意說謊，那是因為他們的認知受到蒙蔽或誤導，而你慢慢就從這蒙蔽或誤導中被引導到真相。

《史岱爾莊謀殺案》出版那年，克莉絲蒂三十歲，但書稿其實早在五年前就寫好了，畢竟要找到有人願意出版一個看來再平凡不過的家庭主婦寫的小說，並不是那麼容易。

所有和克莉絲蒂接觸過的人，都對於她的「正常」留下深刻印象。她看起來就和她那個年紀的典型英國家庭主婦一樣，害羞、靦腆，只能在社交場合勉強跟人聊些瑣事話題，完全無法演講，甚至連只是站起來對眾賓客說幾句客套話，請大家一起舉杯，她都做不到。她不演講，也很少答應接受採訪，就算採訪到她也很難從她口中得到有趣的內容。她會講的，幾乎都是記者本來就知道、或者自己就可以想得出來的。

例如說白羅這個神探的來歷。克莉絲蒂回答：他應該是個外國人，這樣就能在英國日常生活中看出英國人自己看不出的線索。她自己碰過的外國人，只有第一次大戰剛爆發時到英國避難的比利時人。比利時警察怎麼能跑到英國來？那一定是因為他已經退休了。他有潔癖，所以對於現場會有特殊的直覺，馬上感受到不對勁的地方。一個有潔癖的人，好像應該長得矮小些才相稱，一個矮小有潔癖的人最適當的名字，就是希臘神話裡的大力士「赫丘勒斯（Hercules）」，製造出荒唐的對比趣味。那白羅這個姓是怎麼來的呢？克莉絲蒂很誠實地說：「我不記得了。」

一切都如此順理成章，一切都如此合邏輯，不是嗎？有記者問她怎麼看自己的舞台劇〈捕鼠器〉，創下了英國劇場、甚至全世界劇場連演最多場紀錄的名劇？克莉絲蒂的回答也還是中規中矩，合理合節：那是一齣小戲，在一個小劇院演出，成本很低，任何人想到了都可以帶家人或朋友去看，老少咸宜，並不恐怖，也不特別荒謬打鬧，可是又什麼都有一點，包括恐怖和荒謬打鬧的成分。

她的身上找不出一點傳奇、怪誕色彩，那她為什麼能在五十年間持續寫偵探小說，創造了那麼多謀殺，還創造了那麼多詭計？

首先因為她是女性，以及她的身世，包括她的階級身分，使得她在描寫故事場景時比一般男性作者來得敏感。因為在她之前的偵探推理小說男性作家的階級身分都是高高在上，基本上他們會從較高的角度看社會，比較看不到底層的感受。

而她的婚變以及婚變中遭逢的痛苦，都使她更能體會與觀察，將英國社會的複雜細節融入小說的核心情節，讓探案與線索分析結合在一起。

克莉絲蒂一生結過兩次婚，第一次在一九一四年，婚後不久，丈夫就參加了歐戰，是英國皇家空軍最早一批飛行員。一九二六年，這個丈夫有了外遇，直率地向克莉絲蒂要求離婚，在那之前，克莉絲蒂的媽媽才剛過世，雙重打擊之下，又遇到車子無法發動，克莉絲蒂崩潰了，她棄車而走，忘記了自己究竟是誰，躲進一家鄉間旅館，登記時寫了她心裡唯一有印象的名字——她丈夫情婦的名字。

離婚後，一次在晚宴中，有人提起近東烏爾考古的最新收穫，克莉絲蒂就取消了原定要去西印度群島的計畫，改訂了跨越歐洲到君士坦丁堡的「東方快車」，是的，就是這趟旅程給了她寫《東方快車謀殺案》的靈感。不過更重要的是，在烏爾，她認識了一位年輕的考古學家，比她小十四歲，這個人後來成了她的第二任丈夫。

這位考古學家陪她去參觀在沙漠中的烏克海迪爾城，卻在沙漠中迷路困陷了。幾小時中克莉絲蒂卻沒有一點驚慌不安，當下考古學家就決定要向她求婚。

原來，克莉絲蒂的內心是有這種冒險成分的。要不然她不會兩次選到的，都是喜愛冒險的丈夫，而她本身大概也不會吸引一個在各種危險情境下挖掘古代寶藏的人，讓他願意向一個大他十四歲的女人求婚。

這樣說吧，維多利亞時代後期的英國環境，壓抑限制了克莉絲蒂冒險、追求傳奇的內在衝動，她只好將這樣的衝動寄託在丈夫和寫作上。她一邊陪著第二任丈夫在近東漫走，一邊在小說中寫各式各樣的謀殺與探案。謀殺和探案都是冒險，還有，偵探偵查中做的事——蒐集線索，還原命案過程——其實和考古學家的考掘，如此相似！

克莉絲蒂寫得最好的，正是「藏在日常中的冒險」。她個性中的雙面成分，造就了特殊的偵探魅力。既嚮往非常傳奇，卻又有根深柢固的日常邏輯信念，兩者都在克莉絲蒂的小說中扮演了重要角色。她的謀殺案幾乎都和日常習慣緊密編織在一起，日常環境成了凶手最重要的掩護。有些日常規律明顯地被破壞了，讓我們很自然以為那會是謀殺的線索，沿著這些線索形成了閱讀中的推理猜測，然而白羅早就提醒了，真正重要的反而是那些「細節」，也就是看來像是依隨日常邏輯進行的事，或說藏在日常邏輯中因而不被看重的事，那裡要嘛藏著凶手的核心詭計、煙幕，要嘛藏著凶手致命的破綻。

凶案的構想，就是如何讓異常蓋上日常、正常的面貌，又如何故意將日常、正常予以扭曲，製造假象；那麼偵探要做的，就是如何準確地在日常中分辨出真正的異常，將假的、明顯的異常撥開來，找出細節堆疊起來的異常真相。

此外，克莉絲蒂的小說裡隱藏著極其曖昧的情感價值觀，最典型、最有名的就是《東方快車謀殺案》。透過追查過程，讓讀者知道為什麼凶手要訴諸於這種手段，其動機具有可同情之處，再加上克莉絲蒂對身分階級的觀察，她比較相信或讓讀者相信那些沒有權力、地位的人，隨著偵查節奏去認識可能或必須懷疑的人。克莉絲蒂最擅長營造「多重嫌疑犯」的小說特質，因為讀者在閱讀時必須被迫去認識很多不一樣的人。在她最受歡迎的作品，大概都具備這樣的特質。

當然，她的作品中還有兩個最突出的神探，即白羅和瑪波。白羅是比利時人，但為什麼必須是外國人？這是因為英國人具有高度階級意識，這種觀念一路滲透到所有互動細節，包括人與人之間如何說話。而白羅因為不是英國人，他會發現一般英國人不太看得出來的東西，以及兩個人互動的方法哪裡不正常。至於瑪波為什麼得是老太太？她一如那個年代的老人家，總是靜靜坐著打毛線，因為不起眼，自然讓人放鬆防備，所以瑪波探案的線索都是來自於這樣的互動模式。

然而，白羅有很明顯的優勢，瑪波的身分使她基本上只能進行「靜態」的辦案，案子的空間受到侷限，白羅卻可以跨越各種空間，恣意揮灑。而且白羅擁有警官身分，可以合理出現在各種犯罪現場，瑪波能出現的地方，相形之下就勉強、不自然多了。白羅是明白的outsider，在英國，只要他出現，就會覺得有外人在而感到緊張，於是很容易露出平常不會表現的行為；瑪波則看起來是 insider，但實質上是 outsider，因為總是沒人發現她、當她空氣人。這兩人的探案，是兩個極端。雖然讀者最愛白羅，但克莉絲蒂自己偏愛瑪波勝於白羅。

不管後來的偵探、推理小說發展了多少巧妙詭計，克莉絲蒂卻不會過時，因為她的推理如此密切地和日常纏繞在一起；活在日常中，我們就無可避免被克莉絲蒂的「日常細節推理」吸引，隨時讀來都充滿驚奇趣味。

名家盛讚克莉絲蒂（依推薦時間排序）

金庸（作家）

克莉絲蒂的寫作功力一流，內容寫實，邏輯性順暢，也很會運用語言的趣味。閱讀她的小說，在謎底沒有揭露之前，我會與作者鬥智，這種過程非常令人享受。其作品的高明之處在於：布局的巧妙完全意想不到，而謎底揭穿時又十分合理，讓人不得不信服。

詹宏志（作家、PChome 網路家庭董事長）

推理小說在從先輩柯南．道爾等人的發明中出現力量時，誕生了一位《天方夜譚》故事中每天說故事說個不停的王妃薛斐拉．柴德，也就是「謀殺天后」克莉絲蒂，整個世界對聽這些故事才有如此的熱情。他們捨不得睡覺，每天問後來還有嗎、還有嗎，永遠不肯離去，這就是克莉絲蒂對推理小說的最大貢獻。

可樂王（藝術家）

所謂「克莉絲蒂式」的推理小說，就是一場和一個天才的寫作者或高明的恐怖份子在紙上捕掠捉殺的戰事。即便是一列火車、一處飯店或一間酒吧，在克莉絲蒂寫來皆充滿神祕和猜謎。在人生適合的下午裡，我總是一面嚼著口香糖，一面跟著矮子偵探白羅穿梭謀殺現場，克莉絲蒂的推理作品無疑是推理世界中最充滿「魔術性」的小說。

吳若權（作家、節目主持人）

我從小就對推理小說情有獨鍾，克莉絲蒂一系列的作品尤其令我愛不釋手。多年來，閱讀推理小說的經驗讓我覺悟：讀者在文字情節中推展開來的驚嘆，不只是因緣於故事的本身，而是自我性格的投射。從這個觀點來看克莉絲蒂一系列的作品，她簡直就是洞徹人性的算命師。而讀者，在她的文字中，發現了自己無可奉告的命運。

藍祖蔚（國家電影及視聽文化中心董事長）

做過藥劑師，難免懂得毒藥；嫁給考古學家，難免也就嫻熟文明的神祕；再加上曾經失蹤九天，一切不復記憶的離奇經驗，的確提供了寫作靈感，但若少了想像力，那些片羽靈光縱使辛辣如辣椒，卻不足以成菜。

推理小說重布局、重人物描寫，克莉絲蒂最厲害的卻是犀利的人性觀察，她一手創造的白羅探長，潔癖個性完全和她相反，更將她所憎厭的人格特質集於一身，殊不知，唯有不對著鏡子寫作，才能夠跳出框架與制式反應，開闢無限寬廣的新世界，建構多面向的詭異迷宮。

看完她的小說，你只會更加訝異，到底是什麼樣的心靈才能成就這般視野？

李家同（作家、前暨南大學校長）

克莉絲蒂的整體布局十分細膩，最後案情也都講解得非常詳細，回頭去看，在書中都找得到線索。故事的情節與內容也很好看，不是像一個流氓在街上被殺掉那麼單調。……看小說應該要花腦筋、要思考，從小就要養成思辨的能力，看她的小說，就是對邏輯思考能力極佳的訓練。

袁瓊瓊（作家）

雖然被公認是冷靜理性的謀殺天后，但是在理性之下，克莉絲蒂的底色依舊是感情。克莉絲蒂很明白，所有的慾望之後，都無非是某種愛情。在以性命相搏的犯罪世界裡，凶手以終結他人的性命來遂私欲，不過是為了成全自己的愛，或者是成全自己的恨。

鄧惠文（精神科醫師）

以推理小說作家而言，克莉絲蒂的風格相當獨樹一格。她的偵探在辦案時，靠的不光是科學證據的搜集，而是大量運用犯罪心理學，及對人性的深刻了解。例如在《五隻小豬之歌》中，白羅便是藉由聽取嫌疑犯訴說案情時所不自覺顯露的主觀意識及中心思想，而看出其中破綻，找出真凶。白羅是靠腦袋辦案，以心理層面去剖析案情，即使人們敘述的是同一件事，他可以聽出不同角色因出發點及看待角度不同所透露的情緒觀感，從而抽絲剝繭，還原事實真相。

克莉絲蒂所塑造的人物也生動且各具特色，不同個性所出現的情緒反應描寫，皆細膩而準確，讓讀者產生豐富的想像空間，一展卷便欲罷而不能。

吳曉樂（作家）

克莉絲蒂使用的語言平易近人，主要是以角色與情節的對應來斧鑿出故事的深度，堆疊出讓讀者回味的迂迴空間。而她筆下的角色往往性別、階級、性格、族群各異，塑造出多元又豐富的人物群像。

文學作品不問類型，若要流傳於世，最終仍得上溯至「人性」的理解與反思。而阿嘉莎．克莉絲蒂的作品中，我們可以看到人類屢屢得和自己的人生討價還價，或千方百計讓主觀意識與客觀條件達成某種程度的整合，讀者在重建人物的心理軌跡時，也見識到自身的是非成敗，我認為，這也是克莉絲蒂的作品能夠璀璨經年、暢銷不衰的主因。

許皓宜（心理學作家）

克莉絲蒂筆下的故事看似在談人性的醜惡，實則像一位披著小說家靈魂的心靈引導者，用她的文字訴說著人們得不到「愛」時的痛苦。於是在故事終了的剎那，你不得不對人生多了幾分「看透感」：原來，我們心裡的那些痛苦、報復與自我折磨的慾望，不是因為「憤恨」，而是起於對「愛的失落」。這或許是我們在情感世界中最珍貴且深刻的一種覺察了。

推理小說荒謬驚悚嗎？不，它其實很寫實。它幫我們說出心裡的苦、怨、醜陋的慾望，於是，我們可以重新學習愛了。

一頁華爾滋 Kristin（影評人）

從有記憶以來，閱讀克莉絲蒂最迷人之處往往不在真正的凶手是誰，而是在於「Why」（為什麼）與「How」（如何進行），在於人性與心理描摹的故事肌理。依循其書寫脈絡，會發覺不只是邏輯清晰、布局縝密、著重細節，她總能完美掌握敘事節奏，書中人物彷彿真實存在般鮮明躍然紙上，讀者情緒會隨精準文字保持流轉、跳動、收放，掩卷時並無太多真相水落石出的暢快，反倒淡淡的惆悵化為餘韻襲上心頭，原來還是種種意料之外，卻屬情理之中的人性盲目使然。私以為，那成就了克莉絲蒂的推理故事之所以無比迷人的主因之一。

冬陽（推理評論人）

雖然阿嘉莎．克莉絲蒂的作品並非我的推理閱讀啟蒙，卻是養成閱讀不輟的重要推手。首先，她無庸置疑是個說故事能手，打開我名為好奇的開關；其次是設計犯罪事件的巧妙多元，既日常又異常，凶手更是叫人意想不到。沒錯，我相信每個當讀者的都忍不住想破案，想早偵探一步識破詭計，或者像考試結束鈴響前一秒，瞎猜都要指著某個角色大喊「你就是犯人」！然後會忍不住作弊——不是翻到最後幾頁窺探真凶身分，而是往前翻查讓人起疑的段落、偵探顯然掌握重要線索的時刻，直到忍不住豎白旗投降，看神探（我知道啦，真正把我耍得團團轉的聰明人是作者）頭頭是道地分析我遺漏錯置的片片拼圖，終於看清真相全貌。這，就是偵探推理，我因此熟悉遊戲規則、沉醉在每一場迷人故事裡，成為這個類型書寫的俘虜，享受至今不疲的美好滋味。

石芳瑜（作家、永樂座書店店主）

布局細膩、處處留下線索，破案解說詳細，說明了這位安靜、害羞的推理小說女王心思縝密，且充滿想像力。密室殺人，完美犯罪，《東方快車謀殺案》不愧為古典推理小說的經典。再加上神祕的東方色彩，隨著火車抵達的迫切時間感，連非推理小說迷都會神經拉緊，讀完大呼過癮。

家庭主婦缺少人生經驗？處女座的阿嘉莎．克莉絲蒂充分展現她過人的寫作天分，靠得是從小開始的閱讀，以及對偵探小說的著迷。三十歲寫下第一本偵探小說《史岱爾莊謀殺案》的克莉絲蒂，在那個時代並不能說是「早慧」，但寫作生涯五十五年中，共創作了八十部偵探小說，卻令人難以企及。這位害羞靦腆的小說女神，大概是相信只要有足夠的理由，每個人都有殺人的可能！

余小芳（暨南大學推理研究社指導老師、台灣推理作家協會常務理事）

學生時代加入推理社團，社課指定讀物便是經典作品《一個都不留》，成為我對克莉絲蒂的初步印象，自此沉浸於推理小說的世界。隔年寒假陪同學參與轉學考，在斜風細雨的走廊中，滿足讀完《東方快車謀殺案》。隨著歲月遠走，已昇華成趣味回憶。

踏入推理文學領域需要認識的作家，阿嘉莎．克莉絲蒂絕對名列其中，她的作品常有英國小鎮風光、莊園式的謀殺、設備豪華的交通工具等，還有特色鮮明的偵探活躍其中。書中少有血腥、暴力的橋段，布局巧妙且結構嚴密，手法純粹、知性，故事內容與人物性格融為一體，以高超的想像力結合說好故事的能耐，為推理小說開創新局面。克莉絲蒂推理全集重編改版，值得新舊讀者一起探索。

林怡辰（國小教師、教育部閱讀推手）

多年後，還是難忘第一次閱讀阿嘉莎．克莉絲蒂作品的感動和激動。

這套將近一世紀的作品，文筆流暢，邏輯縝密，過程中不斷與作者較量、猜出凶手，直到最後解答不禁佩服，蛛絲馬跡處處展現作者的精妙手法，於是又拿起另一部作品，再次沉溺在謀殺天后所編織的日常世界中的奇幻，無可自拔。犯罪動機和手法穿越時空限制，如今讀來合理且依舊令人感動，閱讀中趣味橫生，難怪成為後來諸多偵探小說的原型。

克莉絲蒂創作生涯中產出的八十部推理作品，至今多部躍上大銀幕，無怪乎被稱之為「經典」，喜愛推理偵探作品的人不可不讀，你會驚異於她在文字中施展的魔法！

張東君（推理評論家、科普作家）

我愛克莉絲蒂！這位在台灣有時會被稱為克奶奶的超級暢銷推理小說家，即使是自認沒讀過她的書的人，也都會在各種書籍或影視作品中看到對她致敬的片段。由於她喜歡旅行和冒險，那些經驗與體驗都成為書中的場景，因此閱讀她的作品時，不只是雀躍地跟著偵探推理，也有了虛擬的旅行體驗。或者當成旅遊導覽書，在出發去尼羅河、去英國鄉間、去搭船搭火車時，就塞一本克奶奶的作品到隨身背包中。

我還是大學新生時，就聽學姐說她哥哥經常看克奶奶的小說，而且邊看邊狂笑。於是我跟著效仿，在某次搭飛機之前買了第一本小說當旅伴，不只看得超開心，看完後還到處找尋書中出現的那種有兜帽的斗篷，當成出門時的必備用品。克奶奶的作品是跨越文字、國界的。只要看過一本，就會不停地追下去。還好，真的是還好只有八十本。何況這次是全新校訂的紀念珍藏版，當然不能錯過！

發光小魚（呂湘瑜）（文史作家、助理教授）

一部好的偵探小說，除了情節設計巧妙之外，還需要洞悉人性，如此方能合理地交代人物的言行舉止與動機。阿嘉莎．克莉絲蒂便是其中翹楚，她的作品不管是偵探、愛情小說或戲劇，必要元素都是謎題與人性。在寧靜無波的場景下暗潮洶湧，永遠都有意料之外，讀者的情緒也會隨著劇情的進行起伏糾結。克莉絲蒂觀察到時代的變化，將犯罪心理融入作品中，於是，看她的小說不只能得到解謎的快樂，同時對人性也能夠有所省思。

此外，克莉絲蒂豐富的人生歷練及旅行經歷，例如一九二二年的環球之旅、居住過也旅行過的巴黎和埃及，甚至是追隨考古學家丈夫前往的中東，都讓她的小說讀來更加充滿異國情調。如果你也愛旅行，不如就讓我們一同搭上那一班南法的藍色列車，或由伊斯坦堡出發的東方快車，跟著白羅鑽進一樁奇案，一嘗旅程中破解謎題的快感吧。

盧郁佳（作家）

國小時，家裡買了一套阿嘉莎．克莉絲蒂全集，從此成了我的毒品，在白癡課本將我的腦袋啃噬成海綿般空洞時，撫慰受創的心靈，那時我仍對人心險惡一無所知。

數學課教你列算式，樂趣遠不如克莉絲蒂教你住宅平面圖、偷換時序的密室魔術，你從庭園長窗進房間，我從房門直通鄰房，他從走廊進房……從而學會故事是建構邏輯。她文風多變，時而《四大天王》中讓神探白羅向助手海斯汀大賣關子，眉頭緊皺，山雨欲來，預示天翻地覆，只能靠他拯救世界；時而用維吉尼亞．吳爾芙《自己的房間》中俏皮的語言，讓貧苦村姑安妮在《褐衣男子》中回憶南非出生入死的冒險，竟源於她耽讀村裡圖書館爛舊的冒險愛情小說，還有戲院每週末放映〈帕米拉歷險記〉，帕米拉每集從飛機跳落高空、搭潛艇、爬上摩天大樓，每次被黑幫老大抓到總不一刀斃命，卻老要用瓦斯毒死她，暗示續集又會逃出生天。

長大才發現，克莉絲蒂小說就是我的〈帕米拉歷險記〉：它以歌劇般輝煌龐大的天真陰謀、精細的人際觀察（一句話重音放在哪個字、從膝蓋鑑定女人的年齡等），召喚年輕讀者抱持浪漫精神投入未知的壯遊，瘋魔、衝撞、冒犯，傷痕累累毫無懼色。正如瓦斯在冒險片中太多、現實中卻太少；陰謀在現實中沒有克莉絲蒂寫得那麼複雜，但她刻畫的心理卻是現實中解謎的試金石。

賴以威（臺灣師範大學電機系副教授）

或許可以為經典下幾個定義：該領域的愛好者更都讀過；不是這個領域的愛好者，許多人也都聽過；影響後續的作品，在很多著作中都可以看到它的影子；值得反覆再三閱讀，每隔一陣子再讀都可以獲得閱讀的樂趣，有更多的體悟。我永遠記得第一次讀《東方快車謀殺案》時，被那宛如嚴謹設計數學謎題的鋪陳、推進給深深吸引、震撼。從這幾個角度來說，克莉絲蒂的推理小說被稱之為「經典」，可說是當之無愧。

謝哲青（作家、旅行家、知名節目主持人）

克莉絲蒂小說的魅力在於透過每個角色的對白，藉由不斷的說話來表現人物的個性，以彰顯其人格特質中一些無法被忽略的事實。我們從他們的言語、講話的過程和字裡行間，竟然就能知道誰是兇手。

我從克莉絲蒂的小說學到很多，除了推理小說有趣的事實之外，最重要的是，我在工作的職場跟人應對的時候，如何從語言和對話裡去捕捉某些隱而不顯的事實。許多人們欲蓋彌彰的東西，無論心事也好、祕密也好，克莉絲蒂都會用文學的手法，讓你理解語言的奧妙和魅力。

克莉絲蒂的書寫會讓你覺得彷彿自己也在現場，你可以從聽到的對話當中，學會如何理解人心的一些小技巧，這是小說家最出色、最偉大的地方。我們必須學習傾聽別人說話——這些人講話是真誠的嗎？他想要跟你分享什麼資訊？這些資訊可靠嗎？——這是我在閱讀推理小說時，最大的收穫和理解。

阿嘉莎・克莉絲蒂大事記

1890		•九月十五日出生於英格蘭德文郡托基鎮。
1894	4 歲	•開始在家自學，父母親、姐姐教導閱讀、寫作、算術和彈鋼琴。
1895	5 歲	•家中經濟走下坡，舉家搬至法國，學會流利的法語。
1905	15 歲	•在巴黎寄宿學校學鋼琴和聲樂，但生性極度害羞，未成為職業鋼琴家，最終回到英國。
1907	17 歲	•陪同母親前往埃及調養身體，對社交活動充滿興趣，但尚未對日後感興趣的埃及古物點燃熱情。 •回英國後繼續寫作、參與業餘戲劇表演。
1908	18 歲	•寫出第一篇短篇小說〈麗人之屋〉，同時也寫出第一部愛情小說《白雪黃漠》，以筆名向出版社投稿，但屢遭退稿。
1912	22 歲	•與英國皇家軍官亞契・克莉絲蒂（Archibald Christie）熱戀。 •八月爆發第一次世界大戰，亞契奉派到法國作戰。
1914	24 歲	•耶誕夜結婚，亞契隨即返回戰場。克莉絲蒂參與紅十字會工作，在醫院擔任護士和藥劑師，因此對藥理和毒物非常熟悉，造就後來多部推理小說情節都以毒藥殺人。
1916	26 歲	•開始嘗試寫推理小說，寫出第一部小說《史岱爾莊謀殺案》，主角偵探赫丘勒・白羅的靈感，來自於大戰期間英國鄉間的比利時難民營。本書歷經數家出版社退稿後，終獲柏德雷・海德（The Bodley Head）圖書公司的出版機會，之後並簽下另五本小說的合約。
1919	29 歲	•前一年亞契返回英國，八月生下女兒露莎琳。

1920	30歲	• 出版《史岱爾莊謀殺案》。
1922	32歲	• 出版第二部小說《隱身魔鬼》，主角是夫妻檔偵探湯米和陶品絲。 • 與亞契至南非、澳洲、紐西蘭、夏威夷和加拿大等國旅行十個月，在南非得到《褐衣男子》的靈感。
1923	33歲	• 三月出版第三部小說《高爾夫球場命案》，白羅再度登場。
1926	36歲	• 四月母親過世，克莉絲蒂陷入憂鬱。 • 六月在「威廉・柯林斯父子出版社」出版《羅傑艾克洛命案》。 • 八月亞契因外遇提出離婚，十二月初一次爭吵後，克莉絲蒂離家棄車失蹤，消息登上全國新聞。
1927	37歲	• 一月在悲痛心情中寫出《藍色列車之謎》，第一次創造出聖瑪莉米德村，即後來瑪波小姐居住的村子。 • 分居期間在雜誌刊登以白羅為主角的短篇小說，後來集結出版《四大天王》。 • 十二月在雜誌刊登短篇小說〈週二夜間俱樂部〉，瑪波小姐初登場，後來收錄在一九三二年出版的短篇小說集《十三個難題》。
1928	38歲	• 十月正式離婚，仍保留「克莉絲蒂」姓氏。 • 秋天搭乘「東方快車」前往土耳其的伊斯坦堡，再轉往伊拉克首都巴格達，參觀考古現場烏爾，認識考古學家伍利夫婦（Leonard and Katharine Woolley）。
1930	40歲	• 二月應伍利夫婦之邀再訪烏爾，認識考古學家麥克斯・馬龍（Max Mallowan），九月於英國愛丁堡結婚。這段婚姻開啟克莉絲蒂旺盛的創作生涯，兩人到中東考古現場的旅行為許多作品帶來靈感。

- 婚後克莉絲蒂開始維持固定的寫作行程。十月出版《牧師公館謀殺案》，是第一部以瑪波小姐為主角的小說。
- 出版第一部以「瑪麗．魏斯麥珂特」（Mary Westmacott）為筆名的《撒旦的情歌》，並陸續發表了五部非犯罪小說。

1932　42歲
- 出版《危機四伏》。

1934　44歲
- 出版《東方快車謀殺案》，是白羅海外辦案三部曲之一，故事靈感來自中東的旅行經歷。一九七四年第一次改編成電影大獲好評。

1936　46歲
- 出版《美索不達米亞驚魂》，白羅海外辦案三部曲之二。

1937　47歲
- 出版《尼羅河謀殺案》，白羅海外辦案三部曲之三，故事背景是年輕時與母親同遊的埃及。一九七八年第一次改編成電影大受歡迎。

1939　49歲
- 二次大戰期間，克莉絲蒂在大學學院醫院擔任義務藥師，學習到最新的毒藥知識，對於推理小說寫作大有助益。
- 出版《一個都不留》，是克莉絲蒂最著名作品之一。

1941　51歲
- 出版《密碼》，呈現出克莉絲蒂對戰爭的看法。
- 出版《豔陽下的謀殺案》。

1942　52歲
- 出版《藏書室的陌生人》、《五隻小豬之歌》等名作。

1944　54歲
- 以「瑪麗．魏斯麥珂特」為筆名出版第三部作品《幸福假面》，被美國書評人發現是克莉絲蒂的作品，讓她從此失去匿名創作的自在樂趣。

1950 60 歲 • 獲選為皇家文學學會的會員。

1953 63 歲 • 出版《葬禮變奏曲》。

1956 66 歲 • 一月獲頒大英帝國爵級大十字勳章（GBE）。
• 十一月以「瑪麗．魏斯麥珂特」為筆名出版《愛的重量》，是這個筆名的最後一部作品。

1958 68 歲 • 成為「偵探作家俱樂部」主席。

1960 70 歲 • 馬龍獲頒大英帝國爵級大十字勳章。

1961 71 歲 • 獲得艾克塞特大學頒發榮譽文學博士學位。

1968 78 歲 • 馬龍獲封為爵士，克莉絲蒂亦被稱為馬龍爵士夫人。

1971 81 歲 • 獲頒大英帝國爵級司令勳章（DBE），獲封為女爵士。

1973 83 歲 • 出版最後一部創作《死亡暗道》，亦為湯米和陶品絲最後一次辦案。

1974 84 歲 • 最後一次公開露面，出席電影《東方快車謀殺案》首映會。

1975 85 歲 • 八月六日，白羅成為有史以來第一次在《紐約時報》頭版刊出訃聞的小說主角，宣傳九月即將出版的《謝幕》，這也是白羅最後一次辦案。

1976 86 歲 • 一月十二日去世。
• 十月出版《死亡不長眠》，瑪波小姐的最後一次辦案。

克莉絲蒂推理原著出版年表

1920 史岱爾莊謀殺案 The Mysterious Affair at Styles（神探白羅系列）
1922 隱身魔鬼 The Secret Adversary（神探湯米＆陶品絲系列）
1923 高爾夫球場命案 The Murder on the Links（神探白羅系列）
1924 白羅出擊 Poirot Investigates（神探白羅系列）
1924 褐衣男子 The Man in the Brown Suit（神探雷斯上校系列）
1925 煙囪的祕密 The Secret of Chimneys（神探巴鬥主任系列）
1926 羅傑艾克洛命案 The Murder of Rogcr Ackroyd（神探白羅系列）
1927 四大天王 The Big Four（神探白羅系列）
1928 藍色列車之謎 The Mystery of the Blue Train（神探白羅系列）
1929 七鐘面 The Seven Dials Mystery（神探巴鬥主任系列）
1929 鴛鴦神探 Partners in Crime（神探湯米＆陶品絲系列）
1930 牧師公館謀殺案 The Murder at the Vicarage（神探瑪波系列）
1930 謎樣的鬼豔先生 The Mysterious Mr. Quin（神探鬼豔先生系列）
1931 西塔佛祕案 The Sittaford Mystery
1932 十三個難題 The Thirteen Problems（神探瑪波系列）
1932 危機四伏 Peril at End House（神探白羅系列）
1933 十三人的晚宴 Lord Edgware Dies（神探白羅系列）
1933 死亡之犬 The Hound of Death
1934 三幕悲劇 Three Act Tragedy（神探白羅系列）
1934 李斯特岱奇案 The Listerdale Mystery
1934 帕克潘調查簿 Parker Pyne Investigates（神探帕克潘系列）
1934 東方快車謀殺案 Murder on the Orient Express（神探白羅系列）
1934 為什麼不找伊文斯？ Why Didn't They Ask Evans?
1935 謀殺在雲端 Death in the Clouds（神探白羅系列）
1936 ABC 謀殺案 The A.B.C. Murders（神探白羅系列）
1936 底牌 Cards on the Table（神探白羅系列）
1936 美索不達米亞驚魂 Murder in Mesopotamia（神探白羅系列）

1937　巴石立花園街謀殺案 Murder in the Mews（神探白羅系列）
1937　尼羅河謀殺案 Death on the Nile（神探白羅系列）
1937　死無對證 Dumb Witness（神探白羅系列）
1938　白羅的聖誕假期 Hercule Poirot's Christmas（神探白羅系列）
1938　死亡約會 Appointment with Death（神探白羅系列）
1939　一個都不留 And Then There Were None
1939　殺人不難 Murder Is Easy/Easy to Kill（神探巴鬥主任系列）
1940　一，二，縫好鞋釦 One, Two, Buckle My Shoe（神探白羅系列）
1940　絲柏的哀歌 Sad Cypress（神探白羅系列）
1941　密碼 N Or M?（神探湯米＆陶品絲系列）
1941　豔陽下的謀殺案 Evil Under the Sun（神探白羅系列）
1942　五隻小豬之歌 Five Little Pigs（神探白羅系列）
1942　藏書室的陌生人 The Body in the Library（神探瑪波系列）
1942　幕後黑手 The Moving Finger（神探瑪波系列）
1944　本末倒置 Towards Zero（神探巴鬥主任系列）
1945　死亡終有時 Death Comes as the End
1945　魂縈舊恨 Remembered Death（神探雷斯上校系列）
1946　池邊的幻影 The Hollow（神探白羅系列）
1947　赫丘勒的十二道任務 The Labours of Hercules（神探白羅系列）
1948　順水推舟 Taken at the Flood（神探白羅系列）
1949　畸屋 Crooked House
1950　謀殺啟事 A Murder Is Announced（神探瑪波系列）
1951　巴格達風雲 They Came to Baghdad
1952　殺手魔術 They Do It with Mirrors（神探瑪波系列）
1952　麥金堤太太之死 Mrs. McGinty's Dead（神探白羅系列）
1953　黑麥滿口袋 A Pocket Full of Rye（神探瑪波系列）
1953　葬禮變奏曲 After the Funeral（神探白羅系列）

1954 未知的旅途 Destination Unknown
1955 國際學舍謀殺案 Hickory, Dickory, Dock（神探白羅系列）
1956 弄假成真 Dead Man's Folly（神探白羅系列）
1957 殺人一瞬間 4:50 from Paddington（神探瑪波系列）
1958 無辜者的試煉 Ordeal by Innocence
1959 鴿群裡的貓 Cat Among the Pigeons（神探白羅系列）
1960 哪個聖誕布丁？ The Adventure of the Christmas Pudding（神探白羅系列）
1961 白馬酒館 The Pale Horse
1962 破鏡謀殺案 The Mirror Crack'd from Side to Side（神探瑪波系列）
1963 怪鐘 The Clocks（神探白羅系列）
1964 加勒比海疑雲 A Caribbean Mystery（神探瑪波系列）
1965 柏翠門旅館 At Bertram's Hotel（神探瑪波系列）
1966 第三個單身女郎 Third Girl（神探白羅系列）
1967 無盡的夜 Endless Night
1968 顫刺的預兆 By the Pricking of My Thumbs（神探湯米＆陶品絲系列）
1969 萬聖節派對 Hallowe'en Party（神探白羅系列）
1970 法蘭克福機場怪客 Passengers to Frankfurt
1971 復仇女神 Nemesis（神探瑪波系列）
1972 問大象去吧 Elephants Can Remember（神探白羅系列）
1973 死亡暗道 Postern of Fate（神探湯米＆陶品絲系列）
1974 白羅的初期探案 Poirot's Early Cases（神探白羅系列）
1975 謝幕 Curtain: Hercule Poirot's Last Case（神探白羅系列）
1976 死亡不長眠 Sleeping Murder（神探瑪波系列）
1979 瑪波小姐的完結篇 Miss Marple's Final Cases（神探瑪波系列）
1991 情牽波倫沙 Problem at Pollensa Bay
1997 殘光夜影 While the Light Lasts

國家圖書館出版品預行編目（CIP）資料

復仇女神 / 阿嘉莎．克莉絲蒂（Agatha Christie）
著 ; 李辛覺、顧志良譯. -- 二版.-- 臺北市 : 遠流
出版事業股份有限公司, 2023.10
面 ;　公分. -- (克莉絲蒂繁體中文版20週年
紀念珍藏 ; 47)
譯自 : Nemesis
ISBN 978-626-361-257-0(平裝)

873.57　　112004629

克莉絲蒂繁體中文版 20 週年紀念珍藏 47

復仇女神

作者 / 阿嘉莎．克莉絲蒂
譯者 / 李辛覺、顧志良

主編 / 陳懿文、余式恕　校對 / 呂佳真
封面、內頁設計 / 謝佳穎　排版 / 連紫吟、曹任華
行銷企劃 / 舒意雯　出版一部總編輯暨總監 / 王明雪

發行人 / 王榮文
出版發行 / 遠流出版事業股份有限公司
地址 / 104005臺北市中山北路一段11號13樓
電話 / (02)2571-0297　傳真 / (02)2571-0197　郵撥 / 0189456-1
著作權顧問 / 蕭雄淋律師

2003年5月1日 初版一刷
2023年10月1日 二版一刷
定價 / 新臺幣380元 (缺頁或破損的書，請寄回更換)

ISBN 978-626-361-257-0

遠流博識網 http://www.ylib.com　E-mail: ylib@ylib.com
遠流粉絲團 https://www.facebook.com/ylibfans